JN023395

砂漠の林檎

イスラエル短編傑作選

תפוחים מן המדבר
מבחר סיפורים קצרים מישראל

サヴィヨン・リーブレヒト
ウーリー・オルレブ ほか

母袋夏生＝編訳

סביון ליברכט, אורי אורלב ואחרים

河出書房新社

The publication of the Anthology was made possible
by the generous assistance of
The Israeli Institute for Hebrew Literature.

砂漠の林檎　イスラエル短編傑作選　目次

砂漠の林檎——イスラエル短編傑作選

砂漠の林檎

サヴィヨン・リーブレヒト

エルサレムのシャアレイ・ヘセドを出て広い砂地に着くと、運転手は「ネヴェ・ミドゥバル」と叫んで、バック・ミラーにヴィクトリア・アバルバネルの姿を捜した。だが、彼女は煮えたつような思いでこぶしを握りしめて、ひとつのことだけを考えていた。

　バスを四回も乗り降りし、風にあおられては安息日用のスカーフを何度も結びなおしたのだった。茶色の紙にくるんだパンと芯(しん)が腐った林檎(りんご)をあみ袋から取り出し、ユダヤ教の規定に従って旅の祈りにつづけて果物の祈りを捧げた。バスが揺れて隣客にぶつかられるたびにむっとし、黄色味を帯びて平らになっていく景色に目をやりながら……心は、親に逆らって半年前に町を離れ、無宗教者の住むキブツ[*1]に行ってしまった娘のリフカに飛んでいた。リフカは男とひと部屋に暮らして、男のベッドで眠り、妻みたいにふるまっている、と妹のサラから聞いたばかりだった。

　八時間の旅のあいだ、娘と面と向かったらどうしよう、どういう態度をとったら効果があるのだろう、とヴィクトリアは頭のなかで、あれこれ考えていた。

　わたしには含むところなんかないのよって口調で、娘の胸に辛抱づよく語りかけるべきだろうか、男の目に映る乙女の誇りに目を向けさせ、女には謙虚さが大事なんだよって、女同士の話をしたほうがいいのかもしれない。

それとも、大声で怒鳴ったほうがいいんだろうか。ちゃんとした家系に泥を塗るようなことをおまえがしたせいで、どんなにかなしい思いをしているかってぶちまけて、隣近所の人たちが飛び出してくるまで哭(な)き女(おんな)みたいに喚(わめ)いてみたらどうだろう。

ずるい手だけれど嘘(うそ)の話をでっちあげて娘を連れだし、わたしの部屋に閉じ込めて鍵をかけ、足跡を消してしまうっていうのはどうかしら。

あるいは、もううんざりっていうふうに、ヨセフ・アラルーフの娘のフローラは、男の後を追って処女をささげた挙げ句に捨てられて気が狂い、通りをうろついては小さい子たちの耳をひっぱっているという話をしてみるのは?

ベエル・シェバを出ると、新しい道が目の前に広がった。

一緒に暮らしているっていう男を爪でひっかいて、歳取ってからやっと生まれた娘にこんな仕打ちをするなんてと言って、目をえぐり出してやりたい。そうしたら、恥さらしだとして男はキブツを追われ、娘はわたしと一緒にエルサレムに戻る気になるかもしれない。「髪をひっぱってでも連れ戻す」と、ヴィクトリアは妹のサラに誓ってきていたのだ。

毎月はじめに姪を訪ねる妹のサラの口から聞いたのだった。若者と知りあったのは一六歳のときだったと。宗教的な娘たちに軍事教練について説明するために、当時、士官だった若者が連れてこられたのだという。男性による説明は宗教的な娘たちの心を毒すると、その後、軍事関係者にお叱

＊1　ヘブライ語で「集団」を意味するイスラエル独自の農業共同体。完全な平等、個人所有の否定、相互責任、生産や消費や教育の共同を目指して、一九〇九年から始まり、第二次世界大戦中や戦後には多くの戦争難民を受け入れた。現在、当初の理念は薄れて軽工業や観光業も手がけ、外部労働力にも頼っている。

りがくだったが、リフカの心にはすでにシミがついてしまっていた。友だちを通じてリフカにこっそり手紙が届き、若者がキブツに戻ったあとも手紙は続いたという。そして、愚かなリフカ、赤ん坊の頃から男の子と見間違えられ、見栄えもよくなければ、愛嬌もとりたててないリフカは若者に心を奪われ、一八歳になると砂漠に住む若者のもとに行ってしまったのだった。

ベエル・シェバから遠ざかるにつれて、風が強くなりだした。ヴィクトリアはあれこれ思い悩んで重いため息をついた。リフカがわたしに背を向けたら？　追い出されたらどうしよう？　リフカの相手が手をあげて殴りかかってきたら？　明日の朝までバスはないような場所で、面前で戸を閉められたら、どうやって夜を過ごせばいいんだろう？　キオスクのハイムが電話してくれたはずだけど、その伝言が届いていなかったら？

ヴィクトリアは旅慣れていなかった。四年前、石女のシフラ・ベンサソンがティベリアで出産したとき以来、エルサレムの町を離れたことがなかった。

運転手はまた「ネヴェ・ミドゥバル」と叫び、籠をひきずりながら降りていくヴィクトリアの姿をバック・ミラーに認めた。

砂の上に二本の足で立つと、乾いた風が喉を突いた。長いバス旅で身体はこわばり、陽ざしに目が眩んだ。ヴィクトリアは足もとに籠を置いて、見知らぬ国にたどり着いた旅人のようにあたりを眺めた。黄ばんだ平坦な裸地が見渡すかぎりに広がり、土ぼこりの中の木々は色を失くしていた。エルサレムの澄んだ空気と美しい山々を捨てて、どうしてこんなところへ？

舗装された道路まで土道を歩き、通りかかった女の人にリフカのことを訊くころには、スカーフのなかは汗でぐっしょりになっていた。ヴィクトリアは、積みかさねた鍋を腕いっぱいに抱えた女を見つめて、頭がくらくらした。女はストッキングをはかずに軍用のソックスをくるぶしのところで折って男物の靴をはいている。道の向こうに娘が見えたが、その娘もズボンをはいて髪を短く切っている。鍋を抱えた女が言った。

「ほら、あれがリフカですよ」

ヴィクトリアは、「いえ、あの人じゃない、リフカは……」と言いかけ、近づいて来るのがたしかに自分の娘のリフカだと気がつくと、涙声になった。娘は抱えていた洗濯籠（せんたくかご）をそばに置いて駆けてきた。娘に頭を押しつけると、涙があふれた。

「何なの……どういうこと……」ヴィクトリアは鼻を詰まらせた。「おさげ髪はどうしたの？　それに、ズボンなんて……なんて恰好なの……」

リフカが目の前で微笑（ほほえ）んでいた。

「そう言うと思ってた。着替えるつもりだったけど、間に合わなかったわね。四時のバスで来るって思ってたの。何時に家を出たの？　六時？」

「五時じゃいけなかったかい？」

「さあ、さあ、もう泣かないで。ここが、わたしたちの部屋。ほら、ドヴィよ」

短く切った髪やお尻にツギがあたって裾（すそ）がほつれたズボン、鶏小屋の汚物がついた靴にヴィクトリアは度胆を抜かれたが、気がつくと、大きな腕にしっかりと抱きしめられていた。にこやかな明るい顔がすぐ目の前にあった。

「母さん、こんにちは」

声がしたと同時に、手にしていた籠はもう男の手に渡っていた。手もとが急に軽くなって落ち着かないまま、娘にひっぱられるように日陰の部屋に入った。椅子をすすめられ、ジュースのコップを手渡された。目はあいているのに、何が見えているのかわからなかった。あとになっても、縁どりをしたチェック地のベッドカバーがかかった大きなベッドと赤毛の大男の声しか思いだせなかった。

「ようこそ、母さん」

　また、はっきり「母さん」と呼ばれて、ジュースを飲んでいたヴィクトリアは、むせて咳き込んだ。二人があわてて、乳を飲むのが下手な赤ん坊にするように背中を叩いてさすった。

「放っといとくれ」ヴィクトリアは力なく言って、二人を押しのけた。それからひと呼吸おいて、「ちゃんと、見せなさい」と声を荒らげた。「何なの、その靴は。安息日用の靴だったはずでしょ」

　リフカが笑った。

「今週は鶏舎で働いてるのよ。ニワトリが新しく届いたから。ふつうは菜園で働いてるんだけど、今週は特別なの」

　長旅に疲れ、目の前の光景に混乱し、今日一日のできごとに動揺し、溜まっていた憤懣（ふんまん）が意思に反して少しずつ引いていくのを力ずくで引き留めようとし、わざわざエルサレムからやって来た目的を気にしながら、ヴィクトリアは娘のリフカと二人、今までにないほどおしゃべりしていた。何をしゃべったか思いだせなかった。彼女を「母さん」と呼んだ若者がいつ出ていったのかも定かではなかったが、目は見るべきものをしっかり捉えていた。

　娘は、前よりいい顔をしている。子どもの頃にだって、こんなふうにきらきら輝いた目をしていなかった。それに髪を切ったら顔がずっとすっきりして、とヴィクトリアはひとり納得していた。娘は——娘自身だった。肩幅が広すぎる服とスカートとソックスで、まるで女装した男のように見えていた頃とは似ても似つかなかった。

「あの街が恋しくないの？」

「ときにはね。祭日のときなんかはね。安息日の正餐（せいさん）とか、ズミロット（安息日や祝祭日の食卓で歌われる讃歌）とか、サラ叔母さんの笑い声なんかも懐かしい。でもわたしには、ここが合ってるの。わたしは、外で働くのも生きものも好きだし……母さんのことだって、しょっちゅう思い出してるわよ」

「で、父さんのことは？」

差し込んできた夕陽のなかで、ヴィクトリアは囁（ささや）くように訊いた。

「父さんは誰にも関心を持ってないでしょ。わたしのことなんか、ぜんぜん気にしてないもの。一日じゅう店にいて、本とお祈りばっかり。わたしは、父さんの娘じゃないみたいで」

「とんでもないことを。そんなふうに言うんじゃないよ」

ヴィクトリアは狼狽（うろた）えた。本当だったから、狼狽えた。

「父さん、わたしとイェクティィエルの息子とを縁組させようとしたじゃないの。わたしが未亡人か身体がきかない人みたいに」

「ほんとかい？」

「ふざけないでよ。知らないふりなんかして」

「話は、たしかにあったけど。聞いてたんだね。でも、縁結びは無理強（じ）いしないものなんだよ。それに、イェクティィエルの息子は神童だよ」

「一日じゅう穴に座ってるみたいな、青っちろい病気の神童でしょ。それに、わたし、あの人が好きじゃない」

「何を考えてるんだか。愛情がすべてだと思ってるのかね？」

「母さんは愛情について、何を知ってるって言うのよ」

「どういうこと？」ヴィクトリアはむっとして、背筋をぴんと伸ばした。「ここじゃ、母親にそんなふうに口をきくのかい？」

「母さんは父さんを愛してなかったし、父さんだって母さんを愛してなかった」リフカは母親の抗議を無視して言った。それから、ふっと静かに続けた。「わたし、家じゃ……いてもいなくても、どっちでもいい存在だった」

「で、ここは？」ヴィクトリアは小声で訊いた。

「ここは、ずっといいわよ」

　赤毛の大男のドゥヴィについて訊かなければと思いはじめたころ、戸が開いて明かりがつき、当の本人が姿を見せた。

「電気代の節約かい。ちょっと口にするものを持ってきた。ヨーグルトに野菜。新品のプラスチックの皿だから、宗教的にもさしさわりはないよね。食べたら母さんをオスナットの部屋にお連れしろよ。あの部屋、今日は空いてて、ぼくたちが使っていいことになってるんだ。すごくお疲れだろうから」

　灰色に変わっていく畑地に面した部屋でヴィクトリアは胸のうちを整理しようとした。単調で陰鬱な歳月に彼女のきびしさはたわみ、それに、すでに悟ってもいた。髪の毛をひっぱっても、娘をエルサレムに連れ戻せはしない、と。ふいに、すべてがひっくり返ってしまった。喉が嗄れるほど怒鳴りつけようとやって来たのに、その戸口で口は渇いたままだった。

「ここに来るのに半年もかかったなんて、どういうわけ？」と、リフカはきびしかった。

「父さんがいやがってね」

「で、母さんは？　母さんには自分の意志ってものがないの？」

　返すことばが見つからなかった。

　食堂に案内しようとやって来たドゥヴィに、ヴィクトリアは憤りを吐きだした。けれど、心のなかでは彼を恕していて、それで、いっそう腹立たしかった。

「ドヴィなんて、どういうつもりでつけたんだろうね」怒りにまかせたことばが口をついて出た。

「おふくろの父親の、ドヴって名をもらったんです。戦争でドイツに殺されたんですが」

「ドヴィなんて、赤ちゃん名前じゃないの」

「平気です」ドヴィは肩をすくめ、それから立ち止まると、冗談めかした真面目さで言った。「でも、お気にさわるようでしたら――明日、変えましょう」

ヴィクトリアは笑いを抑えこんだ。

その夕べ、キブツの中央にある大食堂のテーブルに着いた二人は、サービス当番のリフカの姿を目で追った。大きな食堂のなかを各種の料理を詰め込んだワゴンを押しながら、それぞれの好みの料理を訊いては盛り分けていく。

「母さん、もういっぱい飲みものをいかがです？」

そう訊かれて、むっとした。

「母さんなんてお呼びだけど、わたしはあなたの何なんです？」

「どうしても、ぼくの母さんになってほしいんです」

「そう？　で、誰が邪魔だてしてるのかしら？」声に、妹のサラのいたずらっぽさが混じり込んだ。

「あなたの娘さんです」

「どんなふうに邪魔してるの？」

「ぼくの嫁さんになりたがらない」

「娘は結婚したがらない。そう、言ってるのね」

「そのとおりです」

そのことばの真意を消化できないでいるのに、ドヴィはキブツの入り口で育てている林檎畑のことを話しはじめた。

アメリカのネバダ砂漠で有機肥料を使った林檎栽培に取り組んでいるアメリカの研究者が特別な種を送ってきてくれましてね。堆肥(たいひ)をいっぱいつめた缶に種をまくと、小さな根の、赤ん坊ぐらいの高さの木に育って、ときには夏場に花が咲いて、エデンの園の木のような実をつけるんです。林檎は寒いのが好きなんですよ。

ドヴィは説明を続け、二人はリフカを目で追った。

夜にはビニールのテントを開けて砂漠の寒気にさらしてやり、夜明け近くになったらテントを閉めて冷たい空気を封じ込め、暑気から遠ざけてやるんです。

「ほんとに？」ヴィクトリアは呟いた。ドヴィの話を聞きながら、彼がさっき言ったことばを考えていた。誰かがテーブルのそばに来て、声をかけた。

「リフカのお母さんですか。立派な娘さんだ」

ふっと、胸がふくらんだ。

思い出がよみがえり、かつての地、かつての日々が浮かんできた。

一五歳だった。安息日の教会堂で、ヴィクトリアは宝石商の息子のモシェ・エルカヤムと見つめあい、目を伏せたのだった。モシェが手のなかで金や銀や宝石を転がす様子を見ようと、エズラト・ナシーム（ユダヤ教会堂の女性席）の木の格子戸(こうしど)にしがみついたものだった。ことばを交わすこともなく二人は想いをよせあい、モシェの妹は通りで会うとにっこり笑みかけてくれた。だが、仲介人(シャドハン)がシャウル・アバルバネルとの話を持ってくると、ヴィクトリアは学者の婿(むこ)を欲しがっている父親をかなしませようとは思わなかったのだった。

夜、部屋まで送ってきたリフカが言った。

「わたしをエルサレムに連れ帰るつもりできたんでしょ」

母親は返事をしないほうを選び、しばらくして、話をそらすように言った。

「おまえ、ばかな真似をしちゃだめだよ」

「自分がしたいことぐらいわかってる」

「おまえの叔母さんも同い年ぐらいのときに、わかってる、って言ったけどね。いま、どんな暮らしをしてるか見てごらんよ。猫みたいに、家から家へと渡り歩いて」

「わたしのことなら心配しないで」

ヴィクトリアは、思いきって訊いた。

「結婚したくないって話は、ほんとなの？」

「そんなふうに言ってた？」

「そうなの、えっ？」

「そうよ」

「なぜ？」

「まだ、自信がないから」

「どこで、そんなことを習ったもんだろ」

「母さんから」

ヴィクトリアは虚をつかれた。「どういうこと？」

「わたしね、母さんや父さんのようにはなりたくない」

「どういうこと？」

「愛情なしなんて」

「また、愛情かい！」

両手で太腿（ふともも）を叩くと、ぶるっとふるえた。怒りのこもらない、怒りの表現。戸口に着くと、考え込みながらヴィクトリアは縁どりカバーのかかったベッドを見、思わず訊いていた。

「それで、寝る前にはちゃんとシェマア（「聞け、イスラエル」で始まる朝夕に唱える信仰告白）を唱えてるんだろうね？」

「ううん」

「お祈りは？」

「ときどきは、そうっとね。自分にも聞こえないように」

　リフカはそう言うと、微笑んで母の頬（ほお）にキスした。

「ジャッカルの鳴き声が聞こえても怖がらないでね。おやすみなさい」まるで、娘をなだめる母親のようだった。

　額縁のような窓枠のなかの、砂のすじがたおやかに描かれた砂丘の暗やみに向かって、ヴィクトリアは思いを込めて自分と娘のために祈った。重い心と、軽やかな気分で。

『……わが思いをおののかしめ、あしき夢やあしき想いを望ましむるなかれ。汝（なんじ）の前にわが全（まった）きふせどを得させたまえ。わが目を輝かしめ……』（就寝前の祈りの一節）

　その夜、ヴィクトリアは夢を見た。

　夢のなかで、白いカーテンに近づいていく男の背が見える。男がカーテンを引くとエデンの園の木々が広がっていた。生命の樹、知恵の樹、有機肥料の堆肥のつまった缶に植えられた愛らしい姿の木々。男が数を数えるかのように林檎の木に近寄ると、男の手のなかに実が転がり落ち、ふいに、実は小さくなり、種になった。じっと目を凝（こ）らすと、男の白い指のあいだに宝石や金や銀があふれた。振り向いた男は宝石商の息子のモシェ・エルカヤムで、髪がきらめいていた。


　帰り道、目にはまだ苛立（いらだ）ちをひそませながらも、ヴィクトリアの心はなごんでいた。足もとに籠を置き、ドヴィが膝に載せてくれた、石のように固い林檎が入った袋の口を、実が転がり落ちないように手で押さえた。娘のことばが浮かんだ。

「うまくいってるってわかったでしょ、ね」そう言って、娘は頬をなでてくれた。

「大丈夫ですから、母さん」と、ドヴィが言った。

夫と妹のサラに何て話そう、とヴィクトリアはずっと考えていた。二人を並べて、見てきたことをぜんぶ話すのがいいのかもしれない。バスがツォメット・アヒームを過ぎると、またヴィクトリアは考え込んだ。いままで男を知らずに過ごしてきた妹のサラには、何て話せばいいんだろう？　それに愛情のこもった手でわたしに触れたことさえない夫に、娘を見つめる若者のまなざしをどうやってわからせられよう？

　遠くにエルサレムの山々が見えてくるとヴィクトリアの心は決まった。

わたしの思いをすぐ見抜いてしまう妹のサラには隠しだてはすまい。頭をくるんだスカーフをひっぱって、子どもの頃のように耳もとで囁こう。

「サリカ、わたしたちだって、自分で人生を切り拓いてきたじゃない。あんたはひとりで、わたしは結婚式を挙げて。それを、あの子はわたしに教えてくれたんだよ。滅相（めっそう）もないことだけど、あの子はちょっと知恵遅れじゃないかしらって気にしてたのをおぼえてる？　あの子のことが心配で、しょっちゅう泣いたもんだった。愛嬌もなけりゃ見栄えもよくないし、賢くもなけりゃ才能もない。背だってバシャンの王オグ（申命記に出てくるアモリ人の王。巨人として知られる）みたいにのっぽで。イェクティエルの息子に嫁がせたいって思ってたわね。あの人たちに、アバルバネルの娘をもらってやってもいいみたいに情けまでかけられて。だけど、あの子をちゃんと見てごらんよ」

　そこで首をしゃんと伸ばして、悪魔に見入られないように、はっきりと強い口調で言うのだ。

「まさに乳と蜜（みつ）。それに、聡（さと）くもなっていて。いつも笑っててね。そのうえきっと、神様のご加護で、もっといい目にあわせてもらえそうだよ」

　夫には、わたしの心に声をかけてくれなかった夫には、蜂蜜をかけた林檎を差しだそう。そして、腰に手をあててはっきり言おう。

「リフカのことは心配ありません。おかげ様で、あそこがあの子には向いてるんですよ。近いうちにいい知らせも届きそうです。ところで、これを召しあがってくださいな。夏に花をつける林檎で、堆肥を入れた缶で育てると根が小さいんですって……。いままであなた、そんな話を聞いたことあります？」

サヴィヨン・リーブレヒト　Savyon Liebrecht

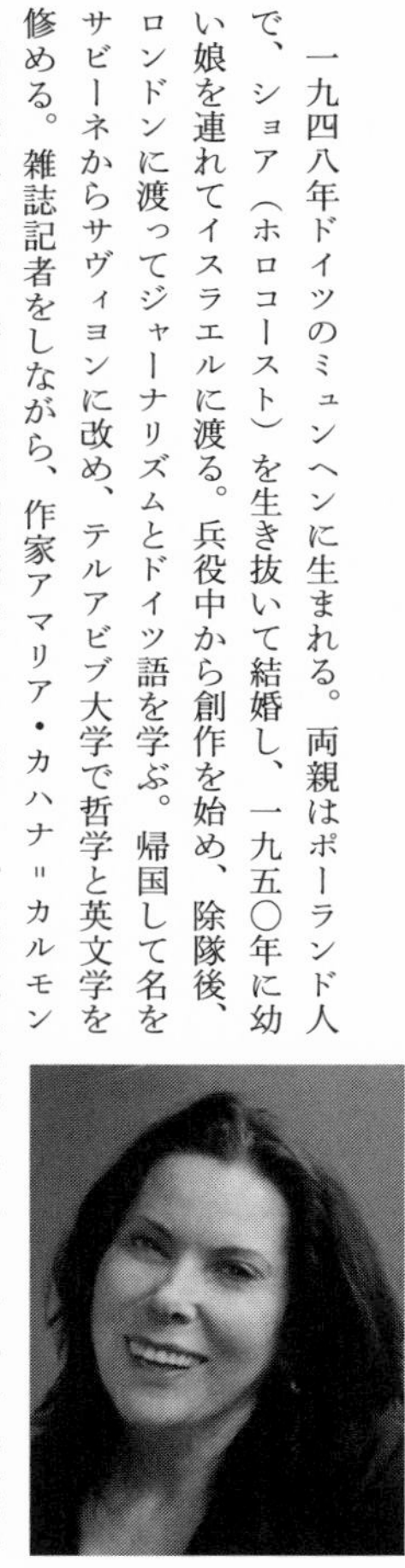

Photo by Iris Nesher

一九四八年ドイツのミュンヘンに生まれる。両親はポーランド人で、ショア（ホロコースト）を生き抜いて結婚し、一九五〇年に幼い娘を連れてイスラエルに渡る。兵役中から創作を始め、除隊後、ロンドンに渡ってジャーナリズムとドイツ語を学ぶ。帰国して名をサビーネからサヴィヨンに改め、テルアビブ大学で哲学と英文学を修める。雑誌記者をしながら、作家アマリア・カハナ＝カルモンの創作講座に通って書いた本作品が編集者の目に留まり、文芸誌に掲載されてデビュー。一九八六年に作品集として『砂漠の林檎』が刊行されると、イスラエル文学界大御所のアグノンとアマリア・カハナ＝カルモンの後継者という評を得て、アルテルマン賞を受賞、映画化もされた。

リーブレヒトは長編や戯曲、テレビドラマやSFまで守備範囲が広いが、特に短編に秀（ひい）でている。『ハイウェイの馬』（一九八八）、『わたし、あなたに中国語で話してる』（一九九二）、『夜にいい場所』（二〇〇二）、『昼の光の真珠』（二〇一五）などがある。夫婦、親子、宗教、民族、フェミニズム、ユダヤ教徒と非宗教人、都市と田舎など世代や地域間のトラウマ、彼女自身が第二世代でもあるショアの不条理体験やアラブ人対ユダヤ人についての記憶を、心理の襞（ひだ）に分け入るように描いて巧みである。また、アメリカのユダヤ系作家グレイス・ペイリー作品のヘブライ語訳もしている。ちなみにグレイス・ペイリー作品の邦訳は村上春樹氏が手がけている。

本作品はエルサレムの宗教人地区から飛びだして砂漠のキブツで暮らす娘を連れ帰ろうと、慣れないバス旅をする母親が、率直に生きようとしている娘を見て自らの若き日を思いだし、やわらいでいく心の旅をも描いている。宗教人居住地区に暮らす女性は、黒か白か灰色の装いで、肌を露わに見せないようストッキングをはき、結婚したら髪をウィッグやスカーフで隠さなければいけない。男女が目を交わすことさえ禁じられている。そうやって自己主張をせずに暮らしてきた母親への、男女が平等に働いて生活する共同体社会に飛び込んだ娘の糾弾（きゅうだん）は、素直なことばだけにいまに通じる。

コーヒーふたつ

アターッラー・マンスール

彼はキリスト教徒の家庭に生まれ、国の役所は彼をアラブ人とみなし、彼自身は人間であると感じ、人々はイスラエルのシオニスト新聞で働いている男だと認識していた。彼女は最後の、四番目の情報しか知らなかった。二人は同じバスに乗り合わせた。たまたま隣席になり、冷たい風が吹き込んできたせいで口をききだした。彼女の席は窓際だったが、冷たい風が隣席の彼に当たった。彼女は胸元がしまったジレを着ていて、それが感じのよい胸を強調し、風を防いでくれてもいた。彼は前開きのシャツを着ていたので、窓を閉めてもらえないか、と頼むと、彼女はあきれたように笑って言った。

「なんで？　ほんとに寒いの？」

「開襟(かいきん)シャツなものだから」彼は、言い訳めいた口調になった。

「どこまで行くの？　山沿いは今日は寒くなるから、あったかい恰好で出かけなきゃいけなかったわね」

　彼は、北の方に関しては詳しい、と説明した。村の名は言いたくなかった。今までの経験から、こういう場合は村の名は言わないほうがいい。せっかく会話を楽しんでいるのに、彼女がやめてしまうかもしれない。それで、婉曲的に言うことにした。この国の生まれで、北の方の小さな町に戻るところだから、戻ったら着替える、と。それ以上、彼女は質問してこなかった。だが、彼は会話を続けたくて、その場にふさわしい話題はないかあれこれ考えた。話しかけてきたのは彼女だが、倫理的にみて話題をかえても構わないだろう。とはいえ、話しかけるまえに、彼女の関心を惹きそうな話題はなんだろうと慎重に考えた。本を読んでの知識によると、女性というものはなべて——自分のことを話すのが好きだという。というわけで、その話題にしようと決めた。

「君もこの国の生まれ？」

「ええ、わたし、ロシュ・ピナの生まれ」と彼女は言った。「ここで、もう五〇年になる一族なのよ」

　驚嘆をあらわすべきだ、と感じた。心の奥では、彼女の父祖たちの過去の行為へのつまらぬ誇りを、自分の父親はそういうことをしなかった、少なくとも現世の成功のためには、といつもは軽蔑していたけれど。

「ほう、そうなんだ？　そんなに長く？　すごいね」説得性に欠けているかもしれないと不安になって、言いたした。「すごい、すごいな！」

　また、沈黙がおりた。刺すような沈黙だった。彼女は窓からの景色を眺め、彼は彼女の関心を独り占めしている山並みに嫉妬した。山並みがじわじわと憎くなりだした。彼に対してあまりにも傲慢な景色に対する憎悪だった。美しい景色なんか消えてくれ、おもしろくもない景色にかわってくれ、と心のなかで祈った。祈りは届かないとわかっていたが、それでも、また祈った。彼女がなんとか口をきいてくれないものかと張りつめた気分で居心地悪くすわっていた。だが、彼女は口を開かなかった。とうとう、彼はポケットから新聞を引っぱりだしてめくりだした。

　どの見出しにも関心を引かれなかったが、小さな囲み記事に目が惹かれた。もうじきやって来るクリスマスに向けて信者たちをローマ教皇が祝福するという記事を、新聞を顔に近づけて読み、笑みを浮かべて、急いで新聞を閉じた。笑みが、彼女の目から隠そうとしていることを裏切りそうで不安だった。別面をのぞこうと、新聞を両手で広げた。と、彼女が声をかけてきた。

「読んでない面を見せてくれない？」

口をきいてもらえてうれしかったが、新聞のせいで、また置いてけぼりにされそうな気がした。新聞を彼女に渡した。彼女は、全部でなくて一部でかまわないとしつこく言ったが、彼は、いや、と言った。

「記者ほど、新聞を読まない奴はいないから」

そんなことはない、と十分知っていながら、そう言った。それが、真実ではないと承知していたが、何も考えていなかった。耳にし慣れた言い方を真似たに過ぎなかった。

「あら、新聞記者なの？」彼女は驚いたように目をみはった。

「ああ」短く答えた。「記者なんだ」

「何新聞の？」

「ハモレデット（祖国の意味）」有名紙で働いているという意識から、いささか誇りがこもった。

「まあ、そうなの。すごい。立派ねえ」

それからは会話が弾んだ。景色はもう競争相手ではなくなった。父親が「ハシャハル（曙の意味）」紙を定期購読しているので「ハモレデット」紙を手にしないの、残念だけど。でも、いい新聞よね、と彼女は言った。彼女は、彼の署名記事を探して読むと約束し、彼は彼女について行こう、と心のなかで誓った。生涯、ずっと。互いに見苦しくない程度に好意を示しあい、住所を交換し、つぎのバス停で彼女と別れた。

「またね、さよなら。リナ」バスを降りながら彼は言った。彼女が「またね」と言うのが聞こえたような気がした。

その日のうちに手紙を書いた。自分のことを思いだしてもらえるだろうかと不安だった。編集局のタイプライターを使おう。そうすれば、印象も悪くないし、例の記者からの手紙だと気づいてくれるはずだ。書くことがないという事実は気にならなかった。仕事柄、彼女に対する自分の感情ほど大事でもない、おもしろくもないことを書き慣れている。自分の気持ちからかけ離れた、多くのことを。彼は偶然の出会いがもたらした心地よい高揚について記した。自分が住むあたりの暮らしの空疎さについて語った。デートに誘った。手紙の最後には、礼儀にかなうように手書きで名前を記した。書き終わると手にとって見栄え（みば）をチェックした。行が整っていて好もしい。初めの三行は短めで、それに続く一〇行はきちんと幅をとってある。なかなかだ。読んでみた。上等だ、いい。なかなかのものだ……だけど、なんで「あたりの暮らしの空疎さ」なんて書いたんだろう？　彼女につまらぬ男と思われてしまうんじゃないか、自分で言っていることが空疎なんじゃないか、なんて？　その文章を消した。消して、消して——自己検閲で二行が黒い染みになった。また、手にとってじっくり調べる。今度は、全体のバランスが気に入らなくなった。書き直したほうがいい。空疎のかわりに、住んでいるあたりに宝物のごとき事物を見いだして、記者として誇りに満ちていると書こう。ひょっとして彼女は、彼女自身のことだと考えるかもしれない、そう考えたら、いい気分になってくれるだろうし、そう考えてくれることに自分は異を唱えない。彼女は気持ちにハリを与えてくれたから、それに報いたい。「空疎」について結構な解決を見つけて彼は満足だった。しかも、ほんものの解決なのだ。彼女は大きな貰い石、彼の人生を意味あるもので満たしてくれる宝のような存在だ。ただ、気になることが一つあって、落ち着かなかった。彼女は、彼自身についての残りの事実を知らないのだ。いつか、話さなくちゃならない。今のところは、彼女を狼狽（うろた）えさせないことが肝心だと信じていよう。

数日後、彼女から礼儀正しい長文の手紙が届いた。バスから眺める景色の楽しさについて行をさいて記していた。ガリラヤ地方の山並みや谷が好きなのだとわかる文章だった。手紙の終わりに、彼女が読んだ彼の短い記事について、おどろきを記していた――どうして、あなたはアラブ人についてなんか、関心をもっているのでしょう!!――

彼は嵐が近づいて来るのを感じた。不安をおぼえていたものがついに来た、と。さあ、申し開きをしなくてはならない、アラブ人への「関心」について説明しなくては。

デートの申し込みをうけてくれたことも慰めにはならなかった。会っても、テルアビブのハビマ劇場での最近の出し物とか、このあいだ観た映画のことは話題にできない。だが、だからこそ、会わなくちゃならない。もう一度会わなければいけないが、二人の意見が一致しない小さなネジについては議論はするまい、嘘もつくまいと決めた。

デートには約束の時刻前についた、それが彼の性格だった。いつも、遅れるより待つほうを選ぶ。だが、彼女も遅れなかった。約束した時刻の五分前に、デートのために念入りにおしゃれしてあらわれた。化粧したせいで顔がいっそう輝き、チェック柄のドレスがセンスの良さと生活の豊かさをあらわし、彼の誘いにのるかのように長い髪が風にたわむれ――彼の心はきりきりした。

あいさつを軽くかわした。一緒に、通りの角にある小さな喫茶店に黙ったまま向かい、閑散とした小さな店の片隅に腰をおろした。

「話を聞くのって、好き?」と訊いた。

彼女は笑みを浮かべて、好奇心いっぱいの目で彼を見つめた。彼女が訊きたいのかどうかまったく自信がなかったが、彼は話を一つ披露しようと口を開いた。

「むかし、イェリホ近辺の景観を愛している修道士がいた。修道士は日々、あたりを丹念に眺めた。ある日、教会の塔に立つ十字架の上に巨大な鷲がいるのに気づいた。一瞬ののち鷲は飛び立ったが、飛び立つと同時に十字架の上に聖なるものにふさわしからぬものを置いていったのを修道士は認めた。修道士は無礼な鷲に腹を立てた。数日後、鷲がまた同じふるまいに及んだのを見て修道士は憤った。一週間後、鷲が三度目のふるまいに及ぶと修道士は復讐（ふくしゅう）を決意した。少量の肉を丁寧に叩いてつぶし、そこに相当量の激辛の唐辛子を混ぜこみ、その肉を鉢にいれて、塔の十字架のそばに置いた。そのそばにもう一つ、アルコール度数の高いアラク酒（中東や北アフリカの、棗椰子や葡萄が原料の蒸留酒）をたっぷり入れた鉢を置いた。

つぎの日、鷲がまたあらわれた。鷲はいつもどおりのふるまいに及び、だが、飛び立つ前に肉に目を留め、しっかり平らげた。辛い唐辛子が、身体の内側から火が噴きだすみたいに腹のなかでチクチク焼けた。鷲は水を探した。アラク酒の鉢があった。鷲は焼けつくような渇きを癒（いや）そうとがぶ飲みした。挙げ句に泥酔し、飛ぼうとして――修道院の中庭に落ちた。修道士は鷲を捕まえた。

『もしお前がキリスト教徒だったら、あんなふるまいには及ばなかっただろうし、聖なる十字架を汚しもしなかっただろう。もしお前がユダヤ教徒だったら、不浄食（テレファ）を食べたりなんぞしないだろう。もしお前がイスラム教徒だったら、禁忌のアルコールなど飲まないはずだ。つまるところ、お前は宗教をもたない輩（やから）ということ。どこにも属していないということだ。お前を拷問（ごうもん）にかけ、死刑を言い渡す』」

彼は話し終えて黙った。彼女は何も言わなかった。彼が奇妙な話にケリをつけるのを待った。

ウェイターがあらわれて、その場を救った。

「ところで、飲み物はいかがいたしましょう？」

「コーヒー……はどう？」と彼女に訊いた。彼女がうなずいたので、ウェイターに手で「コーヒーふたつ」と合図した。そして、「トルココーヒーを」とつけ加えた。

「で、つづきは？」ウェイターが遠ざかると彼女が訊いた。

「なぜまたアラブ人問題なんかを、って知りたかったんだろう？　この話で説明がつくんじゃないかと思ったんだ。彼らは両側にとって、国境の両側にとって、『宗教なき者』だから。あるときはイスラエル人とみなされ、あるときはアラブ人とみなされる。ほら、君の前にいい例がいる――ぼくだ」

彼女の顔が凍りつき、顔に輝きを与えていたやわらかな笑みが消えた。彼の口からもっとことばを期待しているようだったので、がっかりさせたくなかった。

「それが、いまの状況なんだ、リナ」決着がついてしまった事実を念押しするように言った。

「ほんとのとこ、名前でわかるべきだったわね！　いつ、移民してきたの？」

彼女からのことばを望んだとしても、いちばん失望させられることばだった。

「アラブ人の移民について、聞いたことがあるの？」

「さあ、知らないけど……えっ、アラブ諸国からの移民ってないの？」

耳にしたことを消化できなかった。この大きな、深い知恵を発しているようにみえる黒い目が、単なる穴だったなんて、そんなことがあり得るだろうか？

「ぼくはアラブ人だ」一音、一音、はっきり切って発音した。「ア・ラ・ブ・人」

「わたしに何を言いたいの？　あなたは侵入者なの？」

頭に浮かんだことばを口にする勇気はなかった。礼儀正しくありたかった。だんまりが、彼女は気になるらしかった。

「あなたって、スパイ？」少しばかり声が高調子になった。

「信じられない、まったく」彼は自分の心に向かってつぶやいた。

考えを声に出しているふうに見えたのだろう。彼女は彼のことばを繰り返した。

「信じられない、まったく……わからない」

「むずかしいね」彼は自分の立場から同調した。「まったく」

コーヒーをひと口飲んで、彼は、この地生まれの女性がこの地に住むアラブ人の存在を知らないこと、その女性にとってアラブ人は侵入者かスパイとしか見えないことについて考えた。彼女はただもう、この青年は、自分はアラブ人であると語りたいばかりにデートに誘ったということに呆然（ぼうぜん）としていた。変わってるのね。

だが、一杯のコーヒーは人を落ち着かせる。軍事交通許可の時間ぎりぎりまでゆっくり飲んだっていいのだ。デートは終わり、バスが山並みを疾駆して来た。不本意にも、彼はぽつんともらした。

「信じられない、まったく……」

アターッラー・マンスール　Atallah Mansour

一九三四年、パレスチナのジーシュ村のキリスト教マロン派とギリシャ正教の背景を持ったアラブ系キリスト教徒の農家に生まれる。一四歳のとき第一次中東戦争（一九四八年）に巻き込まれてレバノンに逃れ、難民向けの学校で学ぶ。その後、国名がパレスチナからイスラエルに変わった故郷に戻り、中学校を卒業。一七歳で、イスラエル独自の農業共同体のキブツ・シャアル・ハアマキムに最初のアラブ人として居住して学ぶ。一九五四年、ベン・グリオン首相に、自分はイスラエル・アラブ人、あるいはイスラエルのパレスチナ人という曖昧（あいまい）な立場にあって、ユダヤ人の仲間になれない、と手紙を書くと、首相の座を一時的に退いていたベン・グリオンは、この国にはユダヤ人やアラブ人はいない、イスラエル人だけだ、と返事を書き、彼をネゲブ砂漠の居住地スディ・ボケルに招いた。そこからマンスールのジャーナリストとしての道がひらけていった。ヘブライ語新聞「ハアレツ」の初のアラブ人記者として、一九五八〜九二年の三四年間働く。六〇年にイスラエル国籍取得。ナザレ在住の左派系ジャーナリストとして、ヘブライ語とアラビア語で発信している。著書『サミーラ』(一九六二)はアラビア語、『新しい光に』(一九六六)はヘブライ語で刊行。一九七三年にはオックスフォード大学を卒業。英語版の自伝 *Waiting for the Dawn* (Secker & Warburg)を一九七五年に刊行。一方、一九八三年にはナザレでアラビア語週刊誌を創刊、八年間編集長を務める。同誌はアラブ人たちに最も親しまれている代表的週刊誌の一つとしてイスラエル国内およびヨルダンで読まれているという。

マンスールはアラブ人に対してもきびしく、「民族的な流れに乗じてあちこちで衝突を繰り返す」とイスラム勢力を批判している。「母語のアラビア語、仕事と生活上の言語のヘブライ語で両民族に向けて語り、英語で両民族と全世界に向けて発信している」と自伝プロフィールで語ってもいる。

本作品からは、宗教と民族が異なる男女の「わかりあえない」ズレと焦りがじんわり読み手に伝わってくる。「ハモレデット」の記者像は多分に著者自身の分身である。無知のせいばかりではない、他者を理解しようとしない閉じた心への警鐘のような本作には、諦念さえただよう。コーヒーがそうした侘しさを少しは癒してくれるのだろうか。

日記の一葉

リンカ
ラファエル

イリット・アミエル

日記の一葉

一九四二年、秋の終わり。まだ、寒さはさほどきつくなく、赤黄色の枯葉が砂土や泥にまみれて舞っていた。ときおり、よごれた緑のイガにくるまれた暗褐色の栗の実が見つかった。

街路にひと気はなかった。恐怖に麻痺（まひ）している。ガラスが割れ落ちた窓が眼窩（がんか）のように、わたしたちをにらんでいる。道の向こう端のユダヤ病院まで行かなくちゃいけない、と、父さんがわたしを急（せ）かした。だが、声に妙なふるえが籠（こ）もっていた。わたしは、母さんが手編みしてくれた緑色の毛糸のジャケット、スカーフとベレー帽、それに薄手のコートを着込んだ。父さんがまた母さんの編みもの好きをだしにしてふざけたが、もう誰も、父さんのジョークにのらなかった。世界は炎をあげていて、わたしたちは炎の渦中にあった。

母さんが乾いたパンをひと切れ手渡し、わたしの顔をキスで濡らした。わたしはパンを齧（かじ）ったが、なぜそんなに母さんが泣きじゃくるのかわからなかった。だって、夜になればまた会えるじゃないの。そう、両親は約束してくれていた。だが、あのときから、母さんに会っていない。母さんの顔は、戦争が終わって、アメリカに住む母さんの姉妹が送ってくれた、傷（いた）んで黄ばんだ写真でしか思いだせない。

街路のはずれ、アーリア人区との境い目に立っているウクライナ兵は、窓のなかに気配をわずかでも感じると撃ちこんだ。父さんは神経を張りつめ、父さんにくっついて建物ぎりぎりのところを這いすすむんだよ、と言った。かつて鞄を持って、友だちにかこまれて笑いさんざめきながら学校に通った道を、わたしは四つん這いになって父さんとすすんだ。突風が土ぼこりを舞いあげ、一瞬、目がくらんだ。ウクライナ兵が三発撃ってきた。弾丸が頭上をヒューッとかすめた瞬間、父さんとわたしは凍りつき、それからまた這いつづけた。それほどの道のりではなかったのに、わたしには永遠につづく距離に思えた。わが人生で最も長い道だった。最近、あの時の銃弾の音で、夜、目が醒める。

　病院の重い門扉にへばりつき、握りこぶしをつくって必死に門を叩いた。父さんの知り合いのユダヤ人警官がそうっと開けてくれた隙間から、父さんとわたしは中庭にすべりこんだ。父さんが警官に緑色の札束を渡した。そこから、すべてがあっという間に進行した。素早すぎるほどだった。警官はわたしたちをうす暗い倉庫に連れていき、懐中電灯をつけて、壁板を一枚、それからもう一枚、剥いだ。壁に黒い穴が現れた。

　父さんはわたしを抱きあげると、「プールで飛び込みをするみたいに、両手をのばしなさい」と言って、穴にわたしを頭から押しこんだ。だが、穴の口が狭すぎたので、あわててわたしはコートを脱ぎ、父さんはまた、わたしに飛び込み姿勢をとらせて黒い穴に押しこんだ。わたしは呆然としていた。さよなら、を言う間さえなかった。父さんの、嗚咽と微笑みがないまぜになった青ざめた顔だけをおぼえている。

　穴の向こう側にいた、口髭をたくわえた男の人がわたしを引っぱりだして立たせてくれた。気を取りなおす前に、黄色いコートが足もとに落ちた。顔をあげると、もう穴はなかった。すべすべした壁には「チェンストホーヴァの黒い聖母」の金箔の聖画がのどかに掛かっていた。

こうして、わたしは強制移送の真っ最中にゲットーを脱出した。子ども時代、ベレー帽、スカーフ、美しい母さん、そして頭の禿げた愛する父さんは、向こう側にとどまったままだった。あのとき、わたしは一一歳だったが、あれ以来、わたしは安らぎを知らない。

リンカ

リンカはずっと前から、こんなことのあとでは生き続けられない、と見抜いていた。他の人たち、彼女より年上の知者、タデウシュ・ボロブスキ、パウル・ツェラン、プリーモ・レーヴィ、イェジー・コシンスキ、ボグダン・ヴォイドフスキたち[*1]より、はるか以前に気づいてしまっていた。彼らのように自らの魂に手をかけた。二度、命をとりとめられたが、彼女は自分の選択が正しいと信じて頑固だった。そして、三度目に、この素晴らしい世界から永遠に姿を消してしまった。

リンカはたったの一八歳だった。海のような緑青色の、アーモンドの形をした目、輝く漆黒(しっこく)の髪、やっと歓びをしりそめた女らしい豊かな肉体。

リンカの葬儀は土砂降りの日で、「天さえも彼女を悼んで泣いている」と、ありきたりのことばがとびかった。わたしはリンカより四歳年下だったが、彼女は間違っていない、正しいことをした、

*1　タデウシュ・ボロブスキ（一九二二〜五一年）、パウル・ツェラン（一九二〇〜七〇年）、プリーモ・レーヴィ（一九一九〜八七年）、イェジー・コシンスキ（一九三三〜九一年）、ボグダン・ヴォイドフスキ（一九三〇〜九四年）。いずれも、ショアをくぐり抜けたが、戦後に自殺したユダヤ人作家・詩人。

と思っていた。自分にはない、彼女の勇気にわたしは憧れた。

一九四五年、ドイツのとある難民キャンプでのことだった。リンカの棺のあとを、濡れそぼち、靴に貼りついてくる黒い泥土に凍えた足をとられながら、わたしたちはのろのろ進んだ。彼女を思い、そして、じつのところは自分たち自身を思って泣いた。なぜって、炎が杉の木を焼きつくすなら、杉の木にしがみついたつまらぬ苔に、何を言えようか。彼女は美しく才にあふれ、歌も踊りも上手だったし、彼女には娘を心配する本物の母親がいて、あたたかくてきれいな服や食べものやお菓子を届けてもらっていたのだ。

若者たちは、花に引きよせられる蜜蜂のようにリンカに惹かれた。彼女のまわりに群がり、どんな仕草も見落とさないように努めて、リンカの気まぐれにつきあっていた。噂が流れた。強制収容所にいたころ、ハンサムなSSの男がリンカに入れあげて異種族混交さえ厭わないほどだったという。だが、彼女は求愛をはねつけ、男を嘲った、男は報復にリンカの弟のミェチョを撃ち殺した、と。

最近、わたしはリンカのことをたびたび想い、彼女のその後を想像してみる。あのとき彼女が死へのはげしい誘惑に打ち勝っていたなら、いまは七〇歳のはずだ。きっと、弟の形見の名のついた息子「ミェチョ」、ヘブライ語読みだと「モシェ」がいて、その子は友だちからは「モシク」と呼ばれているだろう。モシクはきっとコンピュータ技師だろう。だって、ポーランド人の母親には弁護士か医者か技師ぐらいの息子でなければいけないのだから。それに、きっとのっぽで生意気な孫が三人いて、孫たちは、「……ていうか」とか「まあな」なんてしゃべり、そのうちのひとりは、ちょうど今年、パラシュート部隊士官コースを修了し、任官式典で彼女は感極まって涙し、わたしの孫がユダヤの国の軍隊で士官になった、と胸のうちで呟くのだろう。

彼女には高級住宅地ラマトアビブが似合うし、ハイテク企業サイテックの輸出部門を統括して、わたし白のミツビシを乗りまわす、いまなお風采のいい夫がお似合いだ。彼女は髪をブロンドに染め、Gのモノグラムのついた注文仕立てのグッチのスーツを着ているだろう。きっと月に一回、月曜日に、新オペラハウス隣りのカフェ・アプロポ[*1]でわたしたちは会い、彼女はコーヒーに合成甘味料を入れ、細めの洒落た煙草イヴを手にしているだろう。

だが、すべては無。リンカは黒く冷たい、ドイツの泥土に葬られたままだ。それにいまは、夫が心臓か脳の発作に襲われたらどうしよう、孫が兵役でレバノンに送られるかもしれない、自分もアルツハイマーやパーキンソン症になるんじゃないか、という不安からも解き放たれている。かつて、わたしは死を選んだ彼女の勇気に憧れた。いま、わたしは、生を選ぶ方がずっと大きな勇気がいる、とわかっている。

＊1　カフェ・アプロポは一九九七年に自爆テロに遭って閉鎖した。

ラファエル

新聞にラファエルの死亡告知を見つけたつぎの日、ドイツで投函された彼からの手紙を受けとった。わたしはいま、長い年月にわたって彼から切れ切れに聞いた話を書き記す義務を果たそうとしている。

ラファエルに最初に会ったのは、一九四五年、ドイツのランツベルクの難民キャンプでだった。ラファエルは上背があって日焼けし、下あごが張り出して、男らしかった。革ジャンに黒のブーツ。本物のパルチザンみたいだ、とたちまち、わたしは報われることのない恋に落ちた。わたしは一四歳、彼は二一歳だった。

ラファエルは、わたしより年長の女たちにもてはやされていたが、なぜか、わたしを可愛がってくれた。わたしを「ティノック」と呼んだ。それはヘブライ語で「赤ちゃん」という意味だそうだったが、フランス語だと信じ込んでいたわたしは、その愛の表現が大好きだった。ラファエルは、わたしの二番目の片想いの相手だった。一番目は生まれ故郷のポーランドの地だ。

自由になってからの数年は、みんなと同様、戦時中のことはほとんど何も、どうやって助かったのかも口にしなかった。話題にしたのは、パレスチナでの未来についてとか、本について、シオニズムやわれわれの関係について、だった。ああだこうだとおしゃべりし、だが、ついこの間あったことを冷静に口にできる状態ではなかった。

その後、イタリアやキプロス島の難民キャンプで、わたしはさまざまな愛を知った。そして、ついにパレスチナに辿りつき、嵐のような新しい日々がはじまった。わたしはあるキブツへ、ラファエルは別のキブツにいった。ふたたび会ったのは、何年かたって園芸セミナーでだった。ラファエルは相変わらず日焼けして美々しかったが、わたしにはもう、彼の男性的魅力に免疫ができていた。

ラフィ、わたしがあなたを好きだったこと、気づかなかった？　と、わたしは言った。

いや、だって君はまだネンネだったじゃないか、と彼は言った。

そこで、わたしたちは戦時中のことを、はじめて口にしたのだった。父親に、「近くの森に走れ」と絶滅収容所にひた走る列車から突き落とされた、とラファエルは言った。

誰かが生き残って語り伝えなくちゃいかん、と親父が言ったんだ。おまえは若くて丈夫だから、うまくいくかもしれん。飛びおりろ！　そう言って、親父は少し広げてあった板の隙間にぼくを押しこんだ。ぼくは怖くて狼狽えたが、列車から飛びおりると、森に向かって走った。弾丸が踵をねらって飛んできた。

ラファエルは森に入っても走りやめず、ついには気を失って倒れた。意識を取り戻したラファエルが怯えた目をあげると、若い男がのぞき込んでいた。ドイツ人のハンスという、村から遠い森のはずれに、妻のイルゼと住んでいる農夫だった。ハンスは癲癇症だったので、兵役を免除されていた。子どもがいない夫婦にとって、ラファエルは天からの贈りものだった。彼らは収穫のうちのかなりの部分を国庫に納めなければならず、家事や野良仕事を手伝ってくれる人手がほしかったのだ。

ハンスとイルゼはラファエルを匿うことにし、三年ものあいだ、ユダヤ人を匿ったことで死の危険にさらされて過ごした。幾度となく、神経が麻痺しそうなほどの恐怖を三人は味わった。だが、ラファエルは生への宣告を受けて、生きのびた。

戦争が終結すると、ラファエルは家族を捜すためにハンスとイルゼのもとを去った。そして、誰も、何処からも、戻ってこなかったとわかり、他の多くの人たちと同じように天涯孤独になったのを知ったラファエルは、ヨーロッパを捨てて「旧くて新しい地(アルト・ノイ・ラント)」*1に行く決心をした。その後、ユダヤ難民たちと出会って、「脱出(ブリハ)」*2組織のボランティアとしてヨーロッパの難民キャンプで働くようになった。そこで、わたしたちは知り合ったのだった。

三日間のセミナーが終わると、わたしたちは気持ちよく別れ、その後もゆるやかに連絡をとりあった。ラファエルはキブツの中心的立場にあって、イスラエル第五世代目のスファラディ（ルーツがスペイン語系のユダヤ人）のニラと結婚していた。ニラのおかげですんなりと、イスラエルに、キブツに、新しい文化に馴染(なじ)めたのだ。彼らには息子がひとりいた。

一九八八年、わたしは中国ツアーに参加した。同じツアーにラファエルも参加しているのを知ってうれしかった。だが、ラファエルはもはや映画スターのようにも、若きパルチザンのようにも見えなかった。相変わらず日に焼けていたが、髪には老いが見え、背が曲がり、頬(ほお)には深い皺(しわ)が二本刻まれていた。無口で精彩がなかった、何ひとつ透過しないガラス製の鐘に閉じこめられているみたいだった。

素晴らしい、滅多にないツアーだった。中国。知られざる国、素晴らしい自然、新奇な香り、神秘的な遠い文化。だが、こうした魔法もラファエルには届かないようだった。見ているようで何も見ず、耳を傾けているようで何も聞いていなかった。彼は周囲とつながりを断って黙していた。

ツアー最後の日の夕べ、ラファエルとわたしは魅力的な桂林に別れを告げようと散歩に出た。と、いきなり、ラファエルの舌の枷がはずれた。

君がいろんなことを、われわれふたりにとっても大切なことを書き留めているとわかっているんで、これから君が知らないあることを話すつもりだが、ぼくが生きている間は誰にも話さないでくれ。でも、ぼくが死んだら、君の気のすむように書いてくれてかまわない。

ラフィ、あなたのことだもの、わたしの葬儀で泣くことになるわよ、とわたしはふざけた。だが、約束した。そして、今日、はじめて彼が話してくれたことを記す。

中国の暗闇のなかで、まるで自分自身に聞かせるかのように、ラファエルは戦後のドイツで、彼を救ってくれた人たちのもとを去ったときのことを語った。出立前、ハンスに懇願されたという。息子みたいに思って一緒に暮らしてきたが、自分の家族を捜しに行きたいというお前の気持ちもわかる。ひとつだけ頼みがある。出発前に子をつくって、この地にはもう決して戻ってこないと約束してくれ、と。

そして、そのように事は進んだ。ラファエルは最後の夜を夫婦のベッドでイルゼと過ごし、ハンスは森で過ごした。

ぼくは多くの女と付き合ってきた、とラファエルは言った。だが、あれほどはげしい経験はした

＊1 「旧くて新しい地」Alt-Neu Land は本来的にはテルアビブを指すが、ここではイスラエルのこと。ヘルツルの小説『アルトノイラント』にちなんでいる。

＊2 「ブリハ」は「脱出」とか「逃走」を意味するヘブライ語だが、ここでは第二次世界大戦末期に森や隠れ家や強制収容所にいたり、パルチザンだったユダヤ人約三〇万人を密かにパレスチナに脱出させたシオニストの活動とその集団を指す。ソ連やその同盟国は戦争難民のパレスチナへの移動を認めず、また、パレスチナ委任統治国の英国も受け入れを認めていなかったため、ブリハは逃走ルートも集団も多様だった。初期にはワルシャワ・ゲットー蜂起を指揮したイツハク・ツケルマンやパルチザンのリーダーのアバ・コブナーがいた。後に、アバ・コブナーはアバ・コブネルとしてヘブライ語詩に名を残している。

ことがない。イルゼは母であり、救けてくれた人であり、最初の女だった。最初で最後という思いのせいか、感覚が鋭敏になっていた。

ラファエルは語り終え、わたしたちはホテルに荷造りに戻った。

つぎの日の長いフライトの間、ラファエルはひとり息子を事故で亡くしたと話してくれた。息子が運転していたトラクターが泥土で滑って横転し、息子と外国から来ていたボランティア二人が圧死した、と。

あのショックからは二度と立ち直れない、とラファエルは言った。ニラは最悪の精神状態で、夫婦関係も悪くなったし、ぼくはまた、あの頃みたいに孤独で余計者の気分なんだ。

ラファエルの話を聞いてずいぶん考えた。ショアに遭いながら生への宣告を受けた者たちの運命やその後は、あらゆるものに優先して、わたしを惹きつけてやまない。

神々はきっと、ラファエルが救出されたことを、あたたかな国を、素晴らしい家族を、成功を、羨んだのかもしれない。誰にわかろう。

ここ数年は、ラファエルとはあるかなきかの、それもわたしが主導権を握った恰好で、話題に気をつかいながら何気ない調子で祭日近くに連絡をとるだけになっていた。最近、共通の友人から、ラファエルはハンスとイルゼを訪ねてドイツに行くつもりらしい、と知らされた。わたしは驚愕(きょうがく)した。彼の地には絶対に戻らない、と誓ったのではなかったか。

その後、彼の死亡告知があり、ドイツから手紙が届いた。手紙にラファエルは書いていた。

約束を思いだしてほしい。君はもう何を書いてもかまわない。だが、補足しておきたいことがある。誓いにもかかわらず、ぼくはドイツに戻った。ハンスは老人ホームにいた。イルゼは数年前に亡くなっていた。奇妙な再会だった。近しさと懐かしさと疎(うと)ましさとよそよそしさが入り交じった再会だった。別れる前に、子どもは？　と口ごもりながら訊ねたら、ハンスはぼくに背を向けて、囁(ささや)くような声でいった。『ああ、息子がいた。イスラエルに〈善行による過去の償い(ヴィーダーグットマフング)＊1〉に行って、それきりだ。事故死だった。キブツで、その日の労働から戻るトラクターに乗っていて、トラクターが泥土で横転し、トラクターに潰(つぶ)されて死んだ。あと二人死んだそうだ。もう、行ってくれ、戻ってくるなよ！』

打ちのめされた、とラファエルは締めくくっていた。

その後、彼は、死体を焼却炉で焼くように書き残してドイツで自殺した、と知らされた。

＊1　Wiedergutmachung の訳は「ナチスの不正行為に対する損害回復、あるいは原状回復」が通例だが、ここでは本文の意を汲んで、敢えて、「善行による過去の償い」にした。

イリット・アミエル　Irit Amiel

一九三一年、ポーランドのチェンストホーヴァに生まれる。ポーランドに一六世紀から住んでいた家系で、同化ユダヤ人の両親は布地商を営んでいた。第二次世界大戦が始まるとチェンストホーヴァのゲットーに移るが、父の助けでそこを脱出、偽の出生証明書でワルシャワとその近郊の村々で過ごす。終戦近く、「ブリハ」のイツハク・ツケルマンと知り合ったのが縁で、北ポーランド、ドイツの難民キャンプ、イタリア、キプロス島を経て、四七年にパレスチナに渡り、キブツに落ち着く。その後は子育てしながら、オープンカレッジで哲学や文献学、文学や翻訳を学ぶ。

　一九九四年、六三歳で詩集『ショアの試練』をヘブライ語で発表。同年、ポーランド語版も出て、ヘブライ語とポーランド語の両言語で詩やエッセイを執筆するようになる。ポーランド文学界最高のニケ賞にノミネートされ、ポーランドの優良二〇作品にも選ばれた『Osmaleni』（一九九九）のヘブライ語版が『灼焦 Tzervim』である。同書は英語、ドイツ語、イタリア語、ハンガリー語、中国語、日本語で翻訳出版されている。

Photo by Ira Raviv

　翻訳者としては、ショア詩人ダン・パギスの詩集をポーランド語に翻訳。逆に、ポーランドの詩人マレク・フワスコ、ハンナ・クラル、ヘンリク・グリンベルグほかの作品をヘブライ語に翻訳、ノーベル賞詩人のヴィスワヴァ・シンボルスカ作品もヘブライ語の文芸誌を飾った。二〇二一年没、享年九〇。
　訳出は『灼焦 Tzervim』（二〇〇二）の冒頭三編。薄手の作品集に数ページの短編が二四編収められているが、そのいずれもが緊迫した「ショアの物語的証言」である。一読してわかるように、「日記の一葉」は作者自身の記録である。イリット・アミエルは自らの体験や、子ども時代の友人たちの記憶を手がかりに、ショアを経てイスラエルに暮らす人々の長い沈黙を心理描写を抑えて、目撃者として、証言として再生した。各編の主人公たちは不条理な年月を生きのびたが、その人生にはショアの影が落ち、ときにのしかかられて、「生」を奪い取られる。あるいはどこかの国に逃げださざるを得ない。生きのびた人々の「その後」の、なんと重いことか。
　英国の歴史学者サー・マーチン・ギルバート（著書に『チャーチルは語る』『イスラエル全史』他）は、英語版（二〇〇六）の序文に、〈それぞれの話の即時性や強靭さが、経験の真正さが、いかほどかを明示している。イリット・アミエルは、それぞれの作品のなかで彼らを再び生かし、彼らはイリットによって作品のなかで再び生きている〉と記している。『灼焦』と同じテーマの『Dual View』は二〇〇八年に上梓されて二ケ賞にノミネートされたという。二作合冊での邦訳出版があってもいいのではないか。

邦訳作品に、『SCORCHED 焦がされた世代—ホロコースト生存者短編集—』石原みのる訳、赤塚高仁・船井勝仁監修・解説、きれい・ねっと、二〇一八年刊。

最後の夏休み

ウーリー・オルレブ

あの戦争のそもそものはじまり、根っこのようなものを見つけようとして、だが、歴史の本に書いてあることに納得しおおせたことは一度もない。ぼくの想いはいつも、山で過ごしたあの最後の夏休みにかえっていく。

山には、白字でＰＫＰ（ポーランド国有鉄道）と記された灰色の長い汽車に乗って行ったが、弟は六歳だったから、もちろん何もおぼえていない。母さんと一緒で、乳母のヤンカさんは顔をふいてばかりいた。旅の途中、戦争の徴候らしいものはなかった。いやそれとも、ぼくたちが気づかなかっただけかもしれない。もしかしたら、大きな鶏肉といっしょくたにオーブンで焼かれていたのかもしれない。その鶏肉をぼくたちは歓声をあげながら、ナイフやフォークなしの素手でつかんで裂き、汽車は走りつづけ、山はまだ遠かった。山って、何？　ぼくたちは山を知らなかった。海を知らなかったように。ぼくたちの国は広大な平地で、町暮らしの人々は一生どこにも行かないことだってある、と母さんが、山や海を見ないで一生を終える人たちのことを話してくれた。

夏の二か月、ぼくたちは二階建ての山小屋で暮らした。近くから見る山はぜんぜん灰色じゃなかったし、そんなに高くもなかった。山の斜面には土や木々や岩、それと耕作地があった。山の峰は汽車の窓からの眺めほど切り立っていなかった。山腹にはおもちゃのような小さな家や柵が点在し、細い道が山頂に向かって、緑のなかにくっきり刻まれていた。毎朝、山羊を放牧に連れだす人たちの姿が見えたし、上の方には牛もいた。牛はいつも上の方でじっとしていて、ほんのわずかしか動かなかった。

山で、ぼくたちはまたナイフとフォークで食事するようになり、ヤンカさんがそばで世話を焼いた。だが、まもなくヤンカさんは行ってしまい、最後の日になって戻ってきた。子ども部屋は二階にあった。弟はベッドからしょっちゅう転げ落ち、ドシンと音が立つたびに、母さんがのぼってきて弟をひろいあげた。

ほかに、二家族いた。ちょっと年上で、ポーランド語があまりできないドイツ人の奥さんとポーランド人のご主人。もうひと家族はシオニストだった。そこの太った男の子はシオニストを自称していた。ぼくたちは、自分をなぜ蔑称(べっしょう)で呼ぶのか、はじめのうちはよくわからなかった。母親と乳母と三人連れだった。その子は、家の近くにある川の飛び石を跳べなかった。飛び石はたしかにつるつるしていたし流れも速かったが、川は深くなかったから、ぼくたちはおもしろがって飛び石づたいに渡っていたのだ。その子の乳母のヤンカさんが「粉袋」を担ぐみたいにデブの少年を背負って渡った。デブが山に来る前、ぼくたちは毎朝、家の前の砂利道をはだしで歩いて鍛えていた。チーズを届けにくる農婦みたいな、頑丈な足の裏にしたかった。それから、野原に出かけた。柵で囲まれたぼくたちの野原には緑の牧草がうっそうと茂り、真ん中を川が走っていた。ぼくたちは牧草に寝ころんでゴロゴロ転がったり、戦争ごっこをした。ときには弟を勝たせてやった。でないと飽きて遊びたがらなくなるからだ。牧草のなかの「おまんじゅう」を踏まないよう気をつけないといけなかった。牛の糞がどうしてあそこにあったんだろう？　ぼくたちの野原には放牧牛はいなかった。なのに、ホヤホヤの「おまんじゅう」がときどきあったのだ。

川で泳いだ。顔を水につけて手を広げ、息が切れるまで浮く。岸を思いっきり蹴って浮いて目を開けると、もう向こう岸に着いている。デブは泳ぎたがらなかった。川にきても、足をひたすだけだった。デブはおまんじゅうのことをぜんぜん知らなかった。あれはぼくたちが倒した木の切り株だから、腰掛けるとらくちんだぜ、とぼくたちはデブに教えた。

デブとぼくは議論した。デブは、シオニズムはいちばんいいユースムーブメントだと言った。ぼくがＰＰＳ（ポーランド社会党）の鼓手になったあとで、そう言ったのだ。五月一日のメーデーに楽隊鼓手のぼくが青いシャツに赤いタイを結ぶと、楽隊と赤い旗を見て、近所の緑のタイの連中でさえ、ＰＰＳに自分たちも入りたいのだが、とぼくに訊きにきたというのに。デブはほかのことも言った。ことばについてだった。作り話だとぼくは思った。ヤンカさんが、そういうことばがある、とあとで教えてくれた。わかったよ、だけどそのことばが世界一カッコイイってわけじゃないよね。デブとぼくと弟は、二人の乳母と散歩に出かけ、乳母たちはヘブライ語ということばについてしゃべっていた。乳母二人が何かしゃべり、デブも何か言った。変わった響きのことばだった。母さんに訊いてみた。母さんは微笑(ほほえ)んで、何も言わなかった。

夜になると、ベッドにかかっていたシーツをはがしてかぶり、デブの部屋に忍び込んだりした。デブには乳母がついていたが、ぼくたちは意に介さなかった。庭のテーブルにデブを座らせて、ブランコだと教えた。ほら、こうやって座って揺らすんだよ。手本を見せようか。弟が座って、ぼくがそうっと揺らしてみせた。デブが、うん、と言った。太って重いから、座らせるのがやっとだった。そうっと揺らしたのにデブは悲鳴をあげ、悲鳴を聞きつけた乳母のヤンカさんが階段に姿を見せたので、ぐいっと押したらテーブルがガタッと鳴った。デブもろともテーブルはペシャンコにつぶれ、デブは肝をつぶした。でも、ぼくたちは戦争をはじめなかった。

戦争をはじめたのは、親の土地と金をほしがった若い農夫二人だった、とぼくはときどき思う。

ある朝、二人が村から駆けてきた。ぼくたちが泊まっていた山小屋は、居酒屋のそばにあった。居酒屋にはいろんな情報が集まる。二人は柵の杭をへし折りだした。ぼくたちの柵の杭まで折った。すべて、年老いた母親のせいだった。農夫たちの家にはちょっとした切り株があって、その切り株の上で鶏や鵞鳥の頭を鉈で叩き切っていた。デブに、いつか機会があったら、おまえにもそうしてやるぜ、とぼくは脅してやった。デブはメソメソしだし、弟までぎょっとしたので、冗談だよ、となだめた。だが、農夫たちは真剣だった。でなかったら、柵の杭を折るはずがなかった。二人は老いた母親の手を縛って、「くれるか?」と訊いた。ぼくたちのところに来る農婦が——母さんはその話をしたがらなかった——話してくれたところによると、老いた母親は「やらない!」と言った。大きい方の息子が鉈を首にあてて脅した。「いち、にのさんで、やっちまうぞ!」どうやったか、農婦が見せてくれた。その家にも同じような切り株と鉈があったのだ。農婦が鶏をつかんで切り株に首をのせた。弟が泣きべそをかきだした。「いや、いまはしないよ、馬鹿だねえ、お祭りのときにやるんだよ、今日はそんなことしないさ」と農婦がなだめた。そして鉈をひとふりしてみせた。鉈は切り株に深く食い込んで動かなかった。

ぼくは農夫たちが怖かった。とくに戦争が誰の目にも明らかになってから、軍隊に行くことになって昼日なかに居酒屋で飲んだくれている農夫たちが怖かった。それまで、兵隊をどこから連れてくるのか考えたことなどなかった。なぜ、あの人たちは「ユダヤ人を殺せ」なんて、喚いていたんだろう? ドイツに対しての戦争のはずだったのに。エリーゼさんはドイツ人だった。残念だ。エリーゼさんのご主人はいつも折り畳みナイフやペンチや、釘やねじやいろんな変わった道具をズボンのポケットに入れて持ち歩いていたそうだ。いまじゃない、小さかった頃のことで、いつでも、何でも直したそうだ。いまでも刃がいくつもある折り畳みナイフをポケットに持っていて、それで木の枝を削ってぼくに飛行機を作ってくれた。エリーゼさんは一日じゅう、エリーゼさんの弟に着せるセーターを編んでいた。前線の片っぽにエリーゼさんの弟がいて、もう片っぽには夫がいて、お互いに遠くから叫び合うのよ。ハロー、ハンス、ハロー、ヴァッワフ――二人の名前だ――それから銃をとって撃ち合うの、とエリーゼさんがぼくと弟に言った。終わりの部分がぼくには理解できなかった。だって、知り合い同士なら、なぜ撃ち合うんだろう？　戦争を続けるために撃ち合うのなら、二人のほかにも兵隊はいっぱいいるのに。たとえばフランスに対しての戦争だったらいいのに、とぼくはエリーゼさんのために思った。だって、エリーゼさんの弟はせっかくのセーターを受け取ることさえできないのだ。

＊

やっと、父さんがきた。一週間だけ、ぼくたちと過ごしにきたのだ。父さんと連れだって山の貯水池に行った。父さんは海水パンツ姿だった。登山している間に日に焼けようという魂胆だったのだ。頭にハンカチを巻き、サンダルばきだった。ぼくたちが家並みのあるところを通ると、頭をスカーフでくるんだ女たちが、物陰や窓からこっそり、口もとを押さえて笑いを堪えながら覗き見していた。風変わりな見世物を見たみたいに、女たちは笑いではじけそうだった。父さんは気にもとめなかった。

途中、教会の真ん中に生えている樹を見た。樹の根もとに置かれた石の台はずいぶん前は真っ平らだったが、女たちが跪(ひざまず)いて祈り、そうやって歳月を重ねるうちにいつの間にかすり減って窪んでしまっていた。女たちは何を祈ったのだろう？　ぼくは、山の上の貯水池が水でいっぱいですように、と祈った。

てっぺんは先にいってしまっていた。汽車の窓から見るのとはぜんぜん違っていた。午後になって、やっと頂上に着いた。貯水池に水はなかった。池の近くにいた人たちはすまながり、来週には満杯になるだろうと言った。だが、その人たちは戦争のことを知らなかった。

戦争の前には何らかの兆しがある、と本に書いてある。災厄を告げる彗星が見えるとか、地震があるとか。あの山での休暇中にあったことで、雨以外に兆しめいたものは何ひとつなかった。雨自体はどうということはなかった。雨のおかげで、山小屋はお祭りさわぎになった。あの頃、雨の日々がいちばん好きだった。だが、小川は濁った黒茶色の荒れた大河になって岸を越え、近辺の家々を水浸しにした。あれが、何かの兆しだったのかもしれない。無惨な光景だった。岸が消え、水はあたりかまわず何でも呑み込んで、どっどっと高波になって押し寄せてきた。ぼくたちの野原の小さい貯水池の棒杭も、村の中央にあった橋も濁流にさらわれた。ぼくたちの野原には何も残らなかった。周囲を囲んだ柵の先っぽしか見えなかった。水は山の上の村々からいろんなものを運んできた。樽やテーブル。ベンチや板きれ。死んだ馬。荷車の大きい荷台板にのっかった子どもを二人運んできたこともある。村の人が二人を助けようとして溺れそうになった。下流の村で、村人たちが川幅いっぱいに綱を張って板をひっかけ、やっと子どもたちを救助した。

ぼくたちがときどきお昼を食べに行くペンションの一階も洪水で水浸しになった。大雨のときに食事に行ったら、奥の方に座っていたおかみさんが電話に手をのばそうとした途端にテーブルがひっくり返った。おかみさんは、「きゃあ!」と叫んで沈んだ。顔だけが水に浮いていて、母さんが必死に笑いをこらえているのを、ぼくはちゃんと見た。

雨は何日も何日も降りつづいた。ガラス窓で囲まれていたバルコニーが団欒の場になった。厚い木のテーブルを囲んだ、どっしりと重いベンチにみんなで座った。編み物を手放さないエリーゼさんと母さん。デブ・シオニストの母さんとエリーゼさんのご主人。遊びはトランプで、ときには、ぼくもいれてもらえた。ジンラミーだ。むずかしいゲームじゃない。ストーブに火が入っていた。濡れた松の枝が窓ガラスを叩き、ガラス越しの光は鋭くはなかった、なんというか、明るい灰色だった。

雨があがると、皆殺しの運命になった。

戦争はすでにぼくたちの国の端のほうを蝕(むしば)みはじめていたが、それほど急ぎ足ではなかったし、国は充分に広かったので、ぼくたちは奥深くに逃げて平和の空気をもう少し吸うことができた。ヴァツワフさんとエリーゼさんが町の駅まで運んでくれるはずだったのだが、ひと目につくと車を没収されるので駄目になった。ヴァツワフさんたちは、木立の間に車を押し込んで隠した。デブとその母親と乳母のヤンカさんは姿を消した。かわりに、ぼくたちの乳母のヤンカさんがあらわれ、母さんと二人であわてて荷造りしだした。それから、動いちゃいけない、とぼくたちに言って出かけていった。まもなく、二人はタクシーの運転手と戻ってきた。母さんがヤンカさんに言った。あの辺に残っていた最後の一台だったのかもしれない。ぼくたちは出発した。母さんがヤンカさんに言った。子どもたちのせいで時間を無駄にしたくないの、駅で荷物を見ててくれないかしら？　それから、母さんとヤンカさんはひそひそやりとりをした。母さんがヤンカさんにお金を払ったのだ。村を出た途端、軍用バイクが遠くから追いかけてきた。タクシーの運転手が速度をあげた。カーブや穴ぼこの上を走るたびに振り落とされないよう、母さんがぼくたちを押さえ、――チキショウ、追いつかれてたまるか――と、運転手は叫んだ。駅に着くと、母さんは血の気をなくし、運転手は汗をぽたぽた垂らして笑った。また、お金の話だった。そこに、向かっ腹をたてた軍用バイクの兵士が追いついて、運転手に黄色い紙切れを渡した。

戦争はぼくたちより一足先に駅にきていた。ぼくたちはまず列車の行き先表示が正しくないのに気がついた。「ワルシャワ行き」の表示がついた列車に乗り込んだが、「ワルシャワ行き」ではなかった。あっちだ、奥さん、と指をさして教えてもらったプラットホームに行くと、クラクフ行きの列車が入っていた。それがワルシャワ行きだった。大勢の人がドアにぶら下がって、なかに入ろうとしていた。だが、無理だった。満員だった。人々は屋根によじ登り、機関車に座った。ぼくたちは席を探して、行ったりきたりした。汽笛が鳴った。母が手を握りしめた。「すみません」と窓際の男の人に言った。どうしても、子どもたちを連れてワルシャワに行かなくてはなりません。わかった、奥さん、まず小さいのを寄こしてください。弟がまず窓の向こうに消えた。そのあと、その人が両手でぼくをつかんで引っ張り込んだ。それから、着地場所を足で探っているぼくの目に妙な光景が映った。母さんが、小さな女の子みたいに宙に浮いていた。「小さな女の子」は知らない男の人に両手ですくい上げられて窓からなかに入った。

　その日はまる一日、汽車に乗っていた。だんだん客が少なくなっていった。乗っているうちに汽車は速度を増し、外が暗くなるにつれて、戦争もだんだん遠くなり、だんだん朧（おぼろ）になっていった。まるで、山に置き去られた作り話か夢みたいに。ぼくは椅子に横になって眠ったが、ときどき目をあけると、母さんが例の男の人と話していた。二人は笑いながらしゃべっていた。ふと、弟が男の人の膝に頭をのせて寝ているのに気がついた。なんて、馬鹿な奴だろう。

　夜なか過ぎ、ぼくたちはタクシーで、明かりのついた静かなワルシャワの町を走った。ぼくは横になったまま目をあけて、ベルベットのような空と点滅するネオン文字を眺めた。ぼくたちの家に近いウィルソン広場に「APTEKA（薬局）」の緑のネオンが見えた。母さんが弟をタクシーからおろし、階段を抱えてあがった。ぼくはひとりでのぼった。夜中の二時だった。こんなに夜遅くまで起きてる子はクラスには誰もいない。父さんが笑いながら安全チェーンをはずし、ドアを大きくあけた。父さんはナイトガウンを着て帯を結んでいた。つぎの日の朝、父さんの姿はなかった。父さんとは、偶然、それから一五年後に出会ったが、おたがい、顔さえおぼえていなかった。

ウーリー・オルレブ　Uri Orlev

一九二九年ワルシャワの医者一家の長男として生まれる。第二次世界大戦が始まると父親はポーランド軍に召集され、家族はゲットーに強制隔離される。母親が病気になって銃殺されると、叔母が彼と二歳下の弟をポーランド人の家に預ける。四三年四月のワルシャワ・ゲットー蜂起と炎上を兄弟は隠れ家で見ていた。隠れ家を転々としたのち、叔母とベルゲン・ベルゼン強制収容所送りになり、二二か月後に連合軍に救出される。終戦の秋、兄弟はイスラエルに渡り、オルレブはキブツの牛舎で働きながらヘブライ語を習得し、欠落した学校教育を受ける。

Photo by Andrzej

一九六七年、エルサレムに移り、のどやかでユーモアに満ちた『暗やみの生きもの』（一九七六）ほかの児童書を出し、スタニスワフ・レムやコルチャック作品などポーランド語作品のヘブライ語翻訳も始める。五〇歳になってショアの経験をもとにした物語を書こうと決心し、ナチの連行を逃れた少年の、ロビンソン・クルーソー的な冒険を描いた『バード街の孤島』（一九八一）を発表して評判を得る。『壁のむこうから来た男』（一九八八）、『帽子のレディ』（一九九〇）、『砂のゲーム』（一九九六）ほかを上梓。米国図書館協会賞、コルチャック賞など国内外で数多く受賞し、一九九六年には児童文学のノーベル文学賞ともいわれる国際アンデルセン賞を受賞する。

オルレブの作品にはショアもの、そうではないものに関わりなく、生き残ろうとする意志、信ずるものを守ろうとする姿勢、マイナスの条件をプラスに変え得る柔軟な精神や人間としての尊厳が一貫して流れている。一九九七年に来日したオルレブは、「ショアをカッコ付きの固定観念や感傷で論じてほしくない」と言い、「ゲットーでも収容所でも私たちは生きて、普通に暮らそうとしていた」し、「世の中はパラドックスに満ちている、ひとつの定規だけで測っていてはつまらない」と強調した。二〇二二年没。享年九三。

なお、生年についてカッコ付きの話がある。強制収容所に連行されたとき、年齢が小さいほど脱脂乳を余分にもらえると耳にした叔母が、彼の年齢を四つ少なく申告した。それほどに痩せて小柄だった。戦後、解放軍が作成した身分証も、叔母の配慮で、戦争で学校に通えなかった分を回収すべく四歳少なかった。しかし、イスラエルのキブツに到着したオルレブは自分の目で「四歳」の年齢差を確認し、だが、抜け落ちた教育も受けたかったので「二歳」少なめに申告した。そして、その「一九三一年生まれ」が没年まで続いたという。墓碑を刻した遺族から知らされた事実である。

本作品は、児童書が多い作家としては珍しい、大人向けの短編集『最後の夏休み』（一九六八）の表題作で、第二次世界大戦勃発直前にポーランドの山で過ごした夏の日々を回想した佳品。父親は応召してソ連戦線で捕虜になり、戦後もずいぶん経ってオルレブ兄弟と再会した。

邦訳作品には拙訳で『バード街の孤島』（小学館）、『砂のゲーム』（岩崎書店）、『羽がはえたら』（小峰書店）、『壁のむこうから来た男』『走れ、走って逃げろ』『太陽の草原を駆けぬけて』（三点とも岩波書店）ほか。絵本に『編みものばあさん』（径書房）、『かようびはシャンプー』（講談社）ほか。

ビジネス

シュラミット・ラピッド

「ネズミ、ネズミよ！」

椅子の上で、マインが金切り声をあげた。

ヤエリは箒(ほうき)を握りしめて部屋のなかを走りまわり、ベッドを叩き、タンスを蹴飛ばし、壁を叩きながら、

「どこ、どこに？」と叫んだ。

ベニーは膝を抱えて、家具の下や部屋の隅に目を泳がせた。とうとうヤエリは箒に寄りかかって、むっとしたように鼻の穴を白っぽくふくらませ、椅子の上に立ちすくんでいるマインに言った。

「どういうことよ？　冗談だったの？」

「ううん、そんな……」マインは口ごもった。「見たんだもの……見たの」

マインは癖のない長い茶色の髪をこめかみのところで銀色のヘアピンでぴったり留めて後ろに流し、ピンク色の運動靴の上にはレース飾りのついた靴下がのぞいている。

ヤエリは弟のほうを向いた。

「あんたは、ネズミ見た？」

「ううん」弟のベニーが言った。「どこにいたの？」

「知らない、マインに訊けば？　どこにいたのよ？」

マインは椅子からおりると、机のそばに座り、たしかにネズミだったような気がすると呟きながら、こわごわと床に目をやった。

「だったようだ、って気がしただけで脅すんじゃあねえ。もう、そんなこと言っても耳を貸さないからね、分かった？」

「もういいよ、ヤエリ」ベニーが言った。

「何がもういいのよ」むっとしたように、ヤエリが言った。「勉強しに来たの、それとも金切り声を上げに来たの？」

ヤエリは本を取ると机のそばに立った。マインは額にしわを寄せて暗唱した。

『黄金の孔雀（くじゃく）が飛ぶ
どこに行くのか黄金の孔雀』

ベニーが口を開けたまま、目を天井にしばらく泳がせていたが、やっと声を出した。

『わたしは飛ぶ、海のかなたへ』

学校の劇でマインは花嫁、ベニーは孔雀の役をすることになっている。マインは三行だけ暗記すればよかったが、ベニーは五行だった。

マインが帰ると、ベニーとヤエリはベッドを壁から引きずって離し、奥のネズミ捕りを引っぱりだした。イライラと攻撃的な太った灰色のネズミがかかっていた。鼻水みたいな色の腹に、毛の生えた小さなヘビっぽい尻尾をつけたネズミは、いままで捕まえたうちで一番大きかった。二人は屋上にのぼって箱のなかに静かにネズミを落とした。箱には三匹、先客がいた。新入りで四匹になる。

「こいつ、三匹を怖がらせてるよ」

「もう部屋におりなきゃ。サンドイッチを食べて、お茶を飲みなさいよ」

「小さいやつを襲ったりしない？」

「シャワーを浴びて明日の学校の用意をしたら、ベッドに入るんだよ」

「ソーシャルワーカーのおばさんが学校に来たよ」

「あんた、おばさんと話したの？」

「ううん、デボラ先生と話してた」

二人は黙り込んで、暗くなった通りの向こうを眺めた。

「姉ちゃん、心配なの？」

「なんでよ。デボラ先生と話したって平気だよ。ベニーはいい生徒で、シラミもいないし、ちゃんと宿題してるし。なんで、わたしが心配するんだよ」

「だけど、ぼくたちが嘘(うそ)をついたって、ほんとは、姉ちゃんは一三歳だって先生に言われたら？」

「わたしが誰かを殺した？　盗みをした？　一三歳だって、わたしの責任じゃないでしょ」

「ソーシャルワーカーのおばさんに一五歳だって言ったろ、聞いてたよ」

「だから、何よ。一三歳ですって言ったら、あんたは施設送りになったんだよ。二人とも施設に行かなくちゃいけない瀬戸際だったんだからね」

「だけど、バレたら？」

「バレっこない」

「おばさん、ばかじゃないよ」

「あんたは口をしっかりつぐんでりゃいいの。学校でちゃんとして、休み時間にもふざけたりしないでさ」

「姉ちゃん、怖いの?」

「ばかね、下におりなさい」


倉庫の壁に女が寄りかかっている。屋上にいるヤエリは、女の真上までにじり寄った。また、太ったブロンド女だ。うす暗がりだったが、コツコツ、コツコツというヒールの音で、ヤエリは女が判別できた。男がズボンを落とすまで待った。シャツとズボンの間になにか、変なものがちらちらする。男が女にくっついたところを見計って、ヤエルは箱をかしげて蓋を開け、手すりから離れた。金切り声があがった。「殺し」だって思われるかもしれないとヤエリは思った。予想どおり、逃げていく足音がする。屋上で膝を抱えて座りこんで、ヤエリは頭を膝に押しつけた。どうか、うちの庭が商売女たちの溜まり場だって、ソーシャルワーカーのおばさんに知られませんように。


階段口から、ゆっくりした足音が聞こえる。

「ヤエリ?」

ニサンが階段口から、暗闇にいるヤエリに目を凝らした。

「シシシ……」ヤエリが小声で言った。

ニサンがそばに来て腰をおろした。ニサンはこの建物の唯一の住人だった。もちろん、ヤエリとベニーをのぞいてだが。一年も前に、市とアミダル(国営の住宅供給公社)が区画の住人を立ち退かせ、空っぽの建物を部分的に個人の請負業者が購入した。三階建て、四階建てのビルがあっという間に潰されていくのをヤエリたちは呆然と眺めた。ブルドーザーが突然、いかにも正義を装ってタンク音をさせながら現れ、大きな鉄のフォークで壁を突きくずし、瓦礫の山に変えた。土ぼこりが消えると、驚いたことに、いろんなものがしつこくそのままの姿をとどめていた。壁の破片に写真が残り——

写真には男と女が瓶とグラスを前に座っていた——鍵穴に鍵がささったままのドアが無傷で煉瓦（れんが）のあいだに斜めにかしいで、ときおり意味もなく、前線で傷つきながら倒れる力さえ残っていない兵士のようにゆらゆらと揺れていた。

姉弟の家は、老人の歯茎にしがみつくみたいに残った一本歯のように、再建プロジェクトのなかにぽつんと残っていた。夜になると焼け焦げる匂いが鼻をかすめ、姉弟とニサンは取り壊された建物の周囲にめぐらされた木塀の向こうを、火なのか、火の粉なのか、煙なのかを見定めようと窓から眺めた。きっと、夜警がコーヒーを沸かすか、足をあたためようと焚き火（たび）をしてるんだろう、とニサンが言った。この家のほかには、一六番の、低い石塀に囲まれた平屋建ても残っていた。松葉杖をついている太ったビルゲルばあさんには、嫌な臭いのする老いぼれ犬が二匹いて、ハアハア言いながら、ビルゲルばあさんの後をくっつきまわっていた。一六番の家で生まれた犬だよ、とビルゲルばあさんはニサンと姉弟に説明したが、二匹とも新しい周囲の景色に慣れなかった。

「あたしを追いだすのは、葬儀互助会（ヘブラ・カディシャ）の車でないと無理だよ」とビルゲルばあさんは言った。「人間様を持ち家から追い出すなんて、なんてこったろう。そんな話、聞いたことないじゃないか。ご覧よ、ここは、まるでスターリングラードみたいだ。絶対、家を売っちゃだめだよ」

舗道には看板が落ちていた。『薬局&化粧品——薬剤師ジャン・エルマリヤフ』子どもたちは学校に行きがてら、看板の上で飛びはねては、凹んだトタンが立てる音を楽しんだ。

ニサンはビルゲルばあさんの助言どおり、子ども二人とここに残ることにした。彼は、姉弟の父親に二人の面倒を見る、ほかの家に引っ越さないと誓っていた。子どもたちの父親のブリスケルは、移民してきたばかりでパンに飢えていたニサンに寝場所を与え、手に職をつけさせてくれた。

子どもは神聖な存在です。孤児は、神聖ななかにも神聖な存在です。男の子は二歳で母親を亡くしました、とニサンは裁判官に言った。以来、わたくしニサンは、子どもたちの母親代わりになり、風呂を使わせ、食べさせ、寝かせつけました。二人の子どもの父親は――魂が安らかでありますように――運のない人（シュリマゼル）でした。父親としてはということですが。義足の職人で、関心があるのは義足に義手だけでした。で、どこに正義があるというのです。もし、あのシュリマゼルが生きていたら、子どもたちは家にいられたはずです。ですが、彼は死にました。だからですか？　法律的に言えば、二人は遺産相続人です。二人とも父が残した自分たちの家に残りたいと言ってるんです。二人にまた苦痛を強（し）いる必要があるとおっしゃりたいんですか？　苦痛のうえに、また苦痛を？

遺言によると、ニサンは二人の後見人で、彼の存命中は子どもたちを家から出すことに同意しない、施設より子どもの方が大切だと言った。市に焼かれようが、アミダルに焼かれようが、と。子どもたちはちゃんとして、ニサンとの関係も良好だ、というソーシャルワーカーの証言もあった。それに、実際、問題は何も起きていないという警察の証言もあった。

結構、それではまあ、しばらくの間は……まあ、様子を見るとしますか、と裁判官が言った。どうやら区画の再建プロジェクトは何年もかかりそうですし、孤児たちの家から始めることもないわけで、まあ、決定は一時的なもので、条件付きというわけです、もちろんです。

「条件付き」は半年ほど前、商売女たちがこの廃屋に目をつけるようになって意味を持ちだした。ニサンは子どもたちが傷つくのではないかと恐れ、自分の証言がよかったのかどうか自信がなくなった。ベニーはたったの九歳、ヤエリは一三歳で、子どもが目にする必要のないことが身近なところでいろいろ起きていた。

「遺言によると、一八歳になったら家の所有者になれる。ヤエリ、あと五年だ。五年は長い」

「どうすればいいの？　施設に行ったほうがいい？」

「とんでもない」

「この家はわたしとベニーのものだって、裁判官が言ったんでしょ。ニサンの代わりにおばさんたちが後見人になれば、わたしたちは施設にいれられて、おばさんたちはこの家を貸してお金は自分たちのものにしちゃうわ。五年分、丸儲けよ」

「再建プロジェクトは、借家人を許可しない」

「嘘ばかり言って」

「おまえらは子どもだ。ヤエリ、監督してくれる人が必要なんだ」

「ニサンが監督してるでしょ」

「来年、おれは七〇歳になる。急に死ぬことだってあるしな」

「病気なの？」

「いいや。だが、おまえの父さんだって病気じゃなかった。おれより、ずっと若かった」

「わたしを税関人に任命してよ」

「？」

「オルリのダンナさんで、鼻の大きい弁護士をおぼえてるでしょ。おばさんたち、あの人を税関人に任命したがってるの」

「なんだって？」

「税関人は市に税金を払うんだって、弁護士さんが言ってたよ。それで修繕したり、掃除の手配をして、家賃を取るんだって」

「それを言うなら、財産管理人だ」

「それでね、いくらですか、って訊いたらね、収入の二〇パーセントだって教えてくれた。そう、結構です、ニサンは無料でやってくれますって、わたし、言ったんだよ」

「何の収入だ、なんの？」

「財産管理人になって貰う家賃のことよ。ニサンが死んだら、あいつ、借家人を入れるつもりだよ。

だからわたし、財産管理人になりたい」

「おれを殺すなよ。おれに言わせりゃ、おまえは明日からでも財産管理人だ」

「どうしても商売女たちを追い出さなくちゃ」

「警察を呼べばいい」

「ふざけないでよ。この中庭でのことがバレたら、わたしたち、あっというまに追い出されちゃう。子どものためだなんて理由をつけてね。ニサン、あいつらが入ってこないように中庭に門を造らなきゃ、鍵つきのやつをね」

「つけりゃいいさ」

「気を悪くしたの？」

「そんなことはない」

「遺言状に、死後はヤエリ・ブリスケルが財産を管理するって書いてよ」

「財産！　何を考えとるんだか。パンとマーガリンを買うのだってやっとで、それだって、義足が売れればだってのに」

「ニサン、親戚はいる？」

「いないのを知ってるだろ」

「じゃ、作業場の相続権は誰が持ってるの？」

「おい、何を言っとる？　今日はどうしたんだ？」

ニサンが急に立ちあがった。暗闇でも、腹を立てているのが手に取るように分かった。

「今日、ソーシャルワーカーが学校でデボラ先生と話してたの。何か企んでるのよ」

「誰が？」

「おばさんたち。商売女を見つけたら、わたしたちおしまいよ。中庭に門をつけようよ」

「そんなの、何にもならん」ニサンが言った。「中庭に強力灯をつけたときだって、あいつら割っちゃったじゃないか」

「大きい門を造るのよ、警報装置付きのね。そいで、鍵はわたしたちしか持たないわけよ」

「警報装置付きの門の造り方なんて、おれには分からん」

「ネズミを殺さないようなネズミ捕りを頼んだときだって、作れないって言いながら、ちゃんと作ってくれたじゃない」

「ヤエリ、金がかかるんだ」

「物置にある鉄製のドアを使えばいいじゃない。ベニーとわたしで分解するのを手伝うから」

「あのドアはすっかり錆(さ)びついてる」

いきなり、訴えるような憧れるような猫の鳴き声が尾を引いて聞こえ、一瞬、赤ん坊の泣き声と錯覚したヤエリは、はっと身構えた。建物の空いてる部分は、しばらくは物置場や作業場になっていた。夜になると、まるでどこか山奥の小さな村のように、しいんと静まり返る。少女と老人は空を眺めた。

「天の川だ」ニサンが言った。

「父さんと母さんの魂は天の川を越えて幸せな人々の島に行ったんだって、ベニーが言ってた。ニサンが話したのね」

「うむ」

「どこで、その話を聞いたの?」

「そういう言い伝えがあるんだ」

「信じてるのね」

「もちろん」

「ベニーは学校劇で孔雀の尻尾が必要なの」

「明日、動物愛護協会からブルドッグを借り出して、商売女たちを追い出すよ」


ベニーが古い拡声器を市民警護団の裏庭で見つけてきた晩、姉弟は二手に分かれた。ネズミ捕りを持ってベニーは屋上にあがり、ヤエリは拡声器を持って真っ暗な物置にひそんだ。庭に入ってくる者はなく、二人は一〇時には家に戻って眠ったのだった。

そしていま、古い木箱に座って夜の囁きに耳を澄ますヤエリの頭のなかでは、壊れたレコードのように劇の台詞がぐるぐるまわっていた。『黄金の孔雀が飛ぶ、どこに行くのか、黄金の孔雀……黄金の孔雀が飛ぶ、どこに行くのか、黄金の孔雀……』

アフリカの地図を描くのを忘れたのに気がついたヤエリは、あと三〇分、何も起きなければ、部屋に戻ろうと決めた。遠くからニュースの開始を知らせる音楽が聞こえて、ちょうど九時だと分かった。


足音が聞こえ、声が近づいてくる。ヤエリは外をのぞいた。太ったブロンド女の後を痩せた少年がついてくる。子どもといってよかった。拡声器を口もとまで上げてヤエリは待った。ベニーをベッドにやるんじゃなかった、と思った。ブロンドは何か映画のことを口にし、すごいハンサムな俳優だったと言うと、少年は「うん、うん」と返事した。きっと、怖いんだ、とヤエリは思った。怖がっているような声音だった。ブロンドが不意に言った。

「ねえ、なかに入ろうよ。なかのほうが感じいいもの」

二人が物置に入ろうとしたところで、ヤエリは拡声器を口に当てて怒鳴った。

「商売女だ！　商売女だよ！」

拡声器の声はとんでもなく大きかった。ヤエリ自身、ぎょっとした。少年もだった。少年はサソリを踏みつけたみたいに飛びあがって倒れた。ブロンドは逃げた。ヤエリは少年をまたいで、家のなかに逃げこんだ。

「死んじゃった！」と、あわてふためいてニサンに言った。「殺しちゃった」

ニサンは鍋に水を入れて下におりた。しばらくして、戻ってきた。

「大丈夫だ。気絶しただけだ。水をぶっかけたら気がついて、逃げてった」

「何か言ってた？」

「いんや。口はきかんかった」

ヤエリは吹き出した。

「見せたかったわ。あの子、あんまり怖くて宙にすっ飛んだんだよ」


ニサンとヤエリとベニーが孔雀の尻尾用に色紙を切っていると、ブロンドが戸口に現れた。誰なのか、ヤエリにはすぐ分かった。たぶん三〇歳ぐらい。夜はいつも、短すぎるくらいのスカートに高いヒールの靴をはいている。だが今日は、緑のジャージにジーンズ、運動靴だった。黒くて細い、つり上がった目をしている。化粧気のないきつい顔に、サムライみたいな意志が見えている。ブロンドは、老人と子ども二人を発見してびっくりしたらしく、ためらってから言った。

「話があるんだけど」と、ニサンに言った。

ニサンが立ちあがった。

「おれの部屋に行こう」

「わたしも行く」ヤエリはそう言って立ちあがった。

「だめ、あんたは」とブロンドが言った。

「わたしたち、隠し事がないの」

「あたしにはあるんだよ」

「ここ、わたしんちよ」ヤエリが言った。

ブロンドはためらい、それから肩をすくめると外に出た。あとにニサンとヤエリが続いた。

「あんたはここにいなさいよ」ヤエリはベニーに命令した。

ニサンの部屋に入ってから、ブロンドがニサンに言った。

「昨日、あたしのお客を殺したね」

「死んじゃいない、気絶しただけだ」

「死んだかもしれないじゃないのさ」

「文句があるのか？　なんだよ、文句を言うのか！　自分を何様と思ってるんだ。もう、これ以上庭に入るんじゃない。さもなきゃ、警察全部を連れてくる、分かったな」

ブロンドはニサンを怒鳴り、ニサンも怒鳴り返し、二人は口汚く罵りあった。怒りのあまりにニサンは汗をかき、禿げ頭と鼻は灰皿のなかの湿った灰のような色になった。ヤエリはおびえてニサンを見つめた。今まで、こんなに怒ったニサンを見たことがない、ブロンドに飛びかかって引き裂くかもしれない、と思った。とうとうブロンドは座り込んでバッグから煙草の箱を出して一本口にくわえ、ニサンにもすすめたが、ニサンはもちろん断った。ブロンドは火をつけた。不安がっているようには見えない。まるで、急ぎの用もないから、と喫茶店で朝の気持ちいい光を浴びているみたいに、静かに煙草をふかしている。

「あたし、オルナっていうの」

ニサンが返事をしないので、ヤエリが代わりに言った。

「わたしはヤエリ。この人はニサンで、弟はベニー」

いさかいがおさまったのが、ヤエリにはうれしかった。

「あんたは、子どもたちの父親？」

「わたしたちの後見人です」ヤエリが言った。

「後見人ね」オルナが笑った。なかなか感じのいい人だ、とヤエリは思った。

「父さんみたいなものなんです」とヤエリは説明した。

「両親はどこに？」ブロンドがニサンに訊いた。

「亡くなったの」ヤエリが言った。

「で、何の仕事をしてるの」また、ニサンに訊く。

「義足を作ってます。一階に作業場があって、それは、前は父のものだったの」ヤエリが応える。

「それで収入になる？」

「それに、ニサンには国民保険もあるし」

「あんた、いくつ？」今度はヤエリに訊いた。

ヤエリは黙り込み、ニサンも口を開かなかった。このオルナって人、何を考えてるんだろう。

「お茶をいれてくれない？」

「おい、あんた。何が望みか知らんが、うちの庭でこの先もやるつもりなら、見込み違いだぞ。しっかり、頭に叩きこんどくんだ」

「わたし、お茶いれるね」ヤエリが言った。

流しはニサンが使った汚れた茶碗でいっぱいだった。きれいな茶碗を取りにヤエリは上の自分たちの部屋にのぼった。ベニーが机のそばであいかわらず色紙を切っていた。

「もうやめたら」ヤエリが声をかけた。「孔雀二羽分は十分あるもの」

「こっちにくる？」

「あとでね。ちゃんと孔雀の尻尾を作るから心配しないでいいよ」

「ヤエリ！」

「急いでるの」

「ヤエリ！」

「どうしたの？」茶碗を三つぶらさげて、ヤエリはいらいらしながら戸口で立ちどまった。

「あの人、マインの母さんだよ」


「部屋を貸しちゃいけないことになってるんだ」

ヤエリがお茶の支度を始めると、ニサンがオルナに言った。

「アミダルと市が住民撤去を敢行して、ここは再開発プロジェクトに入ってる。やっと延滞を聞き入れてもらって、ここに残れることになったが、それだって、しばらくのことだ」

「誰にも知られっこないさね」オルナが言った。「あたしは、ほかの連中とは違う。夜二時間働くだけ。毎晩ってわけじゃないし、ヒモもついてないよ。誰にも分かりっこないから、ねえ」

「何て言われてるのか知らんのか。ここにゃ、小さい子どももいるんだ」

「家のなかにはネズミと育ち盛りの子どもたち、庭には商売女かい。ソーシャルワーカーに知らせなきゃね」

「誰が知らせるってか？　あんたがか？」

「あたしじゃなきゃ、ほかの誰かがね。そしたら、悲惨だよ」

「警察を呼ぶぞ」

「結構だよ。子どもはすぐさま施設送りになるからね」

「いくらですか？」ヤエリが口をはさんだ。

「ヤエリ！」ニサンが苛立(いらだ)って言った。

「いくら……その……一人につき、いくら貰ってるの?」ヤエリが訊いた。

「月三〇〇シェケル」

「あんたと関係ないだろ」

「わたしんちです」

「どうして、くちばしを入れさせるんだよ」オルナがニサンに言った。「まだ子どもじゃないか」

「ヤエリ、上にあがっとれ」

「四〇〇シェケル」ヤエリが言った。

「ヤエリ!」ニサンが声をあげた。

「貸すわけじゃないの」と、ヤエリはニサンに言った。「物置を使わせるだけよ」

「あの臭いとこが月四〇〇だって?」

「掃除すりゃいいでしょ」ヤエリはそう言うと、泣き出したニサンを制して言った。「口をはさまないで」

ニサンは父さんが亡くなったとき、泣かなかった。ベニーが海で行方不明になったときも、泣かなかった。それに、市がゴミ箱のまわりに撒いた毒でニサンのミッチーが死んだときも泣かなかった。なのに、いま、急に泣いたりして。

「ニサン、中庭にある物置なんだから」

「ヤエリ、おれたちの中庭だ」ポケットにハンカチがなかったので、ニサンは流しの大理石の上のトイレットペーパーをとって鼻をふいた。

「ニサン、物置で何があっても、わたしたちは知らないんだよ。物置に誰か入り込んだって、わたしたちの責任じゃないでしょ。この人のこととわたしたち知らないし、会ったこともない。誰にも責められる筋あいはないいんじゃない、ね?」

「ネズミも拡声器もなしだよ」オルナがヤエリに言った。

「前払い。現金でお願いします。それから、ツイてなくても、あんたの娘が耳が痛いって言っても、わたしたちには関係ないから」

「ヤエリ！」ニサンが、頼むからというように声をあげた。「ヤエリ！　お前の両親が墓んなかでひっくり返っちまうぞ」

「父さんも母さんも幸せな人たちの島にいるんでしょ。わたしたちはこんなひどいとこにいるのよ」

「父さんに、お前たちの面倒をみるって誓ったんだ。ベニーのことを考えろ。九歳なんだぞ」

「もう一年もパンとマーガリンだけ。ハルヴァ[*1]のサンドイッチを食べさせてやれるし、リンゴを学校に持たせてやれる。ニサン、物置なんだよ」

オルナはお茶を飲み、前金一〇〇シェケルを置いた。戸口に立ったオルナにヤエリは声をかけた。

「マインによろしくね」


ニサンは安息日の晩にはカバラット・シャバット（金曜日の夕方から始まる安息日を歌と祈りで迎える儀式）をする習慣だった。一週間流しに溜まった食器類を洗い、床を洗い磨き、テーブルクロスをかけ、ローソクをつけ、キドゥシュ（安息日の食前に創造主を賛美しあがないを感謝してぶどう酒やパンを祝福する祈り）をし、安息日用のねじりパンのハラとバーミセリ入りのチキンスープを子どもたちに食べさせた。食後はテーブルで頭を腕に持たせかけ、ヤエリが皿を洗いベニーが拭いている間、「ヤー・リボン」や「ツォルミ・シェロー」を口ずさみ、「魂の友とは」（それぞれ、安息日にユダヤ教徒たちが寛いで歌う）を歌いだす頃にはほとんど目を閉じていて、子どもたちは「ニサン、おやすみ」とささやいて

＊1　練り胡麻に蜂蜜（はちみつ）や穀類や乾燥果物を混ぜて固めた甘味。パンに挟んだりスナックとして食べる。

部屋を出た。

二人は屋上にのぼると、手すりの上に箱を置いて待った。金曜と土曜の晩には違う女が現れるのをベニーが見つけたのだった。

ある安息日、中庭に足音が聞こえるとベニーが小声で言った。

「ほら、ね」

オルナのコツコツではない、踵(かかと)を引きずる音だった。下をのぞくと、暗やみに人影が二つ見えた。太ったブロンドではなかった。

「やられたね」ヤエリは腹立たしげにつぶやいた。

この件は、ニサンには黙っていることにした。「言ったとおりだろうが」って言われるのがオチで、オルナを追いだすだろう。ヤエリは屋根裏からネズミ捕りをおろし、二人はまたネズミを集めた。五匹、もう捕まえた。三匹を箱に入れ、二匹はネズミ捕りに入れたままにしてある。

二人連れが物置に入る前にネズミを落とさなくちゃいけない。ぴったり当たった。二人連れはぎょっとして跳び、女は金切り声をあげ、男は罵声をあげながら逃げていった。安息日には、また二匹ネズミを捕まえた。一〇時近くになると、ヤエリは弟をベッドに追いやった。屋上に座り込んで天の川を眺めていると、かすかに足音が聞こえた。金曜と土曜の女は上のほうをちらっとあおいで、物置にとびこんだ。だが、呑気(のんき)にかまえていた男の頭上にネズミは固まりになって落ちていった。


オルナが、チーズとレーズン入りのイースト・ケーキを三つもって訪ねてきた。袋がしっとり濡れて、ケーキはまだほかほかとあたたかかった。

「ケーキ屋から直行だよ」

二週間前、オルナは小さなプラスチックの箱を土産に持ってきた。箱のなかは迷路になっていて、金色の小さな玉を迷路に転がして穴に入れる仕組みだった。たまに、オルナはあがりこんで、お茶を飲み、おしゃべりをしながら煙草を吸い、茶碗に灰を落とした。

「どうして、こんなとこに住めるんだろうね。こんなにシーンとしてて」

「静かで、気持ちいいじゃないか」ニサンが言う。

「人の気配もなきゃ、子どももいないしさ」

「友だちには学校で会える」

「写真の人は誰？　母親と父親かい？」

「そうだ」

「あんた、母さん似だね」ヤエリに言った。

「そう？」ヤエリはびっくりした。

「母さんが亡くなったときはいくつだったの？」

「六歳だった」と、ニサンが言った。

「なにが原因で？」

「心臓だ」

「急にだったの？」

「いや」

「片えくぼだ。あんたにもあるね」と、オルナはヤエリに笑いかけた。

「姉ちゃんは母さんのことおぼえてないんだ」ベニーが言った。

「どういうこと？　何にもおぼえてないの？」

「ぼくはおぼえてる」ベニーが言った。「橙色と緑色の花模様のエプロンをしていた。そのあと父さんは、洗い物するときにそのエプロンをかけてた」

「ベニーは二歳だったんだよ」ヤエリが弟に言った。

「でも、おぼえてるよ」ベニーは言い張った。

「そんなはずないよ」ヤエリはむっとした。

「でも、おぼえてるかもね」オルナがヤエリに言った。

「ほっとけ」ニサンがオルナに言った。

「だって、ヤエリは六歳だったって言ったじゃないのさ」

「ほっとけ、って言ったろうが」

むっとした沈黙が漂った。オルナはまた一本煙草に火をつけた。

「くだらないこと、また始めたね」オルナがヤエリに言った。

子どもたちは黙ってケーキを食べている。

「困ったことになってもいいのかい？」

「どうしたんだ？」

「ちゃんと前金払ったじゃないか、え？」

「物置はあんただけ、他の人は使わないって契約だったでしょ」ヤエリが言った。

「契約はね、物置は月四〇〇支払ってあたしが使うことだったんだ」

「わたしたち、あんたを信じたのに、あんたは裏切っていろんな人をいれてるじゃない」

「なんだ。何のことだ？」

「この悪童たちときたら、またネズミを落としたんだよ」オルナがニサンに言った。

「ほかの人間を連れてきちゃ、いけないいんじゃない？」ヤエリが言った。

「どんな人間だ？」ニサンが声をあげた。

「金曜と土曜の晩には、ほかの女が来るの」と、ベニーが言った。

「もうよせ。そんな話はもうたくさんだ」ニサンは跳びあがって、戸口を指さした。「出てけ！物置も四〇〇もあるもんか。もう、お前なんか見たくもない。出てけ」

オルナは煙を吐きつづけ、子どもたちはケーキをパクつきつづけた。ヤエリの歯にレーズンの甘い粒が当たった。弟の歯もレーズンに当たっただろうかとベニーの口を見たが、弟はゆっくり食べているので、まだレーズンにたどり着いていない。

「月払いしてるんだよ。日払いじゃない。あたしの商売にあんたらは口をはさんでほしくないね」と、オルナは子どもたちに言った。

「わたしの物置です」ヤエリが言った。「わたしが貸したんです。あんたたには他の人に貸す権利はないわ」

「で、どうするつもり？」

「ネズミ。拡声器。熱湯。犬の糞。いろんなこと」

「たまげたもんだね」

「マインにばらすわ」

「そしたら殺すよ」またサムライの顔つきになった。

「ビジネスを取り止める」ニサンが言った。「おれが取り止めるんだ！」握りこぶしのように顔の皮膚が白くピンと張りつめた。

「この子らになんてことをしてるか、分からんのか」と、オルナに拝むように言った。

「あたしは、何もしてない。してるのは、この子たちのほうだよ」

「しまいに、ここは泥棒や殺し屋の溜まり場になる。おれは災難だって思ってた。あと三日したら保険がおりるから、そしたら耳を揃えてきっちり返すよ」

「もう一〇〇払ってもらわなきゃ」ヤエリが言った。

「ヤエリ！」ニサンががなった。

「オルナは週五日で四〇〇だけど、あの女には週二日ってことで一〇〇払ってもらわなきゃ」

「おれは承知せんぞ。おれはお前ら二人の後見人だ。そのおれが絶対許さんと言ってるんだ。もうよせ」

「誰が物置を使ったって構わないでしょ」ヤエリがニサンに言った。

「誰にも物置は使わせない。それだけだ。おれはお前たちに責任がある」

「ヤエリはニサンにテレビを買ってあげるつもりなんだよ」ベニーが言った。

「ベニー！」ヤエリは金切り声をあげて弟の頭をぶった。ベニーの手からケーキが落ちた。ベニーはケーキを床から拾いあげたが、食べていいのか迷っている。

「テレビなんかいらん」ニサンは言い、「ヤエリ、欲しいのか？」と訊いた。「おれが買ってやる」

「お金はどうするの？」

「明日になったら、蚤(のみ)の市(いち)に行ってテレビを買ってきてやる」

「モノクロのでしょ」ヤエリは口をゆがめた。「わたしたち、新品を買ってあげるのよ。カラーの」

「もう部屋に行け」ニサンが言った。

「わたし、折れないからね」ヤエリが言った。

「ヤエリ！　頼むから」

「ベニー、あんたは上に行きなさい」ヤエリが言った。ベニーはレーズンにたどり着いたのだ。弟の口つきで、ヤエリには分かった。

「この子の言うとおりだよ」ベニーが出て行くとオルナが言った。

「誰が物置を使おうと構わないじゃないかね」

「もう、口をきかんでくれ。ご苦労さんだった、おやすみ。じゃあな」

「五〇シェケル」オルナがヤエリに言った。

「一〇〇」

「あの娘は一〇〇も払えないよ」

「じゃ、ほかの場所を見つけるのね。この近くに、庭はほかにもあるもの」

「ネズミなし、拡声器なしだよ」

「ヤエリ！　新品のカラーテレビを買ってやる。おれが約束する」ニサンが言った。

「一〇〇シェケルだね」オルナが言った。

ベニーは『ユーフラテス川とチグリス川の間に』[*1]をマインと一緒に勉強していた。二人が少女の台詞と鳥のヤツガシラの台詞をノートに書いているあいだ、ヤエリとオルナは台所に座り込んで、作業場の裏の部屋貸しの条件を決めた。父親が生きていた時にはニサンの部屋だったところだ。ニサンは家具を置いたまま両親の部屋に移っていた。いつかは家に戻るつもりでいるのか、ニサンは部屋のなかのものは絶対動かしちゃならんと言った。
『リファット、ディファット、モリファット』ベニーが暗唱する声が、廊下越しに流れてくる。『フープーはいう。夜、わたしは叔父の家に飛び、そなたの秘密を打ち明けよう』[*2]
それだけは、とヤエリは思った。それだけはごめんだわ。
「もし、テレビを分割で買うんなら」オルナが言った。「利息だけ払うんだよ。この世じゃ、誰もかけていない。

＊1　国民的詩人ハイム・ナフマン・ビアリクの、花婿を待つ少女を描いた詩に、さまざまな旋律、ときにはアラブ風の旋律もついて、各地で歌われた。物語冒頭の暗唱も同じ作品。
＊2　両方とも先のビアリクの詩の一部で、最初の三語はリズムのある掛け声。次は少女に黄金の鳥が語りかけている。

親切なんかしちゃくれないからね。いつだって貧乏人だけが高い買い物をするんだ」

「わたしは現金払いするの」

お金がまとまるまでどの位かかるのかしら。オルナの四〇〇、金曜と土曜の一〇〇、それと作業場の三〇〇……。

「あたしの分の作業場の鍵を忘れないでよ」

「三〇〇もらってからね」


社会科の授業中に校長先生が入ってきて、デボラ先生に何か耳打ちした。ヤエリの方を盗み見ている。皮膚が骨に吸い込まれて、目だけがかすかな肌と仄白(ほのじろ)いまぶたに引っかかっているみたいな、溶けたような空っぽの顔だった。父さんが死んだときもあんなふうにわたしを見つめていた、とヤエリは思った。

ヤエリが家に着いたのは消防が仕事を終えた後だった。調査の結果、ニサンが火をつけたと分かった。おばさんたちが、あり得ることだと言った。ふらふらしていて、難民で、不安定で、妻と子どもを亡くした、哀れな男。

わたしたち、できる限りのことをしましょ、それがつとめってもんですよと、汚い二匹の犬を連れて焼け跡を見にきたビルゲルばあさんに言った。

そう、仕方ありませんわ。でも、二人が同じ施設に入れるように手を尽くしますよ。いい子たちですもの。どこかのキブツが受け入れてくれるかもしれませんしね。あのヒヨコたち、二人で暮らすってきかないし、情けも大事ですしね。きっと、あの子たちにも亡くなった両親にもいいようにしますよ。おチビちゃんたちは十分苦労してきてますからね。病気になってからの母親の態度は口にしないほうがよござんしょね。そうそう、ニサン、あの人のためにこれだけは言っとかなきゃ。

一度だって、子どもに手をあげたことなんかなかったんですよ。
消防の人の話じゃ、庭はクマネズミやヘビでいっぱいだったんですって。ま、神様、どうかお赦しを。でも、家はねえ、とおばさんたちは言った。焼けてほんとによかったこと。

シュラミット・ラピッド　Shulamit Lapid

一九三四年、イスラエルのテルアビブに生まれる。日刊紙「マアリブ」の創業者の一人でもあったジャーナリストの父親がフランスに赴任中は、兵役を終えると、そこを拠点にフランスやイギリスの大使館で働いて言語を習得する。帰国後はヘブライ大学で中東学を学ぶ。結婚後は子育てをしながら文芸批評や短編を書いて、一九六九年に短編集『魚座』を発表。その後、児童書やヤングアダルト作品、長編や短編や推理小説、戯曲、詩集と範囲を広げて才筆をふるい、ヘブライ語作家協会会長もつとめた。ジャーナリストで政治家の夫とは死別、息子はジャーナリストで作家で政治家のヤイル・ラピッド。

長編第一作で代表作の『ガイ・オニ』(一九八二)は、ロシアのポグロムでレイプされた結果の赤子を抱えて一九二〇年代に移民した一六歳の少女が、アラブの衣装をまとって馬にまたがり、開拓時代の男社会のパレスチナで飢えに苦しみながら石だらけの土地を開墾して自らをきたえていく物語。キリスト教に改宗した探険家で詐欺師のユダヤ人の自殺を発端にした『壊れた器のごとく』(一九八四)は、英国博物館が巨額を投じて購入したヨルダン洞窟の十戒の巻物の真贋を問う推理・心理小説仕立ての作品。女性地方紙記者を主人公にしたシリーズでは、国際色豊かなユダヤ世界と砂漠の町を交差させつつイスラエルの「い

Photo by Lihi Lapid

ま」を切り取っている。ミステリーを含む長編では歴史を大胆かつ綿密に遡って、既成権力を批判し皮肉り、女性の勁さを描いている。ジャンルが異なる作品にも、ジャーナリスティックな視点と上質のヒューマニズム、共感意識は通底している。

「ビジネス」の時代背景は？　とテルアビブで著者に訊ねたら、考え込みながら「限定されない」と答えた。しいて言えば、モノクロテレビ云々から六〇年代だろうか。だが、「ビジネス」はどの国にも、いつの時代にもいる子どもや老人の姿である。したたかに生きようとしながらもツイていない。ニサンのような人物は日本にも大勢いる。「ビジネス」所収の短編集『しあわせな蜘蛛たち』（一九九〇）では、移民や失業者、ショア生還者やドロップアウトした人々など、社会の隅に追いやられがちな人々の哀しみを描きたかった、と言う。同書所収の一編「レイプ」はすごい。二六歳の頑強な若者がナイフを持った女に傷つけられ、掬い取られた精液を飲まされていたぶられる。女が誰か、目的が何かもわからない。女が去ったあと、助けを求めても誰にも信じてもらえないだろう、病院に行けば警察が来て一生妙な噂につきまとわれる、と思いながら意識が混濁していく。レイプの図式を逆転させ、レイプが持つ精神的打撃の大きさを巧みに浮かび上がらせている。

本作は『すばる』一九九七年一二月号、世界文学短篇シリーズに掲載された。
邦訳作品に、『「地の塩」殺人事件』母袋夏生訳、マガジンハウス、一九九七年刊。

太陽を摑む

ミハル・ゴヴリン

エルサレムの古い街並みのいくつかを歩いていると、そこがどこなのか定かではないのに、私の過去にのみ存在していた街並みのような、あるいは、私の想像のなかにのみふっと湧いてでたかのような、私が生まれる以前の記憶のなかにあって、そこに私が足を踏み入れるべく存在しているような、そんな奇妙な思いを抱くことがある。細長いベランダには洗濯物（せんたくもの）が乱雑に吊るされていて、黒い長衣姿（カフタン）の子どもたちが遊びを再開しようと出てくるのだが、私が通り過ぎると急に静寂がたち込めるせいで、通り過ぎた途端に路地から路地への街並みがつぎつぎと消えていくような気がする。だから、うしろを振りむいたり、通り過ぎた場所を見直したりはしない。

そういう思いを口にするのを自分にさえ長いこと憚（はばか）って、ときにふっと気になっても、そうした街並みから違う通りに出たときは特にだったが、遠い国のお伽話（とぎばなし）を避けるように、私は自分の奇妙な思いを押しやった。だがついに、その街並みを捜す羽目になった——といっても、いまだにその謎は解けていないのだけれど。偶然だった。いや、偶然ではなかった。起こり得べき場所で起こり得たことを、偶然とは呼べない。

その頃、私はユダヤ教の祈禱書の歴史と原典、とくに夕禱について、かつての様式を比較研究していた。雲を摑むようなことだったが古い祈禱書が他にもあり、そこには、まったくの異説とはいわないまでも、少なくとも夕禱と祈りを唱える時間に関して稀有の解釈が存在するらしかった。きちんと研究を始める前だったのでいい加減な状態のまま放置していたが、文献カードにはざっとしたメモもとっていた。どこかの雑誌から写し書きしたものだったのか、恩師の講義を聞きながら走り書きしたのだったか。恩師は、何年も前に逝っていた。

　私が記したメモによると、月の光についての仄めかしの解釈で、月がまだ小さく幽かな光のときほど、特別な喜びを持って夕べの祈りを唱えるべしとあった。太陽が傾き月が昇るにしたがい、思いを込めて祈るべし。天の門を開け、悟りとともに季と時を変える〈昼と夜を創られ〉と言うときには、〈昼と夜〉のことばに意識を集中すべし。〈夜〉のラメッド（ל）は〈光明を投ずる〉のラメッド（ל）と組み合わさるゆえに、むしろ、夜に喜びをおくべし。夜の（ל）は数字の三〇を意味し、太陰月の三〇日目、すなわち月が光を発しないときを意味する。そして、これは天地創造の初めの光、世界の光である「ヤヘル」の闇なる秘義である。

　他にも、密やかに執り行い、わずかたりとも外に知られるべからず。精魂をこめて執り行うべし。さすれば、不正を働き、天国の門が開くのを遅らしめ、太陽と月の間に軋轢を生ぜしめ、決められた時の流れにあるものどもをとどめ、押し返し、（そのようなことがあってはならないのだが）この世に異なる光をもたらそうとする者たちを抑えて優位に立つ、とあった。

　メモの最後に次のようなことが記してあって、我が目を疑った。人は朝の祈りと午後の祈り、夕べの祈りを、ときを分かたずに祈るべしという説がある。あたかも記されたことば、〈神が世界の光をもちて、すべてを照らし給えば、太陽はもはや昼を照らさず、月は夜を照らすこともなし。神が永遠なる光にとってかわる〉と。

古い祈禱書に記されたことばだったのか、亡くなった恩師の仮説だったのか、それとも、当時の私自身がたてた仮説だったのか。

その後もずっと、私はメモについて調べるのを先延ばしにしていた。だが研究が終わりに近づくにつれて、例の祈禱書の存在をきちんと突きとめ、研究のなかに祈禱書を正しく評価した一節を入れないと真実に対して汚点を残す、と感じだしていた。国立図書館で調べてみたが徒労に終わった。雑誌フィルム保管室にも、捜し求めている祈禱書に関しては痕跡めいたものすらなかった。「夕禱の解釈」に専念していた恩師の講義について、わずかに残る大学時代の友人たちに訊いてまわったが、新たな情報は何ひとつ得られなかった。しまいには、祈禱書の名も、出版年月日も、印刷した街の名も、私の間違いに過ぎなかったのだ、すべては何年も前の、役にも立たないくだらない思いこみに過ぎなかったのだ、となかばあきらめるようになっていた。

そんなあきらめを抱きながらも、ある日、一日分のノルマの著述を終えた後、古い界隈（かいわい）の本屋に祈禱書を捜しに出かけた。本屋から本屋へと歩きまわった。しつこいほどの私の問いに、店員はうるさげに意地悪く、あるいは面倒くさそうに、お目当ての本があるかどうかわかりません、と返事をするのだった。それでも、ときには存在すら忘れ去られた古書が見つかることもあるのですから、捜すだけの価値はあります、とつけ加えてくれた。もちろん、私はくまなく調べまわり、天井までびっしり黒い表装で埋まった棚を捜しまわった。しかし、目当ての本は見つからなかった。

階段状になった丸い石畳の路地をくだりながら、私の思考は混乱しはじめていた。本屋の棚の背表紙の文字を、顔を斜めにして何時間も眺めていると襲ってくるいつもの眩暈（めまい）のせいだったのか。本屋の梯子や足台を上り下りして疲労が溜まったせいだったのか。こんなに努力しても、無駄骨に終わりそうだという危惧があったせいなのか。

午後も大分遅かった。その界隈に入り込むたびに私は、帰り道がわからなくなりそうな、外に出られなくなりそうな不安にかられてしまう。本捜しを続けようか、来た道を後戻りして帰ろうかと思いあぐねていると、立っている場所のそばの建物の間に狭い抜け道があるのに気がついた。傾いた陽ざしがその道に差し込んでいた。陽が差し込んでいなければ抜け道には気がつかなかっただろうし、そこに入り込んだりはしなかっただろう。

おどろいたことに抜け道はかなり細長い中庭に通じていて、中庭の両側には平屋か二階建ての家が並び、中庭に面している方は店舗やカウンターになっていた。屋並の間が大きくあいて、ふいに広い空が白い帯のように現れた。バルコニーにかかったトタンの日除けの上の空の端にはもう、光のない月がかかっていた、凶行の瞬間を待つ青白い殺人者のように。

祈禱書が見つかる望みはほとんどなかったが、それでも、義務だけは全うしようと、私はその中庭で祭儀用品や骨董品を売っている店をのぞいて、かなり前の時代に、どこそこの街で、しかじかの年に印刷されたはずの、かくかくという祈禱書がひょっとしてありはしないかと訊ね歩いていて、袋小路に突き当たった。片側はユダヤ教会堂の壁、もう片側には壊れた器やベンチやチェスト、青く塗った祈禱台などが並び、ちょっと奥まったところは古書や古雑誌を商っているらしい店構えになっていて、版画の景色絵はがきを並べた木製スタンドが店の真ん中に置かれていた。

店主の姿は見えなかった。店の奥の、迷宮のように入り組んだ部屋の棚整理に追われているのだろう、と私は思った。入り口の乱雑さを見れば、奥も相当に散らかっているはずだ。店主が戻ってくるのを待ちながら、長時間歩きまわって疲労困憊していた私は、景色の絵はがきや絵入り雑誌を見つけてほっとした。棚の隅から古雑誌を取りだして、何気なくぱらぱらとめくった。

(いま思い返すと、私がいた片隅だけに袋小路からのかすかな明かりが差し込んでいたが、店内はすでにうす暗くなっていた)。

はじめのうち、その写真集には目が留まらなかった。私はオスマン帝国の道路整備法に関するイラスト入りの雑誌に気をとられていたが、ふと、棚の背表紙のきらめきを目の端が捉えた。手にとってみると、上梓されたときは見事だったと思われる装丁だった。赤い背表紙が光をはじいて、私の目を引いたのだ。

日没の壮麗な景観を捉えた写真集。写真そのものは褪色していたが、それでも、きらきらとまぶしい光が目を射た。明らかに、芸術家の目が捉えて永遠の景観にとどめた作品ばかりだった。写真には何の説明もついていなかった。しかし、ページを繰っていくと、日没のいろいろな景色はそれぞれに、じっくりと考え抜かれた意図にしたがって、絡まりあい結びつきあっているらしく、その意図は最後のページで明らかになるらしかった。

最後のほうのページには、しつこいほど同じ山の写真が、繰り返し載っていた。南洋の植物が密生した茂みから、細長い果実みたいに、あるいは、島々の娘の乳房みたいに、山が浮かんでいる。山の背後には油を流したような平らかな海が広がっている。だが、同じ細長い山の写真を何枚も見て、私はやっとその正体に気づいて仰天した。山の周囲は椰子のあつい茂みやバナナの葉や名も知らぬシダの大きな葉でおおわれているのに、山自体は自然の条理に反して禿げあがり、そのせいで、斜面にかかった太陽の光が何層倍にもきらきらと光をはじいていたのだ。

最後のページにも、寸分たがわぬ同じ山がおさまっていた。写真集は終わったが、最後に見つかるはずの鍵が発見できなかった気がした。がっかりして撮影地のリストを探してページを繰り、忙しく目次に目を走らせていると、紙片がハラリと落ちた。ページの間にはさみ込まれていたらしい。写真集の紙とは違うし、書体も級数も違っているところから推すと、どうやら、別の機会に印刷されたものらしかった。

『写真芸術家Pの遺稿より』

表題を見て、私は夢中になって読み出した。その時間、私がいた片隅にはまだ光がわずかに差し込んでいた。

〈写真集出版の最後の追い込みに没頭している。最後の写真を残して材料は製版にまわした、それがすべて、すべてがその一枚にかかっている。近いうちに南アジアのG群島に、七回目の、そして最後の旅に出かけることになっている、今度こそ、写真が撮れるはずだ〉

〈この間、私用で北のほうのM町に出かけ、たまたま湖畔のガーデンパーティに招かれた。客の接待に追われている招待主のほかに見知った顔もなかったし、旅立ちを控えて気分が高揚していたので、わたしはひとり、湖に面した斜面の芝生に腰をおろし、午後も遅い時刻の、わたしの好きな景色を前にして思いにひたっていた。白いヨットを眺めながら、頭のなかでは旅行に必要なものはまだあるだろうか、そうそう、例の写真のために特別に誂えたフィルターを取りにスタジオに立ちよらないと、などと考えていた〉

〈騒がしいパーティの最中にふってわいたような平穏なひとときを楽しんでいたわたしの前に、ふいに青年が立った。三〇歳ぐらいだろうか、青年は昂ぶった気持ちを抑えられない様子でバランスを崩し、手にしていた皿をわたしのズボンに落としそうになった。謝って、そのまま行ってくれればいいが、と思った。だが、青年は謝るかわりに、驚いたことにわたしの名を口にし、信じがたいみたいに、またわたしの名を口にした。たしかにわたしの名前です、変わった職業ですが、おっしゃるとおり写真家です、とわたしが言っても、なおもわたしの名を繰り返した。そして、許しも請わずに芝生に座り込むと、わたしが立ちあがっていってしまうのを恐れてか、青年は息をつぐのももどかしげに、早口にしゃべり始めた〉

〈「——当時、ぼくは海辺の町で卒業準備に追われて過ごしていました。将来に夢をかけていました。幾夜もペンを握りしめて疲れたぼくの手を、妻のAはくるみ、二人の未来の夢をあれこれおもしろおかしく思い描いては、ぼくの気持ちをひきたて、くつろがせてくれました。ある日、ぼくたちはたまたま町の古い一郭を散歩していて、美術品と書籍を商っている店で、あなたの夕陽の写真を見ました」〉

〈それを聞いて、わたしの憩いのひとときを自分勝手な話で邪魔する青年への怒りがたちまち薄らぎ、それと同時に、最終写真の撮了前でかまわないからショールームで展覧会をしないか、という気をそそる企画を出版社から持ちかけられて以来つきまとっていた恐怖が、また頭をもたげてきた。わたしは自分のうちのはげしい動揺をうまく隠したが、青年はそんなことには気づかず、先ほどからの気の昂ぶりのまま、わたしの手を摑んで話を続けた〉

〈「Aとぼくは夕陽が好きでした、勉学のために暮らしていた海辺の町の夕陽の色合いに馴染んでからはいっそうでした。ですが、あなたの写真にあらためて魅了されたのです。とりわけ展示のなかに丘から浜辺を望んだ、ぼくたちが大好きな写真を見つけて、ぼくたちは興奮さめやらぬ思いで、休憩を少し延ばして店からまっすぐ、町の外にあるその丘に出かけることにしました。その日の夕陽は霞がかかっていました。それでも、あなたの作品のおかげで、ぼくたちは魔法にかかったように飽かずに夕陽を眺めました。Aは酔いしれたように、夏至の日にはまた日没を眺めに来なければと、Aらしくないきっぱりした口調で言いました」〉

〈「その春の何か月か、試験準備に追われていたぼくは気候の変化にも無頓着で、Aが外出するときにちゃんと着こんだかどうかも見落としていました。というのも、あの日以来、Aは落ち着きをなくして何時間も外を歩いて過ごすようになっていたのです。気持ちを鎮めよう、それにぼくの勉強の邪魔をしないようにとの気づかいもあったんでしょう。そんなある日の午後、Aは散歩に出て風邪をひき、寝込んでしまいました」〉

〈「ぼくの生活は書物とAのための薬の用意で過ぎていきました。病気は妙にしつこくて、医者もぼくも呆れるほどでした。六月半ばになってもAはベッドに臥せったままで、それなのに、Aは寝ながらも、一年のうちで一番長い日、夏至の日には丘にのぼって日没を眺める約束を忘れないでね、と言うのです。熱が上がると譫言を口走りました。太陽を摑む、なんて、妄想としか思えないような譫言でした。そして、夏至の日、医者の忠告にもぼくの制止にも耳を貸そうとせず、Aは海を望む丘に行かなくちゃ、と言いはりました」〉

〈「外に出ると、蒼白のAの頰は紅潮し、いつにないほど神経を昂ぶらせていました。丘の上で、水平線にゆっくりと沈んでいく大きな光の球をぼくたちは眺めました。ぼくには、その夏至の日の日没が他の日と格別に違っているようには思えませんでした。もちろん、いつものように波間や空をおおう紫や赤や黄の影に見とれはしましたが。いっぽう、Aは気持ちを昂ぶらせて太陽に目を釘付けにしています。長患いでやせ細り、初夏の軽やかな風にさえまるで寒波にさらされたみたいに震えています。Aは、ぼくの手にしがみつきました。いまもなお、ぼくにしがみついたAの細い指の感触が忘れられません！」〉

〈「初めのうちこそ、Aの気分は高揚していましたが、太陽が水面に触れたとたんにうなだれ、水平線にのみこまれるにつれて暗く沈み込み、ぼくを摑んでいた手の力も弱まっていきました」〉

〈「ぼくはあわててAを家に連れかえり、ベッドに寝かしつけたのですが、その間もAは、間に合わなかった、とくり返し呟きました。腹を立てたように、あなたの名を口にしました。あなたならわかるはずだ、とも言いました。家に帰ってすぐ医者を呼んだのですが、医者が来たときにはもう手遅れでした」〉

〈「Aが逝ってからも、夏至の日には毎年あの丘にのぼりますが、いつも落ち着かない気分になります。例の、町の旧い一郭にも行ってみましたが、あなたの写真は見つかりませんでした、いえ、ほんとをいうと、写真を見た店さえつきとめられなかったんです。あなたの消息を知っているほんの一握りの人から聞いてわかったことといえば、あなたは南アジアに撮影の旅に出られて、もう何年も帰国なさっていないということぐらいでした。それでもなお、Aの死で受けたぼくの痛みは、Aの死の状況をあなたにお伝えしなければという義務めいた気持ちになって残っていました。Aがはっきり言ったわけではありませんが、あなたにお伝えすれば、Aの望みが叶うような気がぼくはしていたのです」〉

〈青年は自分の話に夢中で、話を聞いているわたしの様子に気づかなかった。だが、青年が目をあげたときにはもう、わたしは自分の感情を抑えこんで、青年の目から隠してしまっていた。「おっしゃることがよくわかりません」と、わたしは言った。「ですが、存じあげない方とはいえ、奥さまのAさんの死に心からお悔やみ申しあげたい」（それは、わたしのほんとうの気持ちだった）。静寂が漂い、湖に目をやると、水面にかかっていた靄（もや）の向こうに太陽が呑みこまれようとし、一瞬のうちに、ヨットの帆に映えていた光の点々が消えた。突き刺すような沈黙がしばらく続いたが、青年は芝生から立ちあがると、何も言わずに招待客の群れに戻っていった〉

〈青年に対する自分の態度に良心がとがめたが、どうしようもなかった。再び目覚めた古い恐怖から、この先、どんな悲惨な事態が引き起こされないとも限らないのだし、青年の話が引き起こした事態を修正できるかどうかさえ、いまもって、不確かなのだ〉

〈この文章を綴っているうちに、船はセイロンとジャカルタの浜を過ぎ、あと三日でG群島にたった一つの港で、わたしは降ろしてもらうことになっている。写真集はもう印刷所にまわっていて、残っているのは最後の写真だけ。ある目的……（いや、まだ詳しくは書かないほうがいいだろう）これまでの六回の旅で、わたしはK族の人たちと親交を深め、今回は初めて彼らにまじって、部外者としてK族の人たちの真剣な儀式に加わることになっている。そうなのだ、最初の旅で彼らの行動を目にしてからというもの、壮麗な日没の景観という視点のみから撮影していた自分の態度がすっかり変わってしまったのだ。以来、わたしはK族の人たちと、その予期された日に向かってわたしなりの方法で準備を整え、待ち構えている〉

〈話に聞いた儀式の日をわたしは幾度となく想像し、その都度、K族の人たちといにしえの信仰に対して、あらたな憧れで胸塞がれた。季節も時の流れもほとんど感じられない地域で、どうやってK族の人々は夏至の日を測って決定してきたものだろう。いったい、いつの時代に——だが、だからこそ、決して諦めることなく、K族の成年以上の人たちは夜明け前から山に登り続けてきたのだ。登り坂の細道を、南の海が広がる景色を、頂上に吹く風を、わたしはしっかりおぼえている。異国者には坂道をのぼらせまい、あの山で太陽を摑ませまいと、長い年月、K族の人たちが山の坂道を守り続けてきた警戒心をわたしは知っている〉

〈その日のK族の人たちの興奮にはすさまじいものがあって、夜明けから太鼓を打ち鳴らし、歌をうたうのだと聞いている。わたしのわずかな経験からみて、光は消えないという思い、太陽は沈まないという信心のかけらがありさえすれば、それでもう、K族の人たちは果てしのない歓喜で満ちあふれるのだ。その日、K族の人たちは熱心に光の魂を女たちに吹き込み、しみ込ませ、昼になると女たちは太陽のように満足し、潤った体で熱い風のなかを歩きまわり、男たちは女たちの後をついてまわり、その一年で一番長い日がすでに果てしのない夜明けの初まりかのような希望に酔いしれる〉

〈午後になると、K族の人々は丸い腹のように光る山頂に立って、海に沈んでいく太陽の動きを追う。太陽が海の縁、水平線近くまで来ると、両手をあげて太陽を支えようとする。力の限りに、光を受けて輝く山頂まで太陽を引っ張りあげようと、力あふれる太陽球を永遠に動くことのない天頂まで引き上げようと、力を合わせる〉

〈太陽が海の向こうに落ちてしまうと、Ｋ族の人々は蝿のように力尽きてうちひしがれ、滑らかな山の斜面にしがみつく力さえ失ってしまう。年に一度の夏至の日没直後には、どの世代も山裾(やますそ)に広がるうっそうたる茂みに砕け落ちていくという〉

〈わたしがこの七年間、Ｋ族の人々と一九二…年の六月をなぜ待ち続けてきたのか、つけ加える必要もない。六回、その日のうちに山に戻った。調べられることは、調べ尽くした。準備もすべて完了している。そして、いまや、時が満ちた〉

〈Ｇ群島に碇(いかり)をおろすまで、あと二日。あと五日で次なる試みだ。いまのところ、わたしはデッキで、いろんな国のことばをしゃべるアジアの船乗りたちを眺めて、時を過ごし、船乗りたちは物思いにふけるわたしをそっとしておいてくれる。夜にはオランダ人の船長とえんえんとカードに興じる。それでも、いにしえの懼(おそ)れをわたしは封じ込められない。青年が語ってくれた海辺の町でのＡの死は、写真展は時期尚早だった、というわたしの危惧を残酷に裏づけていた。傷ついたのはＡだけだと断定もできず、そして、写真集の出版でＫ族の人々に何が降りかかるのか、知る術(すべ)さえない。ああ、写真家としてのわたしのプライド、ないに等しい信心、秘かに没しようとするものを鉄のレンズに捉えたいという傲慢(ごうまん)な自己主張〉

〈あと二日だけ、希望のうちに生きられる。あと二日だけ、Ｋ族の人々が大事に守ってきた祈りを共にできる…〉


中途で切れていた。目次ページに紙をはさんで、私はもう一度写真集を熱心に繰った。年を経て不明瞭になっているとはいえ、どの写真にも沈んでいく太陽球が輝いていた。木々の茂みから海に向かって突きでている山が見たくて、急いでページを繰っていると、足音が奥の部屋から聞こえたようだった。夢中で写真家の文章を読んでいたので、そこでやっと、店がずいぶん暗くなっているのに気がついた。私は、あわてて写真集を木のカウンターに置いた。かすかな明かりに表紙が輝き、版画の絵はがきをいれた木製スタンドに鈍いルビー色が映った。その光に惹かれて、また写真集に手をのばそうとすると、薄暗い出入り口に店主があらわれた。痩せてあご髭をはやし、黒い帽子を目深にかぶっている。無意識に写真集を隠そうとする私を店主は手をふってとめ、ご用は、と聞いた。

――太陽を摑む――そう、言いそうになったが、あわてて自分を抑えて、古い祈禱書についてたずねた。

「何のためにご入用で?」書店主は苛立たしげに訊いた。

私は口ごもりながら研究について、何年も調べているもので、と説明した。だが、店主は私をさえぎって、きっぱりと言った。

「その本は、お客様には用のないものです」

「たぶん、……ですが……」店主の憤りをなだめたくて私は同調し、胸をどきどきさせながら、「その祈禱書をご存じなんですね?」と訊ねた。

そのときほど、夕禱に関するすばらしい解釈を読みたいと思ったことはないし、そのときほど、広漠として遠い、はるか昔に死滅したと思っていた層の下から、夕禱のひそかな目的を、永遠に続く光の意味を会得し看破できるかもしれない、と強烈に思ったこともない。はげしい感情が、たぶん希望とでもいうのだろう、私のうちに目覚め、残り火のように私のうちで燃えた。典礼の根源を調べる学究の私は、注釈や古い写本についてしか知らずに年月を過ごしていたのだ。

書店主は敵意を隠そうともせずに、繰り返して言った。

「お客様には、その本は必要ございません」

「でも、もしご存じでしたら……その本をお持ちなのですか……」

「ここには、お客様にお役に立つものはございません」金切り声に近かった。「だいぶ前に店は閉まってるんですぞ！」

店主は書籍であふれた暗い部屋をひとまたぎして、私が入ってきた入り口に鉄格子を音高く降ろした。戻りがしらに木造りのカウンターの上から写真集を取って、さっともとの棚に押し込んだ。それから奥の部屋のドアを指さした。

「こちらから、出ていってください」と、私を荒っぽく押してせきたて、濃色のドアの向こうに消えた。

奥の部屋には天井まで本が積み重ねられ、やはり、その部屋も背の高いカウンターのうえに古雑誌が散らばっていた。

「こちらです、こちら」店主は叱りつけるように後方のドアを指さし、今度もまた、私の先に立って急いでドアを出た。

私たちは黒い本が天井までぎっしり詰まった部屋をいくつもいくつも通り抜けて行った。そこにつまった本のうちの一冊も、私たちを引き止めてはくれなかった。とうとう、舗装された小さな中庭に出た。その中庭の鉄製の門を店主はせっかちに開けた。

うしろで、門がかかる音がした。ここはどこなのか、どうやって外に出たらいいのか、訊くいとまさえ与えられなかった。私は細長い広場の端に立っていた。あたりはほとんど暗く、満月が無情な君主のように見おろしていた。高い棒のてっぺんから吊りさげられたランプが小さな光の輪を落としている。どっちに向かったらいいのか迷っていると、黒い長衣姿の子どもが何人か、黒地の裾をパタパタと引きずりながら走り抜けて行った。ランプの方に駆けていく子どもたちは、私には目もくれなかった。

鉄製の門を出た私は、振り返らずに歩きだした。つば広の帽子の男が、うつむいてそばを通り過ぎた。その男を広場の端まで追ったが、暗い路地の奥に男は消えてしまった。それからしばらく、小路や空っぽの中庭をうろうろと迷いつづけていると、家々をすっぽり包んでいる静寂は相変わらずだったのに、いきなり古い街の外に出た。エンジンがかかったバスが止まっていた。私はあわてて飛び乗って、バスの揺れに身をゆだねた。

もう一度、私はその古い街に戻って、古書と版画の絵はがきを置いていた店を捜してみた。けれど、どんなに捜しても、あの細長い中庭に通じる狭い抜け道や階段状の路地はつきとめられなかった。うろうろと長いこと、私は路地をさ迷った。その店の近くまで来ている、という感触は何度かあったが、結局は自分の間違いに気がつくだけだった。捜しものが見つからなくても仕方ない、という構えも心の奥にはできていた。というのも、私はいつもこの街に奇妙な思いを抱いていたのだ。この古い街は私の想像の産物で、私が通り過ぎてきた過去にのみ存在している記憶に過ぎず、私の背後でその姿を消してしまうのだ、と。

とうとう、暗やみがおりた。私は街の外に立ちつくして、一度も訪れたことのない暗い丘の道を探った。曲がりくねった迷宮から私を救い出してくれたのが何番のバスだったのかさえ、おぼえていない。

それからの日々、私は死刑囚が処刑を待つ心境で印刷所で研究書の校正に明け暮れた。魂の揺らぎとざわめきを誰にも語ることなく、沈んだ心で最後の仕上げを終えた。例の古い祈禱書の名は序文にさえ記さなかった。夕禱には別の祈りの意図と解釈がもうひとつ存在するのだと、言及さえしなかった。

あれから、何年も経った。本を上梓したのはずいぶん前のことになる。本の表紙はそり返り、紙も変色してしまった。あの時の思い出はおぼろになり、それとともに、心騒ぐ夢にも似た、口にすることさえ憚られる、あの、表現しようのない希(のぞ)みも薄れていった。私に残されたのは、いくつかの言葉だけ。それも、メモの間に埋もれたままだ。

ミハル・ゴヴリン　Michal Govrin

一九五〇年、イスラエルのテルアビブに生まれる。母親は、夫をナチスに惨殺され、七歳の息子は絶滅収容所送りになったが、本人は生き延びて戦後にイスラエルに渡った。そこで、イスラエル建国期のパイオニア青年と再婚し、二人の間にミハル・ゴヴリンが生まれた。ゴヴリンには幼い頃、一張羅を着せられてテルアビブのホテルに滞在していたシンドラー（映画『シンドラーのリスト』のモデルでユダヤ人を救った実在した実業家）に会いに行った記憶があるという。母親の親戚が「シンドラーのリスト」に入っていたのだった。兵役後、テルアビブ大学で文学と演劇を学び、フランスに渡り、ユダヤ教典礼と演劇論でパリ大学より博士号取得。作家であり詩人であり、ユダヤ演劇やユダヤ教典礼について国内外で教授し演劇監督も務めている。ショアに関するエッセイも多い。二〇一三年、フランスの芸術文化勲章を授与された。

代表作『その名』（HaShem）（一九九五）には、著者母娘の経験に似た、繰り返される悲劇とトラウマが描かれている。ヘブライ語の「Shem」は「名前」の意味だが、定冠詞の「Ha」がついて「HaShem」になると、意味が「神」に限定される。第二次世界大戦下、ドイツ軍士官が出国を手配したにも拘らず強制収容所で自殺した女の夫は戦後に再婚して、娘が生まれる。娘は長じて父親の元妻の恋人だったドイツ人に会い、彼の勧めでアウシュヴィッツを訪ねて精神的に崩壊、自殺をはかって宗教回帰する。神秘宗教学カバラの雰囲気に満ちた作品である。ゴヴリン自身も、彼女の紀行文「ポーランドへの旅」を読んでエルサレムにわざわざ会いに来たフランス系ユダヤ人の数学者と結婚したという。自伝『夢のようだった』（二〇〇五）や、フランスの哲学者ジャック・デリダとアメリカの詩人デイヴィッド・シャピロとのトリアローグ（三人共著作品集）『祈る者の身体　Body of Prayer』（二〇一三）や、エッセイ『欲望の地エルサレム、神秘への旅』（二〇一九）他、詩集も五冊出ている。

本作品は最初の作品集『太陽を摑む・伝説と短編』（一九八四）の表題作。日々の暮らしに隠れていたものが不意に照らしだされる、悟りにも似た神秘的な瞬間がある。しかし、啓示のような神秘的な瞬間は、その一瞬が過ぎると、また日常に埋もれて見えなくなる。時宜（じぎ）を得ない行動がもたらす災厄も迷路に似ている。硬質で透明な筆致が、切ないような共感を読後に呼び起こす佳作である。詩を書き、ユダヤ教の典礼を講ずる著者の若い日の姿が投影されているようでもある。ついでながら、エルサレムには本編にあるような区画や路地が多い。迷い込んで、ぐるぐる同じ場所をまわることもしばしばある。

ユダヤ民話

皇帝ハドリアヌスと苗を植える老人

ローマ皇帝ハドリアヌス[*1]は戦地におもむく長い旅をしていた。そんなある日、イチジクの苗木を植えている老人を見かけた。

ハドリアヌス帝は馬をおり、老人を祝福して訊ねた。

「ご老人、おいくつになります？」

「一〇〇歳になります」と、老人は応えた。

一〇〇歳！　ハドリアヌス帝はおどろき呆れた。一〇〇歳の老人が苗木を植える骨折りをしているとは！　この苗木が育って実をつける頃には、もう墓のなかだろうのに……。

ハドリアヌス帝は老人に言った。「ご老人、きつい労働にずいぶん励んでおいでだが、イチジクの実を口にできるとお思いか？」

老人は言った。「皇帝陛下、わたしはひたすら苗木を植えております。苗木が育ち、実をつけ、その実をわたしが味わうことができるのかとお訊ねでしたら、それはわかりません。わたしのために祖父や父が汗を流して働いてくれたように、わたしも励んでおります。祖父や父が植えた苗木は大きく育ち、わたしはその果実を味わって育ちました。そしていま、わたしは子どもや孫のために苗木をせっせと植えているのです」

老人と別れて、ハドリアヌス帝は戦地への旅をつづけた。戦いに三年が費やされ、ようやく、ハドリアヌス帝は軍隊を引き連れて帰路についた。馬を早駆けさせていると、いつだったか老人が苗木を植えていた場所を通りかかった。ふと、見ると、木立の間から手を振って、乾いたしわがれ声でハドリアヌス帝を呼びとめる人がいる。

「皇帝陛下！　お待ちください、ちょっと！」

ハドリアヌス帝は馬をとめて待った。

しばらく待つうち、腰の屈（かが）んだ老人がゆっくりあらわれた。手には、熟（う）れたイチジクの実があふれんばかりの籠（かご）があった。

「陛下、おぼえてらっしゃいますか？」籠を差しだしながら老人が言った。「三年前に、ここでお目にかかりました。おかげさまで、わたしは自分が植えた苗木の果実を口にする果報を得ました。陛下にもお召しあがりいただきとうございます」

ハドリアヌス帝は喜んで、蜂蜜（はちみつ）より甘いイチジクの実をありがたく味わい、従者に命じた。

「この籠を金貨で満たして、目の前においでのご老人に差しあげよ。イチジクと知恵を授けてくださったのだから」

従者は籠を金貨で満たして老人に渡した。老人は喜色満面で帰り、妻や子どもたち、友人たちや隣近所の人たちに、ハドリアヌス帝との再会を語ってきかせた。隣家のおかみさんが夫に言った。

「お隣さんはハドリアヌス帝に籠いっぱいのイチジクを差しあげて、お返しに籠いっぱいの金貨をもらったんだってよ。あんたも、ノロノロしてないで、大きい籠をとってイチジクやリンゴ、ブド

＊1　在位一一七〜一三八年。ユダヤ属州のバル・コフバの乱を鎮圧した。

ウやプラムをいっぱい詰めてハドリアヌス帝の駐屯地に行ってきなさいよ。お隣さんみたいに金貨をお返しにもらえるかもしれないんだから」

男は、おかみさんの言うとおりにした。ものすごく大きい籠をとると、おかみさんが言ったようなとりどりの果物を詰め合わせず、イチジクだけをいっぱい詰めた。

「皇帝の好物はイチジクなんだろう」と考えたのだ。「好物でもない果物を持っていくような危険はおかさないほうがいい」そうつぶやきながら、ハドリアヌス帝の駐屯地に出かけた。

重い籠をかついで汗みずくで駐屯地に着くと、男は言った。

「皇帝陛下は新鮮なイチジクがお好きだと耳にしましたので、召し上がっていただこうとお持ちしました」

ハドリアヌス帝は従者に言った。

「イチジクの籠を受けとって、それを男の頭にぶちまけよ！」

従者は命令どおりにした。

男は面目を失して逃げかえった。イチジクの果汁をたらし、身体じゅう傷だらけだった。帰ってきた夫に、おかみさんは言った。

「何があったの？　ハドリアヌス帝の金貨はどこだよ？」

「イチジクの拳骨だよ、ハドリアヌス帝がおれにくれたのは」

おかみさんは言った。「しようがないねえ。まあ、熟れたイチジクで運がよかったじゃないか。籠いっぱいのエトログ（レモンに似た柑橘）だったら、目も当てられなかったものね……」


（アガダの賢者物語より、ショハム・スミト再話）

そいつを探している

砂漠の民ベドウィン族の男が少しばかりの米と砂糖を買いにバグダッドにやってきた。バグダッドの市場を歩いていると、屋台で店主が大声で連呼している。

「ラブラビ！　ラブラビ！　バターみたいな味のラブラビ！」

ベドウィンの男は屋台のそばまでいって訊いた。

「どういうものなんだね？」

「塩と胡椒でゆでてあって、酸味もするよ」返事がかえってきた。

男は手のひらいっぱい分の代金をはらい、食べてみた。屋台にもどって、また手のひらいっぱい分を買って、食べた。また、屋台に戻り、手のひらいっぱい分を買い求めて食べた。そんなふうに何度も繰り返しているうちに、とうとう持ち金が尽きて、すっからかんになってしまった。

ベドウィンの男はつぶやいた。

「さて、どうしたもんだろう。何を家に持ち帰ったらいいんだろう？」それから、考えに考えて決心した。「せめて、あの食べものの名前『ラブラビ』を持ち帰ろう！」

ベドウィンの男は市場をあとにし、家まで忘れないようにと、「ラブラビ、ラブラビ、ラブラビ」

と繰り返しながら歩きはじめた。

川に着くと、衣類を脱いで身体にくくりつけて川を渡りだした。流れが急な箇所で、急流に呑みこまれそうになった。意地の悪い流れにもまれ、男は必死にもがいて、やっとのことで向こう岸にたどり着いた。川からあがったところで、例の、市場で食べたあの食べものの名前が思い出せないのに気がついた。

「きっと、川に落としたにちがいない」男はつぶやいた。

それで、また川に飛びこんで探し、また飛びこんでは探し、いまもなお、飛びこんでは、探している。

もし、どなたか通りかかって、川に飛びこんでは探しものをしているベドウィンの男を見かけたら訊いてごらんなさい。

「何を探しているんだい？　何を探しているのか名前を教えてくれたら、お手伝いして、一緒に探しましょう」って。

ベドウィンの男はがっかりしたように言うに違いありません。

「それを訊くのかい――そいつを、その名前を探してるっていうのに！」


（エリヤフ・アガシのイラクのユダヤ話より）

しようがなくての盗み

やさしくておこないの正しいナフムは、無垢な心の人だった。子どもが七人いたが、収入はなく、家にはパンのかけら、ひとつなかった。「お腹が空いた」と、子どもたちはナフムに泣きついて訴えたが、ナフムにはどうすることもできなかった。といって、これ以上、子どもたちにつらい思いをさせるのは耐えられない。

ナフムは、実力のある町のラビを訪ねた。家の状況を洗いざらい話して、ちゃんとした助言をもらおうと思ったのだ。だが、ラビは言った。

「どうやら、あなたには収入の運は、いまも、この先も、ないようです。運があるとしたら、盗みだけ。泥棒はうまくいきます。絶対、捕まったりしません」

「ああ、ラビ、聖なる十戒のなかの第七戒、『汝、盗むなかれ』を破ることなど、どうしてできましょう？　そんな罪を犯すくらいなら死んだほうがましです」

「たしかにそのとおりです。ですが、好きなようにしなさい。あなたの運は盗みにしかないのは明らかですので」と、ラビは言った。

どんよりと重い気分を抱えて、ナフムは家に帰った。どうしたらいいんだろう？　第七戒を破るしかないのか？　ナフムは思い悩んだ。これ以上、お腹がペコペコだと訴える子どもたちの呻き声や泣き声を耳にするのは耐えられなかった。それで、夜になってから市場に行ってみた。市場の入り口寄りの一軒目の店に近づいてみたが、なんと！　市場を巡回している「見まわり」に気づかれなかったし、その店の戸は難なく開いたのだ。ナフムが店内に入ると、勘定台に紙幣や銀貨がいっぱいあった。ナフムはその勘定台から一リラをとり、入ったときと同じようにして店の戸を閉め、自分の小さな手帳に〈入り口から一軒目の店から一リラ借用。神のご加護で稼ぎがあったら、二倍三倍にして店主に返すこと〉と記した。

その一リラで、ナフムは食べものやあれこれを買って家族に食べさせた。一リラで一週間暮らせた。食べ物がなくなると、子どもたちはまた空腹を訴えだし、ナフムはまた市場に出かけ、端から二軒目の店に忍びこんで一リラ盗むと、小さな手帳に、〈入り口から二軒目の店から一リラ借用。神のご加護で稼ぎがあったら、二倍三倍にして店主に返すこと〉と記した。

こうして、ナフムは毎週のように市場に出かけては、一軒一軒から借金した。市場の店を一めぐりすると、二めぐり目に入り、また一軒ごとに忍びこんで一リラずつ借用し、二めぐり目を終えた。三周目もほぼまわり終えるころになって、ようやく店主たちは、泥棒に入られたらしい、と騒ぎだした。

「あり得ん話だよ。三回とも一リラ消えただけなんだ。どっちみち、最初は自分の計算違いだ、ちゃんと数えなかったんだと思っていた。おれだって完璧じゃないからな。だけど、三回目も一リラだけ不足だなんて、まともじゃない」

一軒目の店主が呆れたように、戸惑いながら隣の店主にぼやくと、なんとまあ、隣の店主も同じことがあったと言う。話はつぎつぎに伝わり、どの店も「一リラ泥棒」の被害にあっていたらしいとわかった。

市場に噂が広まった。「一リラしか盗まないなんてあり得んことだ。店に押し入ったんだもの、ふつうなら何から何まで盗んでいくはずじゃないか。なんたって、泥棒なんぞという悪事に手を染めたんだから。なのに、この泥棒は一リラだけ！　勘定台には高額の紙幣も銀貨もどっさり入っているってのに、すごいじゃないか！」

「一リラ泥棒」話で市場は沸きかえり、ついに、噂が王のもとまでとどいた。王は市場の警備をもっと厳重にせよ、と命じた。だが、命令も効果はなかった。その後も毎週、警備の目をかいくぐって一リラずつ盗まれた。

警備を過信していたようだ、と王は反省し、ある夜、ごくありきたりの一般市民に変装して市場に出かけた。

と、男が一人、一軒の店に忍びこんで一リラ盗むと、小さな手帳に借用の旨を記して、急いで出ていった。王は男を捕まえ、男の帽子をとった。泥棒はおがむように言った。

「子だくさんなのに、食べるものがないんです。子どもの飢えを満たすだけの盗みだとして、どうか、見逃してください。わたしには、盗み以外に運がないんです」

「だめだ」王は言った「逃がすわけにはいかん。警察まで一緒にこい」

いくらナフムが懇願しても、王は頑として聞き入れなかった。

「盗みにしか運がないと言う、おまえの言い分が確かなら、わしと一緒に王の財宝を盗みだして、山分けしようじゃないか？」と、王はナフムに金儲けを持ちかけてみた。

「だめです」ナフムは即座に言った。「そのようなことは、絶対しません」

「ともかく、わしの言うとおりについてこい」

しかたなく、ナフムは一般の市民に成りすました王のあとについていった。もちろん、ナフムは、その市民が王であるとは知るよしもなかった。二人は王の財宝の隠し場所に着いた。王が、その場所を知っているのは当然のことだった。

「ここだ、この壁をよじ登って壁の向こう側に下りたところに王の財宝がある。うまくやれよ、神のご加護を！」

「壁をよじ登るなんて、できません」ナフムは言った。

だが、王は無理強いし、かがみ込んだ王の背に乗って、ナフムは壁のてっぺんまでよじ登った。壁のてっぺんによじ登ったところで、向こう側の警備兵たちのおしゃべりの声が聞こえてきた。警備兵たちは王の殺害計画を相談していた。朝食に毒を盛って殺す、という企みだった。

ナフムはあわてて、そのまま壁をくだり下りた。

「警備兵たちがかくかくしかじかと相談していました。王さまの財宝を盗むなぞ、いかがなものでしょう。朝になったら、警備兵たちの殺害計画を報告すれば、王さまは大いに喜ばれて、きっと、お礼をくださるでしょう」

王はナフムのことばを信じて、そのままナフムを家に帰らせた。だが、帽子は返さなかった。

つぎの日の朝、いつものように王の前に朝食が供されると、王は従臣に毒味を命じた。毒味をした従臣が倒れると、誰が毒殺を企んだのか、首謀者は誰か、白状せよ、と従臣たちに迫った。

こうして、王は首謀者が誰か突きとめた。そこで、王は町のラビたちを招集して例の帽子を見せ、誰のものか訊いた。

「ナフムのものです」ラビたちは即答した。

ナフムは宮廷に呼び出された。王がナフムに言った。

「そなたのおかげで死を免れることができた。だから、最初の約束どおり、王の財宝を山分けすることにしよう」

ナフムはようやく、市場の店主たちみんなに、借金を二倍三倍にして返すことができた。それでも財産はありあまるほどあって、ナフム一家は、その後ずっと苦労せずに暮らせたのだった。

（モシェ、イェーメン民話）

民話伝承について

ユダヤの民話伝承には、ヘブライ語の聖書（キリスト教では『旧約聖書』と呼ばれる）に材をとった神話的で歴史的なものや、タルムードやミドラシュのユダヤ教教義を分かりやすく説話や喩え話にしたアガダがある。また、ハシディズムのバアル・シェム・トブや弟子たちの、少しばかりファンタジックな言行録、シェディムやリリット、ゴーレムまでを含む悪魔や悪霊にまつわる憑依・呪術話、ホラ話やヘルムの賢者というとぼけた風合いの笑い話や、諷刺に富んだ小咄、頓智話やジョークなどもある。こうした伝承には居住地の民話との混淆も多く、離散ユダヤ社会の暮らしぶりが見え隠れしている。

別項の聖書話では「創世記」から三点をあげたが、「列王記」のソロモン王の知恵を讃える話は有名である。一人の赤子を連れた女が二人、ソロモン王の前に出て、二人とも自分の子だと言いはった。ソロモン王は刀を取り、『赤子を二つに裂いて半分ずつ与えよ』と言った。それを聞いた女の一人は「この子を生かしたまま、あの女にお与えください」と言い、もう一人は「裂いて分けてください」と言った。「赤子を生かしてくれと言った女が母親である」とソロモン王は裁きを下したという。

アガダの多くはユダヤ教賢者の言行録の形をとっていて、生きるための知恵や決まりを伝えるための喩え話がある。「皇帝ハドリアヌスと苗を植える老人」はアガダの一話である。諷刺を盛り込みつつ、戒律を守り、善行や慈善を重ねることの徳を説いていて、紀元前に遡る話には、ギリシャやローマの支配者からユダヤ教やユダヤ人共同体を機知で守った賢者たちの闊達な姿が描かれている。

離散地でのユダヤ人共同体はイスラム教社会やキリスト教社会との相互影響が大きかった反面、ユダヤ人は土地を所有できず、職業も制限されて少数者として差別されがちだったので、共同体を存続させるために外交と調整に腐心してきた歴史が長い。議論しながら思考するのがユダヤ教のタルムード学習の基本だという。そうやって議論し、意見を交換し、その過程で浮かびあがったことを、たとえ相反するものであっても諧謔（かいぎゃく）でまとめる能力を育ててきたせいか、伝承には苦境を頓智や機知で乗り越えたという話が多い。いささか鼻につくほどの自己主張にユーモアをまぶし、茶化したかたちで提示する。相手を笑わせ、自分も笑って緊張をゆるませる。歴史に翻弄されてきた民族は、その翻弄さえも笑い飛ばしてみせる才能をたくわえてきた。それにまた、ユーモアは自己批判の抽象化でもある。自分を戯画化して貶めると自尊心は傷つくが、新たな発想で抜け道を見つけられれば傷は癒（い）え、自己批判を楽しむ余裕もでてくる。

「皇帝ハドリアヌスと苗を植える老人」はアガダの再話。ショハム・スミト（一九六六〜）はエルサレム生まれ。ベツァレル美術アカデミーでデザインを、テルアビブ大学で文学を学び、書評や翻訳、聖書や賢者話や箴言（しんげん）の再話を試みて数々の賞を受けている。

「そいつを探している」は、エリヤフ・アガシ（一九〇九〜九一）が採取したベドウィンの話で、笑い話に括られる。アガシはバグダッドのラビの家系に生まれ、一九二八年にパレスチナに移民。労働総同盟（ヒスタドルート）ではアラブ諸国出身者たちの長として活躍し、イスラエルのアラブ人とイスラエル人の友好関係に尽くしたことで知られ、また、彼が編んだバグダッドのフォークロア集四冊は教科書や民話集として親しまれている。

「しようがなくての盗み」は、イスラエルのヘルツェリアで移民から直接聞き取った話をまとめた大部な書から。イェーメンのユダヤ人街の貧者が運命にしたがって行動した結果、富をつかんだ話を選んでみた。なお、ナフムのかぶっている帽子はユダヤ教徒男子が信仰表明として頭にのせているキパのこと。移民のことばをそのまま記した採録者に訳者もならった。

女主人と行商人

シャイ・アグノン

ユダヤの行商人が森や村を行商してまわっていた。ある日、村から離れた森のはげ地にさしかかると、一軒家があった。行商人はその家に行き、戸口で商いの品々を述べ立てた。女主人が出てきて、ここで何をしているのです？ ユダヤのお方、と言うので、行商人はお辞儀し、ひょっとして、きれいな品々のなかにお入り用のものがあるのではないかと思ってお持ちしました、と荷箱を肩からおろして、あれこれ商いの品をすすめた。女主人は、商いの品にもお前さまにも用はありませぬ、と言った。商人は、そうかもしれませんが、まあ、ご覧ください。ほら、この腕輪、それにほら、指輪、それに、このスカーフやシーツ類、石けんや化粧品をご覧ください。高貴な方々がお使いの品々でございますよ、とすすめた。女はちらりと商いの品を見やったが目をそらし、何もありません、荷物をまとめてお発ちを、と言った。行商人はめげずにペコペコしては荷箱から品物を出し、どうか、何もないなどとおっしゃらずにご覧ください、きっとお気に召す美しい品やお入り用のものがあるはず。奥さま、どうか、とっくりご覧ください、とすすめた。女主人は荷箱にかがみこんで、商いの品をあれこれいじった。狩猟用ナイフに目が留まった。女主人は代金を払い、家に入った。行商人は荷箱を背負って立ち去った。

すでに陽(ひ)は沈み、道は定かでなかった。行商人はひたすら歩いた。木立に入り、そこを出て、また木立に分け入った、空に月はなく、地は闇におおわれている。あたりを見まわして男は怖気(おじけ)づいた。と、灯りが見えた。灯りに向かっていくと、一軒の家に辿(たど)りついた。戸を叩くと、その家の女主人がのぞいて、ユダヤのお方、また何かご用ですか？　と訊いた。お宅を辞したあと暗闇で道に迷ったようで人里につけませんと言うと、それで、どうなさりたいのです、と女は訊く。どうか月が出るまで置いてくださいませんか、月が出たら道がわかるでしょうから出ていきます、と頼んだ。女主人は疎(うと)ましげに男を眺めやり、中庭にある古い牛舎でなら泊まってもいい、と言った。男は藁(わら)の上に身を横たえ、うとうととまどろんだ。

その夜は、雨がしきりと降った。つぎの日の朝、出立しようとしたが、あたり一面ぬかるんでいる。女主人は気性がきつい、天に我が身をあずけて吝嗇(りんしょく)な女に情けを頼むのはよそう、と行商人は胸の内につぶやき、荷箱を背負って出て行こうとした。その様子を覗いていた女主人が、屋根に穴があいたようなので直していただけませんか？　と声をかけてきた。行商人は荷箱をおろし、それでは、のぼってみましょう、と言った。女主人から梯子をかりて屋根にのぼった。風で瓦がずれた箇所が見つかった。瓦をもとに戻して屋根を修理するうちにびしょ濡れになり、靴は水がいっぱいのバケツみたいになったが平気だった。屋根のてっぺんにいようが森をうろついていようが、ここも雨、あっちも雨なら同じことだ、女主人の手伝いをしていたら、もしかしたら雨が止むまで情けをかけて置いてもらえるかもしれん、と心のなかでつぶやいた。

屋根の穴をふさぎ、瓦を並べ直すとおりて、もう大丈夫です、雨漏りはしませんと言った。たいした腕をお持ちだ、と女主人は言い、お代はいくらでしょう、お支払いしなければ、と言う。男は胸に手をあてて、お代を頂戴するなんてとんでもないことです、自分の生業(なりわい)でもない仕事でお代をいただくわけにはいきません、それにご親切に泊めていただいたのですし、と言った。多額の修理代をせしめようともったいをつけるにちがいない、と思っていた女主人は疑わしげに男を見やっていたが、とうとう、お座りください、朝餉を支度いたしましょうほどに、と言った。男は濡れた服をしぼり、靴にたまった水を捨て、あたりを見まわした。家のあちこちの壁にかかったおびただしい動物の角から、どうやら狩人の家だと察しがついた。いや、狩人の家ではないかもしれない、森に住む人たちが獣の角を飾るみたいに、装飾の角なのかもしれないとも思った。

あたりを眺めているうちに、女主人が温かな料理とぶどう酒を運んできた。男は飲んでは食べ、また、飲んだ。食べたり飲んだりしてから、もしかして、ほかにも修理のご用はありませんか? 奥様のご命令通りにいたしましょう、と言った。女は家のなかを見まわし、お調べくださいな、と言った。行商人は、これで雨が過ぎるまでおいてもらえると喜んだ。早速、ここを直し、あそこをいじり、代金は求めなかった。夕方になると夕餉が用意され、使い物にならなくなった古道具を置いている部屋で寝たらどうかとすすめられた。こんなによくしてもらってご恩は一生忘れません、と行商人は女主人に感謝した。

つぎの日、新たに雨が降りだした。行商人は、先に情けをかけてくれるのはどちらだろう、と外を眺め、女主人のいる内を見やった。女主人は黙して縮こまり、家具類は深閑としている。壁の獣の角が湿気を帯びて生肉のような臭いを発した。心の鬱屈をはらしたかったのか、それとも、雨とぬかるみの外に出て行かなければならない男を憐れんだのか、女主人が話しかけてきた。何を語り、何を語らなかったろう、小止みなく降る雨のこと、絶え間なく吹きつける風のこと、ますます傷んでいく道路のこと、このままだと腐ってしまうだろう実りのこと、あれやらこれやらだった。行商人はとりとめなく続くおしゃべりを秘かにありがたく思った。こうしたおしゃべりのおかげで長居でき、雨と嵐のなかを彷徨わずにすんでいるのだ。女主人も生身の人間が近くにいることがうれしいのか、お座りください、と男にすすめて、編み物道具を手に取った。男は腰をおろして、貴紳や淑女や名士たちについて、自分が知っていることや女が聞きたそうなことを話してきかせた。そうこうするうちに、互いにうちとけてきた。男が、おひとりでお暮らしのようですが、夫なる方とか、ご友人やお仲間はおいでではないのですか？　ここにだって、あなたさまのように美しいお方に近づきを求める高貴な方々や名士がたくさんおいででしょうに、と言うと、連れ合いはおりましたと言う。行商人は溜め息をついて、お亡くなりになられたのですねと言った。女主人は、いいえ、殺されましたと言う。行商人は殺された夫のために溜め息をついて、どのように殺されたのですか、と訊いた。警官でさえ知らないことを、お前さまは知りたがる。どのように殺されようと、野獣に喰われようと、ナイフで刺されようと、お前さまの知ったことではないでしょうが。お前さまだって、人間を屠るナイフを売っているではありませんか、と言った。

　夫のことを話したくないのだと行商人は察して、口をつぐんだ。女主人も黙り込んだ。しばらくして行商人は話を戻し、神がご主人を殺した者を見つけて敵を討ってくれましょうと言った。殺した者たちは見つかりっこありません、殺人者が必ず見つかるというものでもありませんと言う。行商人はうつむいて、つらいことを思いださせたようで済まないことでした、奥様のお心を楽しませるものが何かわかりさえすれば、我が身の半分を差しあげてもいいくらいです、と言った。女主人は男を見つめて奇妙な笑みを浮かべた。軽蔑の、あるいは、懐柔の笑み、それともありきたりの笑みだったのか、人間は笑みかけられたら自分なりに笑みを解釈するもので、単純で無垢な人間は自分に都合のよいように解釈する。単純で無垢な行商人は、女の笑みは自分への好意だと解釈した。年恰好といい、その美貌といい、男たちに追いまわされるのも当然なのにと思い、ふと、そうした男たちに自らをなぞらえて、女たちが耳にするのを好むことどもを女主人の耳に囁いた。木訥な行商人が、そのような手管をどこで身につけたかは神のみぞ知るである。女は腹も立てず、押しのけもせず、もっと話を聞いてもよさそうな風情だった。男は勇を鼓して愛の言葉を囁きだした。家を構える女主人は貧しい行商人のことばを受け入れ、情愛をしめした。そして、雨が止み、道が乾いてからも、互いに離れなかった。

行商人は女主人のもとにとどまった。古い牛舎ではなく、古道具の物置でもなく、女主人の部屋で、かつての夫のベッドで眠った。女は男を主人のように遇した。毎日、女は家にあるものや畑から採れるもの、上等な鳥や脂ののった鶏を料理した。肉にバターを塗って焼くと、男は食らいついてむさぼった。はじめこそ、鶏の頭をはねる女の様子を見て仰天したが、そのあとは骨までしゃぶってたいらげた、はじめはちょっとした罪でも犯すのをいやがるのに、次第にあらゆる罪を欲するままになしていく愚かな人々のごとく。男には妻も子どももなく、恋しい人もなかったので、そのまま女主人のもとで暮らし続けた。行商の服を脱ぎ、自由の衣をまとい、土地の人々と親しみ、しまいには土地の人のようになった。女主人は家の仕事も外の仕事も男には一切させず、何もかもひとりで背負いこみ、食べものや飲みもので男を甘やかし、女の常というのか、ときにはかくかく、ときにはこうこうという具合に、昼日なかは邪慳（じゃけん）な態度であしらっても、夜には情愛をしめした。そんなふうに、ひと月経ち、ふた月経つうち、男は自分が貧しい行商人で、女が家を構える主人であることを忘れるようになった。女の方も、男がユダヤ人であることを忘れた。

そうやって一軒の、同じ屋根の下でひとつになり、男は飲み食いし、愉しみ、きちんと整えられたベッドで眠って、何の不足もなかった。ひとつだけ不思議だったのは、女が食べたり飲んだりする姿を見たことがないことだった。はじめのうちは、自分と食事するのは恥なのだと思っていたが、慣れ親しんで、女がこの家の主で、自分がユダヤの行商人であることを忘れがちになると、訝しさが次第に募るようになった。

あるとき、なあヒレニー、何か月も一緒に暮らしているのに、お前が食べたり飲んだりしているのを見たことがない。わたしのことで何か気に障（さわ）ることでもあるんだろうか？　と訊くと、わたしが食事をしようがしまいが、お前さまにはどうでもいいこと、上等な食事にありつければ、それで十分でしょうが、と言い返された。たしかに、いままでにない最上等のものを飲み食いさせてもらっている。それでも、収入をどこで得ているのか、どこでお前が食べているのか知りたい。一緒に食事をしないし、同じ食卓でなくても、お前が飲み食いしている様子を見たことがない、飲み食いしないで生きていられるはずがないじゃないか、と食いさがった。ヒレニーは笑みを浮かべて、お前さまはわたしが何を食べ、何を飲んでいるか知りたいと言うが、人間の血を飲んで人間の肉を喰らっているのですよ、と言いながら、男をぎゅっと抱きしめ、男の唇を吸った。ユダヤの肉がこんなに甘いなんて、今まで思いもしなかった。キスしておくれ、わたしのカラス、さあ、キスを、わたしの鷹よ、お前さまのキスはこの世でいちばん甘い、と言った。男は女にキスしながら、心のなかで、高貴な女たちが夫と戯れるときに口にする戯れ言だ、と思った。女はキスを繰り返し、最初にお前さまが来たときは、ヨセフ、牝犬をけしかけたかったけれど、いま、わたしは気が触れた牝犬みたいにお前さまに嚙みついている、わたしの手から、お前さまは生きて逃れられないんじゃないかと不安なほどに。おお、なんて甘い骸だこと、と言った。そんなふうに、世の中になんの関わりも持たないまま、愛欲の日々が過ぎていった。

だが、行商人の心には例のことがひっかかっていた。同じ家で暮らし、同じ部屋で隣り合わせのベッドで眠り、すべてを与えてもらっているというのに、同じ食卓で食べたことがないことに拘っていた。料理にいっさい手をつけていないとすれば、いったい、どこで食べているのだろう。気になってたまらなくて、男はまたも質問を繰り返した。訊ねれば訊ねるほど冥界が深くなりますよ、我が愛しの骸は与えられるものを悦んで、答えのない問いなど発しないことです、と女は言った。ユダヤ人は胸のうちで、多分、そのとおりなのだろうとくり返し思った。一緒に飲み食いしようが、よそで飲み食いしようが、どうでもいいことだ、女が健康で美しければ、一緒にいて何の不足もない。男は沈黙を選んだ。女が用意した食卓や、あれやらこれやらをのんびり愉しんだ。質問攻めをやめ、余分ごとでわずらわせず、今までにも増して女を愛した。心底、女を愛していたからなのか、それとも、答えのない謎のせいだったのか。

女との経験がある者なら知っているように、好意に依存した愛情は、好意がうすれると消えていくものである。サムソンがデリラを愛したように、男が女を愛していても、女は男を馬鹿にしていびり、しまいに、男は死ぬような思いになって命を縮めてしまう。この行商人もそうだった、日を重ねるにつれて女は男を侮りだした。日が経つにつれて男をいびるようになり、そうなると男はうんざりした。にもかかわらず、女から離れられなかった。女も、出ていけ、と言わなかった。ひと月、またひと月と、ともに過ごし、諍いあっては愛撫しあい、愛撫しあっては喧嘩し、何が原因で喧嘩するのか、なぜ、慰めあうのか、男はわからなくなった。だが、はじめてこの家を訪ねてナイフを買ってもらった日より、昨日の方が女のことをわかっているわけではないのに、昨日わかっていた以上に今日知っているわけではないのに、我々はどうやら近い者同士で、互いにくっつきあって離れがたいようだ、と秘かに思った。穏やかな日々にはあまり質問しなかったし、訊ねればキスで口をふさがれた。穏やかな日々が去ると、男はもの思いにふけるようになり、ついには自分に呟くようになった、話してもらわなくては落ち着かない、と。

ある晩、前の夫について何度も訊ねたのに、何も話してくれないね、と男は言った。女が、何をお訊ねでした？　と訊くので、夫が二人いたが殺されたと言ったんじゃなかったかい？　と言うと、二人だろうと三人だろうとお前さまに関係ないでしょうが、と言う。じゃあ、わたしは四番目の夫か、と訊くと、四番目の夫ですって？　と言う。言ってることからすれば、そうなるじゃないか、ヒレニー、と言うと、全部を数えるので、お待ちください、と右手を広げて指を折りだし、一人、二人、三人、四人、五人。右手を終えると、左手を出して数えつづける。その人たちはどこにいるんだ？　と訊くと、訊ねれば訊ねるほど冥界が深くなる、と言いませんでしたか、と女は言った。いや、どうか話しておくれ、と言うと、ひょっとしたら少しはここに、と女は腹を叩いてみせた。ここ、とはどういうことだ？　と男は言い、女は男をちらりと横目で見て、笑みを浮かべた。しばらく男を眺めやってから、何を言ってもわからないでしょう。なんとまあ、この骸は愚かしい顔をして、と言った。

　女が指を折って数えだしたときから、男はすでに正気を失い、質問すらまともにできなかった。いまや、しゃべる力さえなかった。座りこんで黙した。ねえ、お前さま、神をお信じですか、と女が訊くので、溜め息をついて、神を信じないなんてあり得んだろうがと応えた。お前さまはユダヤ人じゃなかったですか、と女は言い、男はまたも溜め息をついて、そのとおり、ユダヤ人だと言った。女は、ユダヤ人は神を信じていません、信じていれば、イエス様を殺したりしなかったはず。だけど、もしお前さまが神を信じているんなら、同じ最期を迎えないですむよう祈ることですね、と言う。誰と同じ最期だ？　と男が訊くと、質問した人たちと同じ最期ですと言う。お前の夫たちの？　そう、わたしの夫たちの。どんな最期だ？　ヒレニーは、お前さまが理解できないことを話したって無駄なことです、と言った。そう言いながら、男の首を凝視した。青い目が新しい刃物の刃先のごとくきらめいた。男は女を見て怖気だった。青い顔をしてどうしました？　と女が言った。男は顔に触って訊いた、青くなっているのか？　髪の毛が豚の剛毛みたいに突っ立ってますよ、と女は言った。男は髪に触り、逆立っているのか、と訊くと、まるで鵞鳥の皮みたいに、毛穴がぶつぶつ鳥肌だって。まあ、臆病者の顔はなんと醜いこと、と女は言い、男の顔に唾を吐きかけ、去りがけに真正面から男をにらんで、まあ、喉仏が恐怖にふるえている、まるで、ナイフを突き立てられたみたいになって。そんなにピクピクしないで、かわいい喉仏ちゃん、まだ、噛みつきゃしませんよ、と言った。

行商人はへたりこんだ。ふっと顔を撫(な)でたり、ときおり髭(ひげ)に触ったりした。髪はそそけだち、分け目は氷を置かれたみたいにひんやりとしていた。制御の力が失せたように筋肉が動かなかった。しかその瞬間は女を愛しても憎んでもいなかった。隣の部屋からヒレニーの足音が聞こえてきた。しかし、思考はめまぐるしく働いた。荷箱を背負って行商に行こうと自分につぶやいた。だが、行こうと思うとますます力が脱けていった。ヒレニーの足音がまた、聞こえた。足音が静まると食器の音がし、料理の匂いがした。行商人はまた考えた、ここから出て行くべきだ、いまでなくても、明朝には出発しよう。古い牛舎に一夜の宿をゆるしてもらったときは、いかばかりにうれしかったことか。いまは、整えられたベッドでさえ、逃げ出したいほどにうとましい。

すでに、日が落ちていた。男は不本意ながらこの家でもうひと晩過ごすことにし、だが、女の部屋の、殺された夫たちのベッドでなく、古い牛舎かほかの部屋で夜が明けるのを待とう、そして出立しようと心に決めた。

ヒレニーが入ってきて、もうわたしに呑まれたみたいな顔をして、と言った。そして男の腕を取ると食堂に連れていき、食卓につかせて、お食べなさい、と言った。男は目をあげて女をにらんだ。女はまた、お食べなさい、と言った。男はパンをつかんで、口に押し込めるだけ押しこんだ。どうやら、パンを噛ませなくちゃいけないようだこと、とヒレニーが言った。男はパンの固まりを投げ捨てて出て行こうとした。ヒレニーが、待って、わたしも行きます、と言った。女は羊の毛皮の外套を着て、男と外へ出た。

心ここにあらずであたりさわりのないことばかりしゃべりながら二人が歩いていると、石の像に躓(つまず)いた。ヒレニーは立ち止まって胸元で十字を切り、短く祈りを捧げた。それから、ヨセフの腕をとって家に戻った。

その夜、ヨセフはぎょっとして飛び起き、悲鳴をあげた。胸にナイフが突き刺さったような気がしたが、心臓ではなく、石の像で、いや石より冷たいキリスト教徒が祭りの日々につくる氷の形だった。ナイフで傷つけられたわけではなかったが、だからこそ、不安に駆られた。輾転反側しては、溜め息をついた。眠りに襲われてまどろんだ。何やら軋む音が聞こえるので見ると、牝犬が首ひもをはずそうとしている。犬を見まいと目をつむった。犬が飛びかかって、喉に噛みついた。喉から血が流れ、その血を牝犬が舐めた。男は悲鳴をあげて転がった。ヒレニーが目を醒まし、大騒ぎして眠らせてくれないのですか、と怒鳴った。男は夜具のなかで縮こまり、夜が明けるまでまんじりともしなかった。

朝、ヨセフは、眠りを邪魔したようで悪かった、とヒレニーに言った。何のことです？　とヒレニーが言うので、眠らせてくれないと怒鳴ったじゃないか、と言った。ヒレニーは、わたしが怒鳴ったですって、と言い、だったら寝言だったのかもしれない、とヨセフが言うと、わたしは何て言いました？　と顔を青ざめさせた。

その夜、男は夜具を古道具の物置に移した。ヒレニーは、その様子を見ても何も言わなかった。寝る時間になったので、よく眠れなくて寝返りばかりうつから邪魔だろうと気になって、夜具をほかの部屋に移した、と言った。ヒレニーはうなずいて、気の済むようになさい、と言った。ヨセフは、ああ、そうしよう、と言い、ヒレニーは、それがよいでしょう、と言った。

そのときから二人は口を利かなくなった。ヨセフは客人に過ぎないのに、前の通りに振る舞った。だが、日々に、女が与えてくれる安楽さを捨てて出ていこうともした。一日が過ぎ、一週間が経ち、だが、出立しなかった。女もまた、出ていけ、と言わなかった。

ある晩、ヒレニーが料理を食卓に運んできた。女の口から飢えた人間の臭いがたちのぼった。男は口をゆがめた。女は気づいて、なぜ、口をゆがめるのです、と訊いた。ゆがめてなんかいないと男は言ったが、女は奇妙な笑みを浮かべ、わたしの口の臭いを感じたのかもしれませんね、と言った。ひと切れパンを食べてごらん、と言ってみたが、放っておいてください、飢えてませんから、と女は言い、また、前の笑いよりいっそう不可解な、奇妙な笑みを浮かべた。

　男は飲み食いして部屋に戻り、ベッドを整えた。そして、ふと、「シェマア」を祈ろうと思い立った。壁にはヒレニーの畏れの標（十字架のこと）がかかっていたので、外でシェマアを唱えることにした。

　冬の夜。あたり一面は雪に覆われ、陰鬱に凍てついていた。天にはわずかの光のすじさえなく、自分の足もとさえ見えなかった。ふいに男は、我が身は森のはげ地に降り積もる雪の囚われ人だと思った。雪はどんどん降り積もっていく。男は走りだし、雪の中に立つ石の像に躓いた。天なる父よと、ヨセフは叫んだ。ずいぶん遠ざかってしまいました。すぐ、戻らなければ、わたしは、迷子になってしまいます。四方八方を見まわした。やっと方向を見きわめ、そして、意に反して家に向かった。

　静寂があたりにたちこめていた。聞こえるのは雪の丘に降り積もっていく、かすかな雪音ばかりだった。その雪音に、すっぽり雪に埋まってはやっと引き抜いて歩く自分の足音がまじった。重い荷を背負ったみたいに肩がひどく重かった。しばらく雪のなかを歩いて、家にたどり着いた。

　家は闇にくるまれていた。どの部屋にも灯りはなかった。ヒレニーは寝ている、とヨセフはつぶやき、歯を食いしばって憎しみを堪えた。目をつむって、部屋に入った。

　部屋に入ると、ヒレニーの気配があった。女への憎しみを抑え、急いで服を脱いで夜具にもぐりこんだ。小声でヒレニーを呼んだが、返事はなかった。また声をかけたが応えがない。起きあがってローソクをつけた。そこで、夜具が穴だらけになっているのに気がついた。いったいぜんたい、どうしたのだろう？　部屋を出たときはちゃんとしていたのに、いまは穴だらけだ。人の手による穴なのは疑うべくもないが、何のために？　目を凝らしてあたりを見ると、かすかに血の染みがある。男は血の染みを見つめて呆然とした。

呻き声が聞こえてきた。あたりに目をやると、ヒレニーがナイフを手にして床に倒れていた。行商人が訪れた日に買い求めたナイフだった。男は女の手からナイフをもぎ取ると、女を抱きあげて自分のベッドに横たえた。ヒレニーが目をあけて男を見た。口があいて、歯がキラリと光った。

ヨセフはヒレニーに、何か言いたいのか、と訊いた。女は何も言わなかった。男がかがみ込むと、いきなり女は頭をもたげ、男の首に歯を当て、嚙みついて吸いだした。が、金切り声をあげて男を押しのけた。なんて冷たいの。お前さまの血は、血じゃない、氷だね。

行商人は女主人を一日、また一日、もう一日、と看病した。女主人が男を殺そうと忍びこんだ夜に自らを傷つけた傷口に、男は包帯を巻いた。食事もつくった。だが、女は食べものを吐いた。あの夜、ヨセフにしようとしたように、殺した夫たちの肉を喰らい、血を吸うのに慣れしたしんで、人間の食べものを忘れてしまっていたのだった。

五日目、魂が抜けでて女は死んだ。ヨセフは司祭を探したが見つからなかった。亡骸(なきがら)を布で巻いて棺におさめ、雪を掘った。だが地面は凍りついて、墓を掘ることはかなわなかった。男は亡骸の棺を抱えて屋根にのぼり、積もった雪に棺を埋めた。鳥たちが死骸を嗅(か)ぎつけた。飛んできて棺をつついて壊し、女主人の骸を分けあった。例の行商人は荷箱を背負い、商い品を高らかに述べたてながら、あちこちを行商してまわった。

シャイ（シュムエル・ヨセフ）・アグノン　Shai (Shmuel Yosef) Agnon

一八八八年、オーストリア・ハンガリー帝国のガリツィア（現ウクライナの西部）のラビの家系に生まれる。母語はイディッシュ語。毛皮商だった父からユダヤ教ハシディズムの寓話を聞き、家庭教師からはドイツ語とタルムードを、ブルジョワ育ちの母からドイツ文学を学び、知らず知らずに啓蒙主義の文学やスカンジナヴィア文学を受け入れて育つ。ヘブライ語でも詩を書いていたが、イディッシュ語での文才が認められてジャーナリストになる。だが、二〇歳でパレスチナに渡ると、ヘブライ語のみの創作に移る。しかし、パレスチナのヤッフォの第二アリヤ（一九〇四〜一四年に行われたパレスチナへの移民。殆どが帝政ロシア出身者でイスラエルの国家建設の担い手になった）の人々の性急さに馴染(なじ)めず、彼らもアグノンを「ガリツィア人」と呼んで疎んじたが、作品発表の機会を与えてくれ、『アグーノト（忘れられた人妻）』（一九〇八）でデビューする。一九一三年から一〇年余りをドイツで暮らし、生涯にわたって経済面で世話になる出版社主のザルマン・ショッケンや、ユダヤ教哲学者のマルチン・ブーバーの知遇を得る。ブーバーとは一緒にハシディズムの伝承を採取し、その伝承群はのちに創作の素材となり、核の一つにもなった。

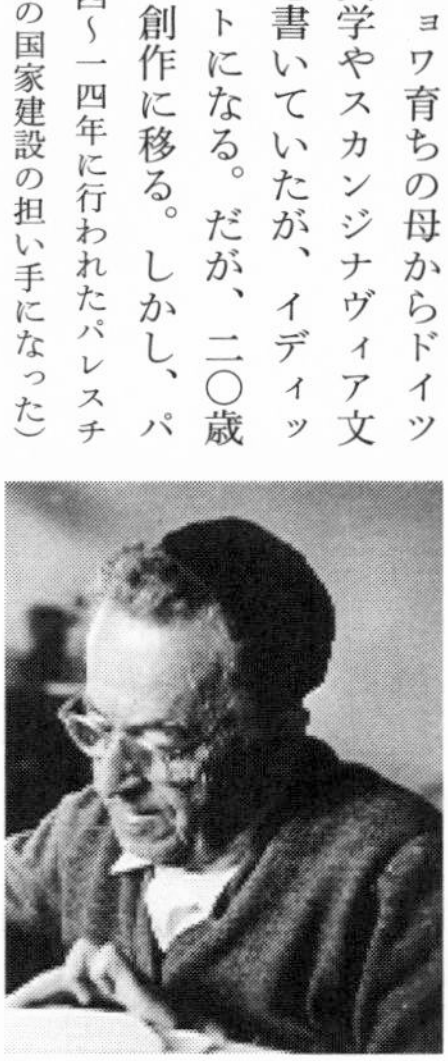

作品はジャンルが広く、神秘主義的で幻想的な伝説や民話、東欧ユダヤのハシディズムの伝承、カフカ的不条理の世界を描いた短編、あるいは新天地のパレスチナ（後にはイスラエル）に夢を抱いた者たちの挫折をリアリズムに徹して問いかけた作品など、「ユダヤ」に限定されない、人間の持つ本質的な懐疑や憧憬、葛藤や不安をリアルに描いている。長編に『花嫁御寮』（一九一九）、『一夜の泊まり客』（一九三八）、『昔語り』（一九四五）、短中編に『単純な物語』（一九三五）、『ここまで』（一九五二）、『火と森と』（一九六二）など。刊行後もアグノンはしばしば作品に手を入れた。一九六六年にノーベル文学賞を受賞。一九七〇年に八一歳で他界したが、いまなお、イスラエルの人々の深い敬愛の的で、朗読会や翻案劇があちこちで催されている。

本短編は民話寓話集『間近にて見える』（一九五一。タイトルはタルムードのメギラ文書に由来する）所収の一編。鬼女伝説を下敷きにしてユダヤ教精神を伝えようとしているのだが、生々しい男女間のやりとりは万国共通で凄(すさ)まじい。山姥(やまうば)的役割の女主人がキリスト教徒なのは、日本人には異様に映るかもしれない。「肉にバターを塗って焼くと、男は食らいついてむさぼった」の記述から、行商人が、肉と乳製品を同時に食してはならないというユダヤ教の食事律に背いたことがわかる。訳出で生じた疑問をセム言語学者に説明してもらったところ〈行商人の名がヨセフなのは、ポティファルの妻に誘惑されるヨセフ（創世記三九章）を、またヒレニーはギリシャ神話の美女ヘレンを念頭に置いてのことであろう。ヒレニーの埋葬に棺を用意するが、これはキリスト教の習わしでユダヤ教にはない。しかし、白い麻布でくるむのはユダヤの習わしで、「亡骸を布で巻いて棺におさめ」にはキリスト教とユダヤ教の慣習の混合がみられる。また、死骸が鳥の餌食になったというくだりは、アハブの妻イゼベルの死骸が犬に喰われたのを想起させる（列王記下九章）〉とのことである。

邦訳作品に、『ノーベル賞文学全集第15巻スタインベック　アグノン』村岡崇光訳、主婦の友社、一九七一年刊（中編と短編数点が楽しめます）。

オーニスサイド

シュラミット・ハルエヴェン

（Ornithcide）――Ornith は鳥（ギリシャ語）、-cide は殺戮を意味する接尾語。

鳥たちがひどくて、殺さなくてはならないほどになった。狂熱的な小さな目、ひっきりなしの身震い、なにかしら粗暴さを感じさせる生あたたかさ、キイキイとヒステリカルな鳴き声の、怖気(おぞけ)だつ生きもの。緩(ゆる)んだ弦みたいに、錆(さび)みたいに、不要な存在。バルコニーの大理石に糞を落とし、不意に羽ばたいて赤ん坊を怖がらせる。おばかさんだ。鳥ほど愚かなものはいない。

うちの界隈(かいわい)で鳥殺しを生業(なりわい)にしていたのは二人、ノッポとチビだった。ノッポは目の色ひとつ変えず、物音を立てず、徹底した仕事をした。チビは鳥を殺すと、いじりまわして自分の一部を入れ込んだ。はかり、つぶし、汗を落とし、唾(つば)を吐いた。ぼくたち子どもは、そんなにたくさんの唾がどこから出て来るんだろうと不思議だった。

ぼくたちは、幼い頃から二人を知っていた。食事をいやがって駄々をこねると、母親たちは言ったものだ。ほら、鳥殺しが来るよ。でも、鳥殺しは悪さなどしかけてこない、とぼくたちにはわかっていた。来るとしたら、おぞましい鳥たちからぼくたちを守るためだ、と。

子どもたちの何人か、とりわけ勇敢な子どもたちは、鳥殺しが終わったあとの通りで美しい羽を集めた。わが家では、この遊びが誰も好きではなかった。羽は血だらけだったし、かすかな風にさえ揺れるし、手にはりつくのだ。吐き気をもよおさせる。近所の男の子は、死んだ鳥をまるまる三分間手のひらにのせる、という賭けをしたという。男の子は界隈で英雄の地位を獲得したが、穢れているとして、鼻つまみ者になった。ちゃんとした家庭の子は鳥には決して触らなかった。そして、ある年齢を過ぎると、そういうことも話題にしなくなった。鳥にまつわることは子どもっぽい話と片付けられた。みんな、ノッポとチビは市に雇われている、それだけだ、とわかっていた。

およそ一年前まで、界隈ではそんなふうに過ぎていた。一年ほど前の祈禱集会のとき——ぼくたちの町では三日ごとに、子どもから老人まで大きな広場に集まって祈禱するのだが——親友がぼくにこっそり、鳥がどんどんいなくなっている、と耳打ちした。祈禱のときにそんな穢れた話をするなんて不信心だし、それに、ぼくたちの年齢で鳥のことなど取り沙汰するのはみっともないことだったから、ぼくはシィッと親友を黙らせた。だが、そのあと、祭司が一人で朗唱しているとき、そのことを少し考え、それがほんとうなら、きっと、ノッポとチビは他の町にいくだろうと、結論めいて思った。

けれど、ノッポとチビは他の町にいかなかった。どの町にもノッポとチビがいて、余分はいらなかったのだ。

何週間か過ぎた。ノッポは暇そうに通りをぶらぶら歩き、チビは理由もなく唾を吐き散らすようになった。たしかに鳥は少なくなっていた。だがまだ、どこかの屋根の上や木々の枝のそこかしこから、生あたたかい小さな存在の、なんとはない不潔な身震いの音が聞こえてきた。不意に窓ぎわでギョロギョロした目と出くわしてぎょっとすることもあった。でも、鳥はほとんどもういなくなっていた。わが家のバルコニーは清潔で、祝祭日の朝の静寂は素晴らしかった。

それでも、ぼくは言っておきます、ここで何が起きているか知ってほしいから。ひょっとして、ぼくが学校から戻らなくても、警察や何かには電話しないでください。あなたは他所者で、ここのことがわかっていないんです。四か月前、弟は幼稚園からもどらなかった。弟はバルコニーを汚し、走って逃げだして、チビに見つかってしまった。運がなかったんです。

さあ、ぼくは行かなくちゃなりません。駆け出さないよう、声をあげてしゃべらないよう、怒りを爆発させないよう、しっかり、時と方法を考えなくちゃなりません。もし通りでぼくを見かけて、ぼくが挨拶しなくても、呆れたりしないでください——ギョロギョロ目を剝いた、なんて密告されたくないんです。

シュラミット・ハルエヴェン　Shulamith Hareven

一九三〇年ポーランドのワルシャワに生まれ、一〇歳で両親とともにエルサレムに移民。一〇代から自衛組織ハガナの地下部隊に属して、エルサレム包囲戦（一九四八年）では医療部隊で働き、五〇年代からはアラブ諸国からの難民一時収容キャンプで、第四次中東戦争では戦時報道記者として働く。アモス・オズたちのピース・ナウ活動にも参加し、第一次インティファーダでは難民キャンプからイスラエル紙にレポートした。女性初のヘブライ語アカデミー会員でもあった。社会、文化、政治について辛口のコラムを書き続け、一九九五年にはフランスのレクスプレス誌の「世界を動かす」女性一〇〇人の一人に選ばれている。二〇〇三年没。享年七三。

意志的な鼻筋、引き締められた口もと、眼ざしは寂しげだがきびしくもある。自己を律して他者にもきびしそうな雰囲気を漂わせている。その雰囲気どおり、作品はどちらかといえば硬質で、推敲を繰り返すのだろう、文章は張りつめて無駄がない。エッセイまで含めるとテーマは多岐にわたるが、短編作品には孤独と孤立、病的に緊張した人間関係の機微が見え隠れする。
ハルエヴェンは、詩集『街角の詩』（一九四九）でデビュー。『略奪のエルサレム』（一九六二）に続いて、短編集『前の月に』（一九六六）、詩集『別々の場所』（一九六九）、短編集『与えられた許可』（一九七〇）を発表。英国委任統治時代のエルサレムに住むスペイン系ユダヤ人一家とフランクフルト出身の医者一家を描いた『多くの日々の街』（一九七二）はいまなお版を重ねている。児童向け詩集『いいにおい』（一九七六）や物語『どこかにいった風船』（一九九四）、辛口のエッセイ集『ドゥルシネア・シンドローム』（一九八一）、『メシアかクネセットか』（一九八七）など、執筆の幅も広い。出エジプト記とヨシュア記を素材にした三部作、『奇跡を憎むもの』『預言者』『子ども時代ののち』は難解だが、聖書の読み解きを新たに試みた作品として注目されている（三部作を一巻にまとめた『渇き』は一九九六年に出版された）。英、仏、独、伊、蘭、アラビア語やエストニア語に訳されている。

本作品は『前の月に』所収の掌編。いうまでもなく「鳥」に「ユダヤ人」が仮託されているが、少数者や体制に与(くみ)しない者全てかもしれない。汚くて数が増えすぎて追われる「鳥」たちを追いつめていくノッポとチビはどの町にもいる、というのが怖い。

ショレシュ・シュタイム[*1]

エディ・ツェマフ

「ハロー、イズ・ジス・クネセット・メンバー・ヘルモン？」

オックスフォード風といっていいほどの上等なクィーンズ・イングリッシュだが、「ヘルモン」の発音は喉音だった。

「イエス？」

「フロム・トゥ・ショレシュ・ストリート、カテモン、ジェルザレム？」

「イエス？」

「ムハンマド・カハルール・ヒア。ジャスト・アライブド・フロム・ロンドン。アイ・ハブ・エ・ビジネス・プロポジション・トゥ・メイク。メイ・アイ・ミート・ユー？」

ヤコブ・ヘルモン（かつての名はヘルモニ）を救ったのは、最後のユダヤ人狩りから彼を連れて逃げた母親だった。母親と息子は日中は隠れひそみ、夜にはジャガイモを掘って、村々を転々としたが、とうとう農夫に捕まり、母親は犯されて殺された。ヤコブはたったひとりでジャガイモを掘っては食ってさまよい続け、戦争が終わってからもさまよった。しまいにシオニズムの救援組織に発見され、イスラエルのハショメル・ハツァイル系のキブツに連れていかれた。ヤコブはそこに長くはとどまらなかった。持ち家と自分で自由に使える金が欲しくて、キブツでは落ち着かなかったのだ。町に出てアパート仲介業めいたことをはじめ、それから法律を学んで弁護士になり、成功して政治家としても活躍している。最初はマパイ党（中道左派政党、現在の労働党の前身）、その後はリクード党（右派の保守党、領土拡張を主張する強硬派）に所属している。五〇歳で国会議員になったが、不動産業はつづけた。大富豪になっていた。「金が好きで、金がわかる、ビジネス・センスのある男だ」と言われている。政治的には急進的排外主義者だったが、たぶんそのせいで、彼の世話になりたがるアラブ人も少なくなかった。このカハルールもそういう一人だろうと彼は考えて、アラブ人との土地問題で一度ならず助けてやったことのあるアジャミ弁護士のところで、つぎの日に会う約束をした。

ムハンマド・カハルールはもう、ヤコブ・ヘルモンが到着する前から、アジャミ弁護士の事務所で待っていた。若くて背の高い、金縁眼鏡にうすい髭をたくわえた美青年だった。ヘルモンは青い古びた上着に白の開襟シャツだった。カハルールは赤みを帯びた上等なスポーツジャケットに絹のネクタイをつけ、流行りの高価な靴をはいている。アジャミ弁護士が、青年をヘルモンに紹介する口火をきった。

「ベイルートのジョージ・カハルール氏のご子息です。オックスフォード大で英文学を専攻して、ジョゼフ・コンラッドの小説について博士論文を書いておいでしてね。カハルール一族には現在あまり財産はありませんが、かなりの額を申し出ておいでで……」ここで、アジャミ弁護士をさえぎって青年が完璧な英語で言った。

＊1　ショレシュはヘブライ語で「根」、シュタイムは数字の「2」を表す。本来なら「ショレシュ・シュタイム」は「ショレシュ通り2番地」と訳すのだが、作品の意図は明らかに「二つの根っこ」を意味しているのでヘブライ語のまま翻字した。

「国会議員のお時間を無駄づかいしてはいけません。本題に入りましょう。何についての話か、ヘルモンさんはお察しのはず、ぼくの名前ですぐおわかりになったでしょう」

ヘルモンはとまどった。カハルールという名は、彼には何の意味も持っていなかったからだ。口ごもると、カハルールは相手の戸惑いに気づいて謝った。

「すみません、勘違いでした。この地には後になってから移ってこられたようですね。一九四八年にぼくたちがエルサレムのカテモンの屋敷を去ったときは、まだ、パレスチナに来てらっしゃらなかった」

ヤコブ・ヘルモンは、たしかにイスラエルに来たのは一九四八年の独立戦争後で、ショレシュ・シュタイムの屋敷を買ったのは七〇年代になってのことだと応え、もの問いたげな視線を向けると、ムハンマド・カハルールは言った。

「ええ、ぼくらの、より正確を期すと、祖父のシュクリ・カハルールの屋敷でした。一九四八年の戦争で家族はベイルートに脱出したんです」

そこに、アジャミ弁護士が割りこんで、カハルール家は英国統治時代のパレスチナで名を馳せた名門です、と説明した。シュクリ・カハルールは農産物、とりわけオリーブ油に詳しい大商人でした。人々は「オリーブ油」というかわりに「カハルール」といったものです。ですからシュクリのお孫さんは、カハルールの屋敷にお住まいの国会議員なら一族について耳になさっておいでだと考えたわけです。ですが、それはたいしたことではありません。目の前には純粋なビジネスの提案がありますす、思い出ではありません。

ビジネスの提案はこうだった。ムハンマド・カハルールの手には、一族の金庫の鍵と屋敷の地図がある、その地図にはエルサレムのカテモン攻防戦のときに祖父のシュクリが隠した金庫の場所が記されている。カハルールは現在の屋敷の所有者とビジネスを望んでいる。金庫を探して見つけだすのに要するのは二時間。邪魔されずに金庫を探し、発見物を当局に届け出ないということに同意してもらえたら、即金で一万ドルをヘルモンに渡す用意がある。

ヘルモンは昂奮（こうふん）した。商談にのる用意はある、だが、どのくらいの額を要求していいかわからない。ふと思いついて、まず最初に、と言った。金庫には何が入っているのか知らねばなりません。アジャミ弁護士の顔が青ざめたので、的を射た問いだとわかった。どう商談を進めたらいいかも、これでわかる。彼は金庫の中身の二〇パーセントを要求した。一緒に掘って中身を分けましょう。どのくらい入っているんです？　返事がない。ヤコブ・ヘルモンは勇（ゆう）を鼓（こ）した策の成功を感じた。二人はひそひそとアラビア語で相談し、とうとう若い方がアジャミ弁護士をさえぎって、ヘルモンにむかって言った。

「父の話だと、金庫には金貨で三〇〇〇ソブリンあります。ソブリン当たり四〇〇ドルの換算で、合計一二〇万ドルになります」ヤコブ・ヘルモンの心臓がピクンと跳びはねた。が、落ち着いた声で言った。だったら、六〇〇ソブリン、つまり二四万ドルは欲しいですね。わたしの立ち会いのもとに金庫をあけて金貨を数えるという条件で、と言った。二人はまた議論し、今回もまたアジャミ弁護士をさえぎって、ムハンマド・カハルールがきっぱりと言った。「オーケー。いいでしょう。今晩、一〇時に？」ヤコブはその手を握った。「了解です、約束しました」

　夜一〇時ちょうど、ムハンマド・カハルールはしゃれた恰好のままショレシュ・シュタイムの屋敷にスコップを二本持ってあらわれた。ヘルモン夫人がキッチンに招じ入れてコーヒーをすすめたが、男たち二人は緊張して飲もうとしない。ヘルモンはすぐ仕事にかかりたかった。カハルールに異存はなかった。ジャケットの内ポケットから古い地図を取りだしてテーブルに広げた。地図には中庭に面して三方を囲まれた平屋が描かれ、中庭には丸が三つとその脇にアラビア語が記されている。カハルールが説明した。中央の丸はイナゴマメの木、右側はオレンジ、左側はレモンの木です。

レモンの木から三時の方角に二メートルと記されています。カハルールはその点を指し示し、ヤコブ・ヘルモンにスコップを差しだして言った。「レッツ・ドゥ・イット」

ヤコブ・ヘルモンはヒステリックに笑いはじけ、喉を詰まらせて咳きこんだ。

「この屋敷を二〇年前に買ったときは、たしかにそんな風でしたな。大きな中庭の真ん中にでかいイナゴマメの木があって、両側に老木が二本あった。レモンとオレンジの木だとは知りませんでした。だが、もうずっと以前になくなってますよ。中庭全体を敷地にして家を建て、一階に三部屋と台所と洗面所、その上の二階はヘブライ大英文学部の博士課程にいる娘が使っています。それが現在の家です」

ムハンマドは黙ってヤコブを見つめ、うなずいた。笑いがゆっくり死んでいく。二人は何分もじっと見つめあった。二人の脳のなかを一つの考えが駆けめぐった。しまいに、二人は口をそろえて言った。「壊さなくちゃいかん」

ヘルモン夫人がテーブルを叩いた。「わたしの家をあんた方なんかに壊させませんよ!」だが、カハルールは言った。「マダム、屋敷を解体して建て直すのは一万ドル以下でできます。合意の二四万ドルに比べたらどうってことないでしょう」ヤコブが割って入った。「いや、あなた、そんな合意は交わしてません。掘削に二時間という合意であって、家を壊すなんて合意してない。それについては新たな合意が必要だ」ムハンマドはうなだれ、ヤコブは声を張りあげた。「条件をひっくり返すのはどうです? わたしに八〇パーセント、あなたに二〇パーセント。それが駄目なら英国にお戻りください」ムハンマドは怒りで喉を詰まらせた。「地図を見せたあとで、そう言うんですか。約束したじゃないですか」議論は何時間も続いたが、ムハンマドには切り札がなかった。議論が続けば続くほどヤコブの立場は強固になり、ムハンマドはとうとう当初よりずっと悪い条件を受けいれざるを得なくなった。ヤコブ・ヘルモンが一〇〇万、ムハンマド・カハルールは二四万。夜中の二時、二人は握手した。

アパート探しに一か月かかり、賃貸アパートへの家具その他の引っ越しにまた何日かがつぶれ、最初の電話から二か月後の日曜日の朝、巨大なクレーンが屋敷に鉄の玉を振りおろし、ブルドーザーががっしり嚙みついた。解体工事は六日間つづいた。二人は解体作業のあいだ、朝七時から夜六時まで現場に立ち会った。ヘルモンは作業員たちに目を光らせて重機の作業員に声をあげた。「気をつけろ！　掘るな！　掘っちゃいかん！　地面をなでるだけ、それだけだ！」カハルールは現場の片隅に立って、やはり作業員たちを目で追い、ブルドーザーが中身を空ける様子をビデオに撮った。金曜日、解体工事は終了した。屋敷は完全に解体され、古い壁も取り壊された。いまやショレシュ・シュタイムの土地は建築廃材の小山だった。

解体後の廃材を処理するトラックが日曜日の朝に来るので、除去掃除のあと、ヤコブとムハンマドは当該箇所を掘ることになった。しかし、当日の早朝、ムハンマド・カハルールはヤコブ・ヘルモンを連れにヘルモン家の仮アパートに来なかった。ヤコブはムハンマドを一時間ほど待ち、そのせいでショレシュ・シュタイムに遅れて到着した。もうアラブ人労働者のトラックが着いていて、遠くから叫び声が聞こえた。ユダヤ人請負業者が抑えこめないほど騒然とし、大混乱になっていた。結局、ヤコブ・ヘルモンは警察を呼ばざるを得なかった。解体廃材の小山のてっぺんに黒緑白赤のパレスチナの旗と大きな英語の看板がささっていた。「グッドバイ・ヘルモン　パレスティナ・オブ・ウィン　ムハンマド・カハルール」

英国ではムハンマド・カハルールのジョークが昼日なかの話題になった。イスラエルの国会議員がアラブ人から奪った屋敷を自らの手で壊している様子を映したビデオが各テレビ局のニュースや娯楽番組で紹介された。各紙が、正義を詩的に擬人化した「勝利のパレスチナ」の旗が暴利を欲した愚かな排外主義者の屋敷跡の瓦礫の上に立つ写真を載せた。英国全体が哄笑した。カハルールはテレビや新聞のインタビューを受けた。彼は、エルサレムを訪れた際に奪われた屋敷を見に行き、東方風の屋敷の中心にあった中庭が粗野で醜い西洋風建築に塞がれているのを目にし、イスラム世界全体への辱めをおぼえて復讐を決意しました、と言った。インタビュアーたちが、スリリングな話の成功をどう説明しますか、つまり、世界では少数派であってもイスラエルの人口の大半を占める民族の、よく知られている金銭欲と関係がありますか、と訊いた。ムハンマド・カハルールは肩をすくめて、ぼくが思うに集団意識下の問題でしょう、と言った。あなたの自宅に宝があるがその存在をあなたは知らない、というテーマは、民話によくあるテーマです、たとえば青い鳥のように。人間はみな、自分のポケットに富があると信じたがっています。父の屋敷でぼくはそういう話をずいぶん耳にしてきました。イスラエル人は根(ショレシュ)なしの流れ者で、この主題に敏感です。彼らは古い財宝を追い求めるという語りの構造を現実化させようとする。イスラエル人は母親を探す子どもで、異地に根(ショレシュ)を下ろそうとするのです。その土地が母となるよう、力ずくで土地を所有しようとする、そこから内々の秘密を引きだそうとする。ぼくはそのコンプレックスにもとづいて、とカハルールは言った。中庭の金庫の話をでっちあげ、『宝島』の手法にのっとって地図を描いて罠を仕掛け、誘惑の鎖にヘルモンを誘いだしました。あとは想像と欲の問題でした。

　英国のいくつもの大学で講演してまわった旅のあと、ムハンマド・カハルールはレバノンの家族を訪ねた。空港には父親のジョージ・カハルールが出迎えた。記者やテレビカメラに囲まれた。カメラの前で父親は、イスラエルの昂ぶりをやっつけて有名になった息子にキスし、だが、記者たちの目が届かない家に着くと、表情を一変させた。ムハンマドをつかんで、力まかせに揺さぶった。「愚か者めが、お前はロバみたいに馬鹿な奴だ。わが息子がこれほどの愚か者になりさがるとは、誰がこんな奴に、と祈ってのことだろう？　お前も、ユダヤ人のヘルモンも、同じだ。ヘルモンは自分の屋敷を壊したが、お前は自分の一族を、家族を、壊したんだぞ。この家で聞いたこと、耳にしたことは集団意識下のこと、フォークロア、民族心理だ、と？　英国の教育を受けた自分だけが賢いと思いこんで、年よりの話に耳を貸さない馬鹿な子どもの戯れ言だ。復讐したがる輩は、人生から何も学ぼうとせん。ズボンを下ろそうとかがみ込んで尻を刺されるたぐいの輩だ。何を思っとった？　ぜんぶ、作り話だと思っていたのか？　わしらはいつも貧しかったとでもいうのか？　いいかな、わしらはパレスチナの大富豪のなかでも抜きんでた資産家だった。わしらの財宝はどこにある？　お祖父さんが中庭に、あのカテモンの屋敷の中庭に木箱に詰めて埋めてあったんだぞ！」

エディ・ツェマフ　Eddy Zemach

一九三五年、英国委任統治下のエルサレムに生まれ、修士課程までエルサレムのヘブライ大学で学び、イェール大学で哲学博士号を一九六五年に取得。その後はヘブライ大学の哲学教授として美学、存在論、心理哲学、言語哲学を長く講じた。哲学の著作に『意味の現実性と「現実性」の意味』（一九九二）、『真美』（一九九七）ほか。文芸批評家でもあって、国民的詩人で作家のハイム・ナフマン・ビアリクについての『隠れひそんだ獅子』（一九六六）は広く読まれている。中世の哲学者で詩人のシュロモ・エベン・グヴィロールについての詩論や、グラナダ王国の政治家にして賢人で詩人だったシュムエル・ハナギッドを描いた『叡智の創造』（一九八三）や二〇世紀のヘブライ文学を論じた『消えた叫び』（一九九〇）他、短編集や哲学論文が多くある。二〇二一年没。享年八六。

本作所収の短編集『不快な話』（一九九三）や『見知らぬ声』（二〇〇〇）には意表をつく作品が並

んでいる。作者のツェマフも風変わりな世捨て人で、変人だったらしい。短編集『見知らぬ声』の著者紹介には、〈現実から遊離した場所を舞台にしている作品でも、既知の現実領域に視線を投げかけて、我々を日々に悩ましている問題を、個人的だったり倫理的だったり政治的だったりする問題と一体化させてみせる。作品のそれぞれが、いまここにある我々を取りまく身近な問題に新たな光を投げかけている〉とある。まさに本作品の解説ともいえる手際のいい説明である。実際、「変人」と片づけてしまうには惜しい、洞察に富んだシニカルな目線を感じさせる作品をものする、不思議な哲学者にして作家である。

本作品は、一九四八年の第一次中東戦争でエルサレムのカテモン地区を追われたアラブ人資産家のカハルール家の子孫が、ショアを生き延びて政治家になったユダヤ人の屋敷を解体させる、という復讐譚をまとった寓話。最後にまたどんでん返しがある。実際にそんな話があってもおかしくないのが、エルサレムという町である。オスマン帝国時代の名残のような邸宅もまだ残っている。

狭い廊下

オルリ・カステル＝ブルーム

女、六〇歳の女が、病身の夫と一階の端に住んでいる。女はときおり夫を車椅子にのせて芝生に連れだし、庭の木陰まで連れていく。その木陰は、一階四番口に住んでいる男が解雇通知を市役所から受け取った晩に発作的に庭木を切り倒そうとしたのだが、女の夫のために思いとどまったわずかな場所だった。

車椅子を木陰に運ぶと、女は夫の前に新聞を広げる。新聞の四隅に小石を二つずつ置いて女は芝生にあおむけに寝ころぶ。夫は新聞をなめるように読み、読み終えると目をあげて前を見る。そうすると、女は起きあがって紙面をひっくり返し、また小石を四隅において寝ころぶ。

女はその建物の住人すべてを憎んでいる。とりわけ、わたしを憎んでいる。表通りに出るために女の住まいの前を通り過ぎると、独り言が聞こえてくる。わたしの悪口を言い、怒鳴り、二階の娼婦（シャルムータ）がありとあらゆる奇病にかかりますように、死んでしまいますように、と祈り、もうそろそろ迎えを寄こしてやってくれ、と死神に祈っている。

女は住人たちをひきとめてはわたしのことを話し、住人たちは女のおしゃべりを聞きたくないばかりに女を避け、女のせいでわたしを憎んだ。ゴミを捨てに行くときなど、わたしは、そういう視線を感じる。

女は一定の時をおいて、わたしの部屋のドアの前に砂糖をまくが、それにどんな意味があるのか、わたしにはわからない。郵便受けには枯草やゴキブリの脚が入っている。月曜日と木曜日には、タイヤの交換にガソリンスタンドに立ち寄る。タイヤが四つとも切り裂かれているのが、朝になって見つかるからだ。つい最近、新車を買ったばかりなのに、女はその車にも魔法をかけ、毎週タイヤばかりか、車のどこかが壊れる。

数か月前には、わたしの雇い主にも電話してきて、どんな奴と仕事をしているかわかっているのか、などと言ったという。雇い主は自室にわたしを呼んで、警察を巻きこんだほうがいい、と助言してくれた。こういうのを「妨害」っていうんだ、と雇い主は言った。

問題は、警察を巻きこめないところにあった。気の触れたあの女の言うとおりなのだ。女は、わたしが息子を殺したと言いふらしているが、そのとおりなのだ。

わたしは、あの女の話はでたらめだ、とみんなに言っていたので、雇い主にもそう言った。

「あの人の息子が亡くなったんです。夜中の三時、ベッドで死んでいるのが見つかって。最初は酔っ払ってるんじゃないかと思ったようですが、死んでいたんです。検死で、死因は心臓麻痺だとわかりました。でも母親は、わたしが毒を盛って、検死官を買収したって言うんです。わたしは買収してませんし、毒なんて盛ってません。どうして、毒なんて」

「母親の話じゃ、色恋沙汰があったそうだね。息子は君にたぶらかされて、それから、何年にもわたって、じわじわと毒を盛られたんだ、と言ってるぞ」

八三番の土地にフラットを買ってから、わたしは、女の息子と好ましく想いあう仲になり、彼がわたしの階にのぼってくるようになり、しだいに、わたしの住まいで夜を過ごすようになった。彼が寝入ったあと、彼のフラットの浴室側のベランダから母親の溜め息が聞こえてくることもあった。彼彼は、よく働く立派な青年だった。朝五時に仕事に出かけ、夜一〇時に帰ってきた。母親は、「おやすみ」のあいさつぐらいには立ち寄ってくれるだろうと、一日じゅう、息子の帰りを待ちわびていた。だが、彼はまっすぐわたしのところに帰るほうを選び、滅多に母親と病身の義父のところには行かなくなった。

「ねえ、引っ越そうよ。ここから二ブロックぐらいのところでいいから引っ越そう。ともかく、あの女から自由になりたい」と息子は言った。

わたしは、自分の唯一の財産を犠牲にするなんて承知できなかったし、それに、フラットの価値もかなり高くなっていたので、ここを賃貸に出して、すぐ近くのブロックにフラットを借りることで折り合った。当時、わたしはまだ車を持っていなかった。彼の死後、彼が全財産をわたしに残してくれ、やっと車を買うゆとりができたのだ。わたしはこの周辺がとても好きだし、交通の便もこのうえなくいい。バス一本で繁華街に行けるし、行きたいところにはたいてい歩いていける。わたしにとっては、たいそうなことだ。

わたしたちは、すぐ近くにフラットを借りて引っ越した。三年間、彼と暮らした。そして、母親が言うように、じわじわと、わたしは彼の血を吸っていった。母親の料理に慣れている彼に、わたしは食事をつくらなかった。ぜんぜん。はじめのうちこそ、週に三回ぐらいは、スープにメインディッシュ、デザートのついた、まともな食事をしにおふくろのとこに行こう、と彼につつかれたが、自分の死骸を越えてじゃないと食べものには近づかない、とわたしは言った。第一、自分の身体にどんなものが入るか見当もつかないじゃないの。それに、夏にはビキニになって海に行きたい。脂肪のかたまりを持てあまして、家にこもってるなんていやなのよ。でも、母さんのところに行きたいんだったら、かまわない、行ってらっしゃいよ。わたし、怒らないから。行っていいのよ。

たしかに二、三度、彼は母親の料理を食べにいったが、帰ってきても何も言わなかった。それ以来、食事においで、と母親は電話をかけてこなくなったし、コーヒーにさえ誘わなくなった。母親にも、母親の二度目の夫にも、わたし自身は何も含むところはなかったが、わたしが母親とのつながりを切らせたようなものだった。

わたしね、一生ずっと、あんまり食べるつもりはないの、とわたしは言った。わたしって、すぐ太っちゃうほうだし、お菓子やおいしいものには目がないから、家にはトマトやピーマンしか置かない。塩だってだめ、健康に悪いでしょ。食べる量が少なければ少ないほど健康で、飲むものもミネラルウォーターだけ。わたしにはわたしなりの理屈があったし、彼にはしょっちゅう手を洗わせた。一緒にいる間も、どんなばい菌を持ち帰っているかわからないので、彼のあとをついてまわって消毒薬で拭きまわった。彼には、仕事場でお釣りをよこす数知れない人の息がかかっているし、誰が触ったかわからないようなお札や硬貨を一日じゅういじっているのだ。いろんな汚れが彼にこびりついているようで、わたしは怖かった。最初、彼はわたしのそういう不安を笑い飛ばしていたが、いつの間にかわたしのやり方に染まりだし、消毒剤を手に、家のなかを拭いたりこすったりするようになった。週末には、ふたりで浴室とトイレを磨いて過ごした。それ以外にも、フラットに友だちを呼ぶなんて一切無理、だめ、とわたしは前もって言いわたしていた。絶対、だめ。まわりに病気がうようよしてるなんてごめんだわ。彼には友だちがいっぱいいた。医者の友だちもいた。どんな患者に触ってるかわからないじゃないの、とわたしは言った。バスの運転手もいた。病院の掃除夫もいた。死体安置室からまっすぐここへ？　そんなの困るわ。彼にはアメリカに住んでいる友人がいて、ときどき訪ねてきた。あの国で流行っている病気のことをわたしは耳にしていた。耳にしていたから、その友人には、わたしたちのアパートに絶対近づいてほしくなかった。咳ひとつで、すごい目つきでわたしに睨まれるのだ。彼は、わたしのそばでは咳さえできなくなった。我慢して、こらえて、枕を口に当ててから、やっと咳をするようになった。

冬、彼が流感にかかった。わたしは仕事場ですごく気をつけている。わたしが勤めている軍工場のオフィスは広々として大きいが、それでも、わたしは流感ということばを聞くと、あわてて有給休暇を申請して、家のなかでじっと静かにしている。なのに、彼が流感のウィルスを運んできてしまった。わたしにとっては、仕事がひとつ増えることを意味した。背なかが痛んだ。彼の流感が治ってから、家じゅうを消毒してまわった。消毒薬を家じゅうにふりまいて、半日、家を空け、戻ってから換気し、シーツ類を一〇〇℃で煮沸（しゃふつ）消毒した。夕方には、家じゅうがピカピカになり、浴室のタイルには月が映った。

テレビのミドルイースト・チャンネルを見て、守られて、清潔な家があって、結婚しようと言ってくれる男がいる。その男は、気違いじみて馬鹿げた、わたしの主義主張まで全部受け入れてくれている。

ある日突然、彼のあちこちが痛みだし、潰瘍（かいよう）が見つかった。わたしの潔癖症が原因の、それについては口にするわけにはいかないのだが、いろんな病気がほかにも次々に見つかり、彼は母親のもとに帰っていき、母親のもとで最後の数か月を過ごした。はじめのうちは見舞いに行ったが、しばらくして意識がなくなると、わたしのことがわからなくなってきたので、見舞いにも行かなくなった。臨終近くになって、母親がわたしを呼びに、近所の人をよこした。息子を幽霊みたいにしてしまった所業を、仕打ちを見に来いと言われたが、行かなかったら、以来、母親はわたしのことをあちこちで喋（しゃべ）りまわるようになって、止め処がない。

オルリ・カステル＝ブルーム　Orly Castel-Bloom

Photo by Leonardo Cendamo

一九六〇年テルアビブに生まれる。両親はエジプト生まれで、そこのユダヤ人共同体がフランス語を母語として生活していたため、イスラエルで生まれた娘のオルリも、家庭ではフランス語を使っていたという。エジプトではユダヤ人共同体それぞれがイタリア語、フランス語、バルカン諸語やアラビア語を使っていた。兵役後、テルアビブ大学とベイト・ツヴィ・インスティチュートで映像学を学ぶ。掌編集『繁華街にほど近く』（一九八七）が出た途端、〈ポストモダンの旗手あらわる〉と、斬新な内容とキレのいい文章と、それまでの世代と一線を画する作風が評判になった。以降、創作スタイルにも意匠を凝らし、文語的な修辞を排したしゃべり言葉でヘブライ文学を牽引している。長編に『私はどこ』（一九九〇）、『ドリー・シティ』（一九九二）、『ミナ・リサ』（一九九五）ほか。短編集に『米については議論するな』（二〇〇四）、『冬の暮らし』（二〇一〇）ほか。テルアビブ大学で創作を教え、ハーバード大学、ニューヨーク大学、オックスフォード大学、ケンブリッジ大学ほかで講義している。

スペインのカトリック両王による一四九二年の「ユダヤ教徒追放」で流浪した末にガザに辿り着いたスファラディ系の父祖をもつ父、母親の祖先はそれより遥か昔にモーセに率いられた「出エジプト」を拒否してエジプトに留まったという、自らのルーツを辿るかたちで、五〇年代に移民してキブツに入ったが、キブツのスターリニズムに怖気をふるって町に逃げだし……と、史実とフィクションが混じったファミリー・サーガ『エジプト人の物語』（二〇一五）でサピール賞を受賞したほか、国内外の賞を数多く受賞。作品集は一五言語に翻訳出版されている。

たいていのイスラエル人女性は家の外で仕事をしていて、多くの女性作家が家庭や男女をテーマにする。しかし、オルリ・カステル＝ブルームは、夫婦親子間の軋轢や女に生まれた恨み節や、フェミニズムを唱えない。戯画的に教育ママを、あるいは、各国在住のユダヤ人の生態を皮肉に醜悪に描くことはあるが、持ってまわった難解な文章を避け、平明な語り口で社会通念や常識、貴族趣味や衒学的な物言いを小気味よく皮肉る。現実の中にシュールな世界を描出したり、ユダヤ人が信奉してきた「文学」でインテリの深層心理を揶揄してみせたりする。

本作品は短編集『おぞましいあたり』（一九八九）所収。「狭い廊下」は現代病ともいえる潔癖症を描いて、コロナ禍を経験した「いま」に通じる。同書の「不思議な子ども　神童」も、意想外の設定と結末にショートショート的な味わいと、人間の心にひそむやさしさや脆さ、残酷さが浮き彫りになっている。

弟子

ダン・ツァルカ

前世紀（一九世紀）の終わりごろ、エルサレムのラビ・ヨハナン・ザッカイ[*1]のユダヤ教会堂近くにシャウル・ブラヒヤ・アズズという名の貧しい靴屋がいた。その教会堂には預言者エリヤ（メシアの到来を告げに訪れる預言者）が訪れる日にそなえて角笛と浄めの油壺が置いてあった。アズズの祖父は確たる理由があってエルサレムにやってきたわけではなかったが、サロニカ（ギリシャのテッサロニキ。大きなユダヤ人共同体があった）のシャブタイ派の出だったので、アズズはその地の独特な祈禱と風変わりな歌をおぼえていた。彼は、黒い木の切り株に寄りかかったような崩れかけた家に両親と暮らし、両親が亡くなったあとも、そこに、ひとりで暮らしていた。

アズズは太って頭が禿げた男で、焼きたてのパンとアラク酒が好きだった。訪れる者は滅多になかったが、日に二回、夜明け前と真夜中に、教会堂のすみずみで角笛を軍隊ラッパみたいに力強く短めに吹きならして預言者エリヤの椅子と油壺の棚のそばでしばしとどまる男がいた。

アズズは、コの字形の仕事場を掃除したり、靴を外に出して干したり、こまごまとした仕事をやってくれる弟子ができたらいいがと、永い年月、夢見ていた。命令を聞いてくれ、世話をしてくれ、話をしてくれる誰かがいたら、と思っていた。だが、弟子を持つには貧しすぎた。だいたいが靴を修理するだけで勤勉でもなかったし細工も下手だったので、新しい靴を縫ってつくったりはしなかった。歳月とともに、アズズは弟子がほしいという望みさえ忘れていった。

冬のある日いきなり、アズズは、夜が明けたような光とはげしい轟(とどろ)き、屋根やガラスの細窓にあたる霰(あられ)まじりの雨音で目が醒(さ)めた。誰かが戸を叩いているような気がした。アズズは起きあがって毛布にくるまり、戸を開けてみた。外は凄(すさ)まじい寒気で、ざんざん降りの雨が剝きだしの顔と手にあたった。黒雲がシロアムの村のまばらな家並みの上まで降りていた。アズズは室内に戻ろうとし、そこで、街を取り囲んでいる壁近くの小さな広場に何かいるのに気づいて、戸を開けたまま、その場に凍りついた。広場の水たまりに、裸の天使が裸足で、びしょ濡れになって寒さに震えていた。

顔に血がもどると、アズズはぶるぶる震えながら広場に向かい、天使に目をやっていいのかためらったのだが、水たまりに映る影を見て、顔をあげた。天使は天を仰ぎ、蛇のようにうねって走る稲妻をおそろしげに見つめ、声も立てずに泣いていた。近くで見ると、天使は小柄な人間のように見えた。アズズは天使を毛布に包んで、家に連れていった。天使は黙々とアズズのかたわらの地面を踏んだ。

家に入るとアズズは天使の顔の涙をぬぐい、お湯をわかして天使の足を洗い、髪を乾かし、古びた白シャツを着せた。お茶に角砂糖を二個いれてご馳走し、自分自身はひたすらおどろき呆れながらアラク酒を何杯かひっかけた。

お茶を飲むと、天使の顔は不思議に明るくなり、目も明るく輝いたので、アズズはたいそううれしくなって、天国についての祖父(じい)さんから聞いた話や角笛を吹く男のつぶやきを思いだし、天の如

＊1　第二神殿時代及び神殿崩壊後の賢者。ユダヤ教の保存につとめ、ローマのウェスペシアヌス将軍（のちに皇帝になる）の許しを得てヤヴネで口伝の法を収集した。ヤヴネは最高法院サンヘドリンの再出発地ともなった。

く、地上の如く、鏡の如く、と天使に話しかけた。けれど、天使は頭を横にふり、涙をぽろぽろこぼしだした。アズズが天について繰り返したずねても、天使は返事をせずに、意味不明の合図をするばかりで、そこでやっと、天使は口が利けないのだとアズズにわかった。その夜、夜明けに家の外に出ると天使の雨が降りそそいでいる夢をアズズは見て、慌てて目を醒ました。夜のことはすべて夢に過ぎなかったと思ったのだ。だが、白いシャツを着た天使がおだやかな寝息をたてているのが部屋のすみに見えた。

その日から、天使はアズズの家で暮らすようになった。初めのうちは仕事場のことは何もしなかったが、いつの間にかお客に靴を届けたり、水や薪（まき）を運んできたり、いろんな使いをすすんでするようになった。あるときは仕事場の床に散らばった木の釘を拾い集め、あるときは糸に蜜蠟（みつろう）を塗った。夏の日々が訪れると、天使は家の丸屋根の上に靴を運びあげて乾かした。アズズが病気になると、天使は近所のお客のために靴に新しい靴底を縫いつけた。年を重ねるにつれて、みんな、新入りの弟子に慣れていった。アズズはいろんな話を天使に語って聞かせ、祖父さんから習った歌を口ずさんで聞かせた。天使は黙ったまま微笑（ほほえ）んで、アズズと一緒にアラク酒を飲むのだった。

ダン・ツァルカ　Dan Tsalka

一九三六年、ワルシャワ生まれ。第二次世界大戦中は家族とシベリアに逃げ、カザフスタンで過ごし、戦後にポーランドに戻って哲学と文学を学ぶ。一九五七年、二一歳でイスラエルに移民。名をミエテクからダンに変える。兵役を終えてテルアビブ大学で歴史と哲学を学び、その後、フランスのグルノーブルでフランス文学を学び、パリやアムステルダムで暮らす。帰国後は文芸誌や新聞の編集をし、演劇顧問を務め、翻訳を手がけた。その後はイギリスとイタリアに滞在しながら季刊の物語集『絵画と彫刻』(一九七二〜八二)を手がけてブレネル賞や創作賞を受賞。代表作に『生きものたちの会話』(一九六七)、本掌編所収の『天使のゲーム』(一九八六)、『冬の儀式』(一九八九)、『雲』(一九九四)、『モロッコ紀行』(二〇〇一)など。詩、戯曲、短・長編、児童文学、エッセイ、評論と幅の広い作家だが、短編には心憎いまでのつくりの作品がある。本作品はそのひとつ。

Photo by Dina Guna

ポーランドの詩人チェスワフ・ミウォシュの『ミウォシュのアルファベットの書』に想を得たという、断章のような掌編から成りたつ『アレフベイトの書』(二〇〇三)は、ヘブライ語のアルファベット二二文字順に、思い浮かぶ言葉や人物や事件、交流のあった詩人や画家や俳優について蘊蓄を傾けた洒落た作品。紙がなかったから新聞の端や包装紙に書いたが作文は嫌いだった、ラテン文字が主流の教室では上手にキリル文字が書けても認めてもらえなかったという子ども時代の思い出からは、戦争に弄ばれた作家の歴史がほの見える。アレフベイトの最後の文字タブ(ת)では、割れずに残った厚手の小さなグラスが手に馴染んで落ち着く、まさに「不思議」だ、そんなふうにTシャツとジーンズとサンダルが自分にとっての「自由」の正装であると記している。ユーモアの漂う自伝でもあった同書で、二〇〇四年度、イスラエルで評価の高いサピール賞を受賞。授賞式にはTシャツ姿で臨んだという。二〇〇五年に癌のため他界。享年六九。

ツァルカは、イスラエル生まれのアモス・オズやA・B・イェホシュアと同年代だが、移民後もヨーロッパ暮らしが長いせいかコスモポリタンの匂いのする作品が多い。土着の強さより、ヨーロッパ的な教養を下敷きにした、ある種の屈折したユダヤ的アイロニーや諧謔が見える。それでいてブッキッシュにならない素朴さがある。拾い読みしているとほのぼのとしてくる。

本作品の天使は善良な靴屋と暮らすうちに天使の階梯を上りはじめたのかもしれない。イスラエル賞受賞彫刻家のヤコブ・ドルツィンに、この「弟子」に共感を示した「天使」の鋼彫刻がある。

息子の墓

ユーディット・ヘンデル

——イェヒアム[*1]への道路攻防戦で倒れた、愛するシュムリックと
その友人たちの冥福を祈願して。

ベッドから起きあがって手をかざしたが、まだ暗かった。枯れ枝みたいに乾いた指が、藍色(あいいろ)の夜の名残にしぼんで見える。庇(ひさし)を伝う雨滴を聞きながら暗闇で服を着て靴をはいた。窓は暗く、星もない。ベッドにかがんで、妻のむきだしになった肩に上掛けをかけると、白い上掛けがあかるんで、妻のまぶたが薄闇にふるえているのが見えた。息子のヨシが殺されて以来、妻の眠りは切れぎれで、寝ていても目ざめているようにまぶたがぴくぴくするのだった。ドアの把手(とって)をつかんで爪先だちで出て、把手を静かに押して閉めた。ふっと、薄暗い廊下の壁に手をおくと冷気が伝わってきた。壁に身体を押しつけてしばらく廊下にたたずみ、それからキッチンに入って明かりをつけ、光に慣れていない目をぎゅっと細めた。

テーブルの上には夕飯の残りが、流しには汚れた皿があった。妻のデボラはこのところ、日常への関心を失(な)くして、毎日、皿をただ積みあげている。ときには昼食にスープを出し忘れたり、夕飯にまた火にかけたりした。キッチンの椅子で頭をかしげてぼうっとし、目を赤くして立ちあがることもあった。

キッチンは散らかって、デボラの長靴が脱ぎ捨てられていた。妻を起こさないよう、長靴をそっと廊下に出し、食器棚を探ったがマッチが見つからない。いつもはあちこちにあるのに、肝心な

ときに見えなくなる。疲れた目と血の気のない顔で、彼は壁に寄りかかった。額の下の落ちくぼんだ黒い裂け目を窓に向けた。

「シヴァ」（本服喪の七日間）が終わったので、今日は下の息子のミハが戻ってくるはずだ。服喪の様子を見せたくなくて、ミハを家から遠ざけていたのだった。これからは、デボラも食事をちゃんとつくり、ミハの洗濯ものにも気を配るようになるだろう。

そうやって二〇年、日に日を継ぎ、夜に夜を重ねて、二人はヨシを育ててきた。急病になって夜なかに病院に担ぎ込んだこともあった。友だちと喧嘩して手に傷を負って帰ってきたりした。それがいま、育って、出て行って、消えてしまった。

ヨシュア・ダヤムは身の内のほつれを繕うみたいに身をよじった。窓ガラスを風が叩き、そのあと、静寂がいっそう強まった。和毛の鳥がベランダの手すりに止まって濡れた頭をふっている。

マッチが見つかった。ポケットにあったのだ。薬缶を火にかけ、ひげ剃りの支度をする。シヴァの七日間は自分の顔を見なかったから、鏡をのぞくと変に見える。こめかみを手で押さえ、石鹸を何度もぬって剃刀を動かしたが、上の空だったので皮膚を切った。ひげを剃ると、血の気のない顔はいっそう妙になり、紫色にふくらんだ静脈と落ちくぼんだ目だけが目立った。

そうこうしているうちに、お湯が沸いたのでお茶をいれてテーブルに置いた。お茶の明るい赤色に電灯の光が透けて見え、腰をおろしたものの、飲むのを忘れた。お茶が冷めたのに気づいてはっと身をふるわせ、ぬるくなったお茶を飲むとむせた。ベランダ側のドアを開けて外に出た。ベランダの手すりを両手で掴むと冷気が身体に刺さった。じっとりとした冷気のなかに身体が漂いだしそ

＊1　イェヒアムはイスラエル北部にある十字軍時代の要塞跡。独立戦争時に車輌隊列が攻撃を受けて多くの兵士が倒れた。近くにキブツ・イェヒアムがある。

うな気がして、あわてて室内に戻り、キッチンのスツールに膝を抱いて座り、頭を膝に押しつけて丸まった。それからしばらくしてやっと立ちあがると、コホンと咳をした。

そうだった、あの晩は休暇をもらうはずだったのに、あいつは休暇をあきらめたんだった、とつぶやいた。

そう、そうだった。

ヨシュアは急いで弁当の包みを持ち、オーバーをつかんで外に出た。風がうなり声をあげて谷を越えていった。山々はレバノンからの霧にくるまれ、家並みの窓が明かりのついていない懐中電灯のように見えた。幹線道路から脇道に入った。水道管が置いてある場所まであと二キロ。早く仕事場に着きそうだ。

脇道は丘の斜面に続き、眼下には風を受けて大きな鳥のように揺れ動いている灌木（かんぼく）の茂みが見え、幹線道路を走る車が、黄色のヘッドライトで目を射っては消えていった。

光がずっしりと谷に広がり、彼はオーバーの衿（えり）をたてた。目が青みを帯びた灰色になり、彼は、ヨシ、とつぶやいた。ぎゅっと結んだ唇が石灰のように白くなった。霧が立ちこめた谷が沼のように見える曲がり角に着いた。下の谷から、上にいるヨシを見あげて「チビの息子」と呼んだものだった。父親の倍近い背丈のヨシは、そう呼ばれるとおかしがり、父親を宙にすくいあげて大笑いしたのだった。ヨシは、野原でロバを見つけて、そのロバに乗って帰ってきたこともあった。その日は一日じゅう、ロバの背を厚手のブラシでこすり、バケツで水を運んできては飲ませ、耳を撫（な）でていた。

あれは、ヨシが一〇歳の頃だった。

夏休みに祖父の家に出かけたときは、大きくてぎこちない字で毎週のように手紙をよこした。

「父さん、脚（あし）の悪い子馬は元気ですか？」

「子犬に餌をやるのを忘れてないね、父さん？」

ヨレヨレのシャツ姿で、ネゲブ砂漠に設置した新しい水道管のそばで狂喜していたヨシが、いま、目の前に浮かんでくる。水道管から奔流（ほんりゅう）になって水がほとばしり出ると、奔流になった水を顔に浴びながらヨシは手をふり、大声をあげて笑い転げたのだった。見てよ、水だ、水だよ、みんな見てよ、水だよ。そして、声をあげて笑った。

彼は立ちどまってポケットを探り、しわくちゃになった古新聞の切り抜きを取りだし、目が見えないみたいに新聞を顔に近よせた。少年の写真。少年はひとりで信号灯を手に持ち、乱れた髪で、丘の上に立っている。ヨシュアは両の手のひらで新聞を閉じ、目をつむった。あの晩、イェヒアムに登って帰宅したヨシは、汗まみれで汚れたままソファにどっかり沈み込んで叫んだのだった。

「父さんも行けばよかったのに。素晴らしい夕景色だったよ！　シャワーのボイラーをつけてくれた？　ぼく、すごく汚れちゃってさ、父さん、急いでボイラーをつけてよ」

新聞をまた開いて、写真の少年の額にかかった巻き毛を指でなぞる。おれの息子、運命に導びかれて、あそこに行った、そして、こうなった。息子はあそこで、雨がひと晩じゅう息子に降りそそいでいた。

ひと晩じゅう、雨は息子のうえに降っていた。

坂道をゆっくり歩き、額の皺（しわ）の汗を手で拭った。風に舞った木の葉が顔にあたった。ずいぶん早く、仕事場に着きそうだな、と彼はつぶやいた。指がしわくちゃの新聞にふれた。

溝坑のわきに水道管が見えた。太くて黒い水道管が雨に濡れて光っている。彼は脱いだオーバーを石の上におき、腰をおろして待った。

雨はいつしかやんでいたが、濡れた斜面には、露をおびたやわらかな花が星のように点々と散り咲いている。彼は朝の空気を深く吸い込み、無意識に石を叩いた。数日雨に降り込まれたが、今日は天気がよくなりそうだ。

間もなく、労働者たちがやってきた。ひとりが哀悼の意を表しに近づき、黙って握手し、ヨシュアは頭を下げてあいさつした。ほかの男たちも握手にきたので、頭を下げた。

冬の初めに息子が戦死した男がそばにきて、下を向いたまま立った。そうか、と男は言って、あとは何も言わなかった。肩がそれと意識せずにふれあい、父親二人は互いに見つめあって、また目を伏せた。男はまた、そうか、と言い、彼の手をとってはげしくふり、それから背を向けてもとの場所に戻った。

男たちはオーバーを脱いだ。雨天続きのあと、やっと光がさし、澄み切った青空が広がっていた。東の山並みの上と西の海の上に雲がまた厚い層をなしはじめていたが、盆地は緑と明るい光にくるまれていた。

仕事開始。

水道管のわきに四人ずつ立つ。ひとりが音頭をとる。
一、二の三！
溝坑の傾斜にそって八人で水道管を押していく。

水道管は巨大な生きもののように小砂利をギシギシ鳴らし、草を押しつぶし、ドンと強く短い音をたてて溝坑に落ちる。

焼けた石炭をつかんだみたいに、ヨシュア・ダヤムの手は燃えた。

よし、次だ！

また両手で同じように押す。また水道管が少し持ちあげられ、ゆっくり、力強く転がり、ついには地面にぶつかって、ドオン、と音をさせて止まる。

よおし、三脚を立てろ、そうだ、おまえらは溝坑に入って、そうそう、鎖を持ちあげるんだ、そうだ、よし、オーライ、そこまで！

一つ目の管の口に二つ目の管を押しあてて端を叩くと管が一瞬、宙に浮く。金属と金属がこすれて、キーンと耳障(みみざわ)りな音をさせながら二つの管はぴったり接合され、溝坑の中に巨大な黒い芋虫のように横たわる。

「さあ、次だ！」

そう、次の水道管だ。二本つないだ。あと四本残っている。昼までにあと四本。それから鉛管溶接が始まる。そして、ヨシュアは水道管を運び続ける。もちろん、そのつもりでいる。

「また曇(くも)ったりなんか、しないでほしいな」と、誰かが言う。「お日さまは、いいよな」

そのとおり、お日さまはいい。

背中が痛むみたいに、ヨシュア・ダヤムは皺の深い、血の気のない顔をうつむけた。

昼まであと二本。陽射(ひざ)しが心地いい。雨さえ降らなければ、今日の仕事は早く終わるはずだ。そしたら家に帰ろう。ヨシの衣類が届いたという通知をデボラが受け取るかもしれない。衣類は、自分が取りにいったほうがいい。それに道が開通したはずだから、もう墓参にも行けるはずだ。そうだ、墓参に行こう。この水道管はやけに重いな。シヴアのあいだに手がなまってしまったのかな。

水道管にかがみ込む。

「一、二の三！」

ヨシュア・ダヤムはあたりの重く灰色の砂利石に溶け込んで、転がる水道管を目で追い、その場で踏ん張る。労働者たちがセーターを脱いで岩の上に放り投げる。暑い。ヨシュア・ダヤムも同じようにする。暑い。

「何時だ？」誰かが訊く。

「一〇時だ」

「一〇時？　もう一〇時か、ほう？　今日は時間のたつのが早いな」

今日は時間のたつのが早い。そろそろ、ひと休みにしようか。それとも、もう一本転がしてから休もうか。そうか、あとの方がいいか。そうすれば溶接ができるしな。よし、いいぞ。

男たちの息が荒くなり、汗の玉が眉や顎に光る。水道管が持ちあげられ、転がり、もう一つの水道管の口に押しこまれてグォーンと鳴る。

さてと、ひと休みだ。そのあいだに、溶接にかかってくれ。

ヨシュア・ダヤムは顔の汗を拭った。髪も汗でびしょ濡れになった。なんだか疲労がすぐ襲ってくるようだった。

「すごく汗をかいたよ」と、誰かが言う。「こういう水道管には鉄の腕が必要だよ。なんだよ、急に風が吹きだしたぜ！　ところで、接合用の溝は誰が掘るんだ？」

「おれが掘る」

「ヨシュア、あんたが？　水道管を置く方がいいんじゃないか？　だけど、好きなようにしてくれ、地面はやわらかいから」

たしかに、地面は雨で湿ってやわらかかった。

風が少し強くなったが、ヨシュアは溝を掘った。掘っては土の塊を外に放り投げ、小さな溝をゆっくり掘り進んでいった。掘っては、土の塊を外へ投げた。それから水道管をぐいぐいと力を込めて押す。重い手応えとドオンという音。水道管はがっしりと黒い帯状の、長くて黒い生きもののように、こんもりと横たわった。

「もう昼だぞ、ヨシュア！」

もう、昼になったのか。

すでに太陽は中空にあって、ときおり、雲間から出て光を投げかけてきた。

さあ、昼飯だ。

溝坑から出て弁当包みをとり、岩の上で食べた。オレンジをむいてすすめてくれる者がいたが、「いや、ありがとう、おれにもあるから」と言って、膝に広げた包みのパンをかじった。食べ終わった連中は平らな岩に寝そべって、うたた寝しだした。疲れたのだろう、足を岩にあげているのもいる。彼は太陽の方を向いて座った。風が彼の顔を抱きしめ、彼は風を深く吸い込んだ。陽を浴びた岩を見つめ、光にあふれた空に目をやり、短く息をついた。地面が息づいていた。薄闇が消えて生気を帯びだしていた。窪んだ眼窩（がんか）がシェードになって、彼の顔には重い影ができた。

そう、もう墓参に行けるんだった、道路が開通したんだから、と思った。

ヨシュア・ダヤムは立ちあがると、オーバーをとって道に向かった。片方の肩にオーバーをひっかけ、歩調を変えずに歩いて、最初に見かけた車に乗せて貰（もら）った。

交差路まで行きますか？　道路が開通したはずだから、そこまで乗せてもらえますか？

ああ、あそこまでならいいよ。

彼は乗せてもらった車の隅に身をよせ、「交差路」で降りて、また車を待った。空が曇ってきて、風が強くなった。もうじき、雨になる。

どこまで？　じゃ、乗せてください。ありがとう。

どこへ、どこへ行きたいんだ？

よし、乗れ。急いでるんだ。

墓地に入っていった。風が山地から平地に吹き、平地から山地に吹き返し、岩地の斜面を転がり、棘草（イラクサ）の頭をなぎ、墓地で濃密に逆巻（さかま）いた。黒ずんだ灌木がゆらゆら揺れた。木々の梢がはげしく揺れてたわみ、葉がざわめいた。

風が灰色の墓標にあたった。小さな墓標の群は、うごめく風のなかで砦のように構えていた。彼はまっすぐ墓に行かず、墓地のなかを行ったり来たりした。風がヒューヒュー吹いた。行ったり来たり、行ったり来たり、風にもてあそばれているうちに雨が降りだした。

そこで、大きな共同墓に近づき、雨に打たれる墓を見つめた。墓にはもう草が芽吹いていた。彼はふうっとため息をついてひざまずき、地面に手をつくと、地面が木の葉のように揺れた。きつい香りが地面からのぼった。こまかい雨がうなじにあたった。生身の肉体のように寒さに青ずんだ墓塚に彼は寄り添って、生きた肉体を抱くように両手で抱いた。

とっさに、オーバーを脱いで墓にかけた。それから、立ちあがって、オーバーのかかった寂れた共同墓を見つめた。

今夜もずっと、墓は土砂降りの雨に打たれるだろう。石をとって、オーバーの上に置いた。こうすれば、風が吹いてもとんでいかないはずだ。ふっと、ヨシはここにひとりで葬られているわけではないと思った。四二人が一緒だ。ふるえが走った。寒気が全身を走り、彼はかがみ込んで石でオーバーを押さえた。

雨が降った。

ヨシュア・ダヤムは立ちあがると、道に向かった。こまかい雨がまだぽつぽつあたった。墓石が小さな家並のように冬の冷気のなかに並んでいた。若い糸杉の枝に雨宿りする鳥がふるえている。服がびっしょり濡れ、背中がじっとりした。寒かった。木陰に身をよせ、湿った幹に寄りかかった。若葉から雫が落ち、枝葉から生気がのぼってきた。彼は木に背を押しつけ、それから幹線道路に出てヒッチハイクで車を止め、片足を踏み台においてポケットを探って運転手にさしだした。生身の人間からあがる蒸気が顔に当たり、息と汗と煙草のまじった臭いがした。相客の顔をひとわたり見て、後ろの席に座った。眼前の人々の背からぬくもりが伝わってくる。娘がひとり、隣席の娘とおしゃべりして笑っている。笑うと肩が揺れた。笑い声をぼんやり聞き、うなじと揺れる肩を見つめた。窓の外を木々が逃げ去っていった。緑の平地。茶色い土。黄みを帯びた土。道路の脇に潰れた車がある。目で、潰れた車を追う。

「あの車で息子が死にました」と、彼は隣席の老人に言った。

「そうでしたか」老人はそう言うと、帽子を額に下げた。「ご愁傷さまで」

「あの晩は休暇を貰えるはずだったんです」そう言った。唇が乾いた。なぜそんなことを言ったのか、自分でもわからなかった。

「そうでしたか」老人がうなずいた。「いつも、いい人ばかりが死ぬ」そこで手で口をおおって咳をし、白い髭のなかでうなった。

　郊外住宅地に近づくと車は速度を落とした。白い屋根、家々のあいだを行き来する人々が見えた。籠を抱えた女。ひょっとしたら彼女の息子だって、と思った。この辺の出身者が多かったのだ。額を窓ガラスに押しつけて、女の背中を凝視した。ひっそり生を織りこんだ織り糸に——あおあおとした畑地と往来の人々や、暮れなずむ景色のなかを溢れんばかりの籠を抱えて庭の柵を抜け、明かりのついた家に向かう女の姿をつなげる織り糸へ、彼の想いはつのって痛いほどだった。

　彼はぐったりしながら、目を大きくみはった。

　家に帰るともう暗くなっていて、家々は鎧戸を下ろしていた。小径をたどって庭柵の枝折り戸を、音をたてないようにそっと閉める。向かいの庭で犬が吠えた。家に入ると、デボラはキッチンで、ここずっとの寝ながら目ざめているみたいな頭をかしげた姿勢のまま、うつらうつらしていた。火にかかったスープから湯気があがっている。

　子ども部屋に入った。ミハが戻って寝ていた。白い上掛けから頭だけがのぞいている。ぐっすり眠り込んで、夢の膜が顔にかかっていた。

ヨシュアはかがみ込んで、ひんやりと冷たいベッド板に顔を押しつけた。風が鎧戸をバタンと叩き、子どもがふっと頭を動かした。彼はまたかがんで、ずり落ちた上掛けをひろって掛け直した。子どもの身体のぬくもりが上掛けから伝わり、彼は凍えた自分の手をそっと上掛けに差し入れた。

（一九四九年、ハイファ）

ユーディット・ヘンデル　Yehudit Hendel

Photo by Michal Hayman

一九二一年、ワルシャワのラビの家系に生まれる。祖父が様子見に一九二五年にパレスチナに渡り、家族はその五年後に移住する。父親がイスラエル北部のハイファ市でバス運転手の職についたため、ヘンデルはハイファで育ち、夫である画家のツヴィ・メイロヴィッツの死後、居をテルアビブに移した。

最初の作品集『ちがう人たち』（一九五〇／二〇〇〇、本作を所収）を出した後、ゆっくりと、長編『階段通り』（一九五六）、『最後のハムシーン（「偉大なモモの中庭」改題）』（一九六九／九三）を出版。画家の夫が病気になったためしばらく仕事を休んでいたが、『異なる力』（一九八四）、『小銭』（一九八八）、『喪失の山』（一九九一）、『無邪気な朝食』（一九九六）、『精神科医の狂気』（二〇〇二）、ユダヤ人がいなくなった故郷ポーランドを訪ねたルポルタージュ『静かな村の傍らで』（一九八七）などを執筆、作品は多言語に翻訳出版され、多くが舞台、映画、テレビ、ラジオドラマ化されている。数々の文学賞を受け、二〇〇三年にはイスラエル賞を受賞。二〇一四年没。享年九三。

作品には、テーマとして、背景として、「死」が登場する。ショア、難民、鬱病、末期癌患者など、死そのものと、死に寄り添う人々の姿や心象を淡々と描いている。ともすれば感傷的に捉えがちな「死」をヘンデルは徹底したリアリズムで、峻厳に、ときに端麗に浮き彫りにする。

『ちがう人たち』は独立戦争（第一次中東戦争とも呼ばれる）のすぐあとに刊行されたが、作品群は当時のシオニズムを称揚しがちなロマンチシズムに反したリアリズムに貫かれている。ショアで精神を蝕まれて轢死した姪の補償金を請求する氷屋や、全身ギプスをはめられて「今日でなければ明日」の死を夢見る娘など、社会の縁辺や底辺にいる弱者や平凡な人々を、丁寧に、だが、さらりと映しだす。『ちがう人たち』とは、貧しい暮らしをせざるを得ない移民たちから見た「イスラエル生まれのサブラたち」のことで、移民者の目にサブラたちは「異教徒」のように健康で美しく、いささか不快な存在として映っている。同時に、サブラから見れば自分たちのように新しく移民して来た者たちは醜い「ちがう人たち」なのだろう、と一歩退いた観察も当然ながらつけ加えられている。ちなみに、「サブラ」はサボテンを意味するヘブライ語で、外はトゲトゲしているが皮を剝くと中身は甘いという含意がある。

独立戦争で息子を亡くした父親を描いた本作品は、「編集部に改竄されて刊行されるところだった」と、著者は『ちがう人たち』あとがきに記している。戦死者を英雄崇拝的にみる建国直後の風潮に「息子が葬られた共同墓にコートをかける父親像」は馴染まない、と編集部が判断して手を加えたと、それも、著者校正を要求してわかった事実だったので、彼女はおおいに憤り、詩人アルテルマンに訴え、詩人は新聞のコラムにそのことを書き、そのコラムがクネセット（議会）で取りあげられて騒ぎになったという。古典として二〇〇〇年に復刻された。

老人の死

A・B・イェホシュア

1

仕事をしないまま三〇分たったのにわたしは気づいて、なぜ、それに、誰のせいでなのか知ろうとした。建物前の樫の木に午後の陽が斜めにさしかかるにはまだ間があって、陽ざしはふるえも見せず、ペンの横のまっさらの紙束にまぶしくあたっている。ひょっとして本は、と三〇分前から仕事をしていないのを忘れて、机に目をやったが、本はなかった。もしや、心誘う調べが流れてきているのでは、とラジオにかがみ込んだがラジオは黙していた。仕事をしないと食べものはどうなるのだろう、と手を口にやると、口は渇いて飢えていた。無為に時が流れるのは誰かがそばにいるせいか、とドアを調べたが、ドアには鍵がかかっていた。つまり、部屋には誰もいないということだ。

窓際に寄って、執筆のために遠ざかっていた遠い山並みを眺めた。本を書くつもりで、野に出たり外を歩いたりしない日々が続いていた。未だに、一行も書いていない。為すことなく、わたしは時をつぶしている。

ふと、一号室のアシュトル夫人が何か言いに三〇分前にきたんだった、と思いだした。あのときは、わかった、とうなずいたのだが、何の話だったか忘れてしまった。下におりて、用件は何だったか訊こう、頼みごとや訊ねごとだったかもしれない、このままでは夫人に迷惑をかけてしまいそうだ。じつのところ、なぜアシュトル夫人に気を惹かれるのか自分でもわからない。彼女は年配者だし、わたしだって相当な歳だ。どうやら行動性に乏しいわたしは、夫人の行動力に惹かれやすいらしい。

部屋を出て鍵をかけた。立派なエレベーターで(われわれが住む建物は新築だ)下におりると、エレベーターの向かいが一号室になる。そのアシュトル夫人の住まいのチャイムを押した。すぐ、アシュトル夫人が威厳と畏れを浮かべてドアを開け、わたしは何も言おうとしなかったのに、黙って、というふうに夫人は指をすばやくわたしの唇にあてた。

わたしは夫人の住まいに入り、キッチンの隣の部屋に案内された。アシュトル夫人が黒いカーテンを窓に吊したせいで部屋全体が暗くなっている。ベッドには「アシュトル夫人の老人」が黒い上掛けにくるまれて横たわっていた。

夫人がささやいた。

——「アシュトル夫人の老人」が亡くなりました——それから、弱々しく付け加えた——やっと。

ふう、とおどろきの嘆息をわたしはもらし、哀悼の意を表すべく手を合わせようとすると、アシュトル夫人が機先を制して小声で言った。

——静かになさって、あなた。安らぎを妨げてはいけませんでしょ。

それから、自分に言い聞かせるように言った。

——完全に死んだというわけではないのかも、ただ深い眠りに落ちているだけなのかもしれません。どちらにしても、今日じゅうに埋葬するつもりです。

そして、刺すような視線をわたしに投げた。

——もちろん、きっと、承知くださいますね。

わたしは承知の意味でうなずいた。たしかに、わたしはこの新築の建物の住人のひとりだし、誰しもアシュトル夫人と、夫人の善行を受け入れている。

2

「アシュトル夫人の老人」はたいそうな年寄りだった。人生の残り火のような老後をおくる年寄りがいるが、そういう老人たちとは対照的に、この「アシュトル夫人の老人」の老いは、老い自身が人生の一部だった。どこからアシュトル夫人が連れてきたのか、どうして夫人の住まいに居ついたのか、誰も知らなかった。たぶん、夫人は旅のひとつで老人に会って連れてきたのだろう。いずれにせよ、老人はアシュトル夫人に属し、直接・間接を問わず、アシュトル夫人の名を通してしか知られることはなかった。はじめのうち、アシュトル夫人は老人を見せようと友人たちを招き、老人は素直に喜んで夫人の友人たちとおしゃべりした。アシュトル夫人宅を訪れる者たちの目に、老人の立ち居振る舞いは非の打ちどころなく見事に映ったが、さほど経たないうちに老人の魅力は褪せ、面倒だけが残った。老人には、この世から消えそうだと仄めかすような病気の徴候も、力の衰えもまったくなかった。それどころか、いよいよ壮健だった。最上階に住むクフ氏だったか、ともかく誰かがアシュトル夫人に言ったのだ、この先は、この老人がこの建物に住むみんな……老いも若きもの弔いを見るだろう、と。そのとき以来、わたしたちは老人を懼れるようになった。わたしたちの懼れを知ると、老人もまたわたしたちを懼れだした。アシュトル夫人の招きで住まいを訪ねると、老人は隅の方に——丸く、小さく——ちぢこまり、恐怖をたたえた淡色のしっかりした目でわたしたちを見やるのだった。幾度か、階段を二、三段とばしで駆けあがる様子を住人たちに腹立たしげにのぞき見られ、あわてて足どりをゆるめて年寄りっぽい歩調になったりした。夕刻、他所に住む老人たちとの暇つぶしの会合からの帰り道、晴朗な声で歌を口ずさんだりすることもあった。当時、若者たちのあいだで流行っていた歌だったから、住人たちは「あんまりじゃないか」と声高に言いあい、老人はコホコホと喉がつまったみたいに咳込んでみせたりした。

そして、ついに、この老人には死すべき命はなく、未来永劫生き続けるだろう、という噂が界隈に流れた。

噂を耳にしたアシュトル夫人は隣人たちがおおぜい集っていたある夕べ、老人に近寄り、簡潔に年齢を訊いた。

邪気のない素直な笑みを浮かべて、老人は澄んだ小声で言った。

——たぶん、一〇〇〇年、ひょっとしたら、もっとでしょうか。

アシュトル夫人は突き刺すような眼差しで老人を見つめて、きっぱり言った。

——死すべき時が、もう、きましたね。

戯れ言を言われたみたいに老人は哀しげな笑みを浮かべ、込みあげる不安に目をきょろきょろさせた。

——たぶん、そう、ですね……。

——来週中に死んでくださいね、みんなで立派なお葬式をしますから。歳をお召しになり過ぎましたわね。

老人は、その場に居合わせたひとりひとりに目をやり、アシュトル夫人の大いなることばにみなが頷いているのを知った。

夫人はつけ加えた。

——死ぬのがおいやでしたら、眠っておいでのあいだにわたしが死を決めて、埋葬しましょう。無理やり自殺してくれと申しているわけじゃありません、ですが、この世から魂が抜け出たら、肉体もこの世の慣いから消えた方がよろしゅうございましょうからね。

不安が昂じて隅の方にうずくまり、だが、集っている者がみなアシュトル夫人のことばに頷き、夫人に手を貸しそうだと見てとると、老人は戯れ言を聞いたみたいに哀しげな笑みをまた浮かべた。以来、老人は眠るのをやめた。半睡半醒で、生きたまま葬られる瞬間を警戒して片目を開けてうとうとするだけになり、アシュトル夫人はといえば、老人が眠り込むのを待ちかまえた。老人はわたしの部屋にきてくだらないおしゃべりで時をつぶし、ときおり、ふっと気づかぬうちにトロッとする、長いことつぶらないせいで目が熱くなって、まぶたが自然にふさがるのだ。

今日の午後、アシュトル夫人が急な商用で旅に出たのを老人は知って、ここずっと不足がちだった睡眠を取りもどそうとしたところ、いきなり戻ってきたアシュトル夫人がぐっすり眠り込んでいる老人を見つけ、死を決める時の到来を見てとったというわけだった。

3

わたしは呆然としつつ、老人を仔細に眺めた。アシュトル夫人が下した死をどう受け容れるつもりだろうと思い、目を醒ませ、と合図しようかとさえ考えたが、アシュトル夫人を傷つけたくなかったし、じつのところは彼女の言うとおりで、人間には一般に認められている期間を超えて生存する権限はないし、永遠に生きようとしているこの男の場合は特にないのだ。人間はいずれは死んで埋葬され、いつしか忘れ去られ、その土は風に吹かれて飛んで、野で他の土とまじりあって実りをもたらす土になったり、あるいは道路の土ぼこりになって生きている人間にくっついたり、長短さまざまな道を人間たちと歩むものなのだ。

　アシュトル夫人が言った。

——墓掘り人を呼んで、墓地に運んでもらわなくてはなりません。

　わたしは言った。

——まず医者を呼んで、死亡宣告をしてもらいましょう。

　夫人はちらっと不安気にわたしを見、それからゆっくりベッドの端に沈みこむと、心のうちを見せるような溜息をついた。

——わたしが言わんとしていることを、ちゃんと理解してくださっておいでかしら。この老人は卓越した賢い人間というわけではなく、その死が世界の損失になるわけでもありません。亡くなったからといって、わたしにとっていいことは何もありませんしね。遺産はないし、どこかから年金をもらっていますけれど、死んだら打ち切りです。わたしがやっていることはすべて天のため、この人が、山のような思い出を背負いこんで、まわりの世の中を見る余裕さえなく、生の世界をさまよい歩かないようにするためですの。

　わたしはアシュトル夫人をやさしく見つめた。だが、夫人にもわれわれにも手に余る事態をどうしたものだろう。

　そのとき老人が身動きした。アシュトル夫人がかけた上掛けが新鮮な空気を遮って眠りを妨げたのだ。

　アシュトル夫人はいつもどおり、さっと気を取りなおした。小ぶりだがしっかりした手をのばして老人を揺すった。老人はすぐには起きなかった。はじめは夢から醒めるのをいやがってもごもごつぶやき、だが、揺すられるうちにとうとう目をあけ、はっと、長時間眠り込んでしまったと気づいた。目の前にアシュトル夫人がいたので、老人はあわてて飛び起きた。

——寝てしまった、アシュトル夫人……いま、目が醒めました……すっかり醒めました……生命ある世界で。

——いいえ、あなた様は身罷(みまか)られて、でも、意識はおありです。すでに故人と定められました。ですが、わたしは故人に、御霊に祝福あらんことを、街頭に貼りだす死亡広告に記してほしいことばをお訊ねしようと思いましてね。

老人は口ごもり、その顔に恐怖が広がった。

——いや……どうして、アシュトル夫人。なぜです？　だって、わたしはこうして生きていて、とても元気だというのに……。

アシュトル夫人は老人をきびしい目で見やった。

4

判決が下った、と老人は悟った。老人は愕然(がくぜん)とした眼差しでアシュトル夫人とわたしを見つめた。アシュトル夫人と夫人側に立つわたしに、多分きびしいことばをあびせたかったのだろうが、相手の心が見つからなかったのだ。静寂。とうとう、小声で言った。

——どうなるんです？

アシュトル夫人はつまらぬあれこれで老人の気が滅入ったりしないよう、葬儀の手順を簡潔に説明した。老人は次第に昂じてくる拒絶の思いから頭をふり、不安気に目をうろうろさせた。

——いや……そんな……だめです。いけません、アシュトル夫人、許されないことです。

アシュトル夫人は言った。

――ご老人、わたくしにとってもたとえようがないほど辛いことです。あなた様は老人たちの栄光を担っておいでの陽気なお年寄りで、わたくしはとても好きです。人がたくさん集っても、この住まいでは、わたしたち二人きりでしたから、あなた様の不在を痛いほど感じることでしょう。どうぞ、ねえ、ご老人、わたくしを困らせないでくださいましな。

夫人は涙をこぼさんばかりだった。その風情に老人とわたしは胸深く揺り動かされた。老人は自分のことばを悔いて言った。

――ご自分を責めたりしないでください、あなたには大いなる仕事、さまざまな計画がおありです、ご自分をいたわってください、わたしは、言われたとおりにします。

そこに、呼び鈴が鳴った。アシュトル夫人は目をぬぐい、再び冷静で断固とした表情をまとった。

――ドクターです――わたしの方を向きながら言った――あなたがおっしゃっていたドクターです。わたくしもお呼びしなくちゃと思っておりましたの――それから老人の方を向いた――どうふるまったらいいか、おわかりですね。

わたしは夫人とエントランスホールに出てドアをあけた。戸口には往診鞄を手にした、上背のある男がいた。男は長身にまったく似合わない小刻みな足どりでなかに入った。アシュトル夫人を見ると、急いで帽子を脱いで礼儀正しくお辞儀し、夫人が手を差しのばすまで、そのままの姿勢を保った。

――こんなときにお越しいただきまして、ドクター、と夫人は言った――それに、たいへんなお仕事に。

ドクターは軽く笑みを浮かべた。

――わたくしどもの老人に死期が迫っております。ひょっとしたら、もう亡くなったかもしれません。

と、夫人はしっかりした声でつけ加えた。ドクターは軽い笑みを浮かべたまま、お辞儀の姿勢を崩さなかった。

——肉体はまだ微かに動いたりするでしょうが——と、わたしは割って入った——ですが、霊魂は、魂はもうここにはありません。たいそうな年寄りですから。

ドクターは軽いおどろきの表情を浮かべ、アシュトル夫人を前にして肝心なことを口にするわたしの方に顔をあげ、わたしの顔を凝視しながら言った。

——霊魂……魂……ああ、いや、肝心なことです。

アシュトル夫人は関心を露わにドクターに言った。

——それでは、ドクターはすべてご了解くださいますのね。

そして、部屋にどうぞ、と招じ入れた。

愚かな老人は死んだふりをしていた。仰向けで手をのばして横たわり、できるだけ息をつめていたが、つむった目がピクピクした。部屋に入ってきた人たちを見たかったのだ。

ドクターは死んだふりをしている様子を笑みを浮かべてみつめ、老人の手をとって脈を調べた。ドクターは声にだして脈を数え、数え終えるとアシュトル夫人に言った。

——脈は元気そのものです。

アシュトル夫人はさっと不安な顔になったが、すぐ、いつもの落ち着きを取りもどした。

ドクターは老人のワイシャツをグイッと引き裂き、下着をめくりあげ、痩(や)せた白い肌を露わにした。往診鞄から聴診器を出し、老人の心臓と肺を調べた。老人が息をつめるとドクターは愉快そうに歯を見せて老人に笑いかけた。

——息をしてください、ご老人、息をして——と、小声でうながした——息をしたって、どうってことないんですから……。

老人は息を吸い込んで吐いた。アシュトル夫人に気をつかって最初はほんのわずか息を吐き、それから大きく深呼吸した。

――そう、そうです。もっと深呼吸をして。

ドクターは丁寧に聴診器をあて、調べ終えると血の気なく立ちつくすアシュトル夫人の前で背筋を伸ばした。

――ご老人は長生きなさいます。これが診察の答えです。ご老体は長命を示しておられます。

アシュトル夫人を慰めようと、わたしは手をのばした。だが、夫人はすっと一歩踏み出して頭をそらし、ドクターを穴があくほど見つめながら早口で言った。

――ドクター、お訊ねしたいのですが、この老人の長生きに意味がありましょうか？

ドクターは、わかっている、というふうに言った。

――いいえ。

ひとつも見逃すまいと目を凝らしていた老人の顔が曇った。

――ということは？ 夫人が言った。

――ということは、死んでいるということです。それは保証します。

――ドクターはおわかりくださいますね――と、アシュトル夫人は言った――それこそ、わたくしどもがほしかった、最高のことばです。

いきなり、ドクターが夫人の手をとった。

――ご老人のご逝去をお悼み申しあげます。

小刻みな足どりで部屋を出ていくドクターを、わたしは入り口まで見送った、ドクターもわたしも黙ったままだった。

5

すでに夜がしのびより、建物じゅうが葬儀支度の熱気におそわれていた。アシュトル夫人のすることとなすこと、なんでも手伝おうと人々が出たり入ったりしていた。あちこちの掲示板に貼られた死亡広告が人目を引き、会葬者たちを墓地に案内するバスが騒々しい音をたてて建物に近づいてきた。喧噪をおさえ込んだまま、おおぜいの人が通りに動きだしていた。副町長とその補佐たちがすぐにも到着するはずだった。

老人は家のなかを落ち着かなげにうろついた。最初から、棺は空っぽのままにして、自分の足で墓まで歩いていくとアシュトル夫人と取り決めてあった。誰かに気づかれないとも限らないが、おおぜいの会葬者はアシュトル夫人へ敬意を表しにきているのであって、彼のためにきているわけではなかった。

老人に気づく人がたとえいたとしても、この世の真実とは何かを知っているおおかたの人間の常として、見かけたと錯覚したとか、暗やみのせいで勘違いしたとか、自分で納得するだろう。老人は会葬者の熱気にためらいをおぼえ、それゆえ、事態の展開に、怒りを露わにしかねていた。

最初、老人は軽い読み本を墓に持っていきたい、土に葬られるまで退屈しのぎにしたいと言ったのだが、アシュトル夫人に絶対いけませんと禁じられ、本のなかの本、聖書をお持ちなさいと言われた。老人は、聖書は退屈だから持っていく気になれなかったのか、アシュトル夫人がよそ見をしたすきにベッドのマット下に聖書を隠した。夫人は老人の身なりを冬服にしたものか夏服にしたものか、昼用か夜用か決めるのにずいぶん迷い、けっきょくは混色織の服を選んで、埋葬に備えて手ずから老人に着せた。ついでながら、アシュトル夫人自身は、この日のために前々から用意していた黒衣をまとった。夫人はあれこれと着衣にこだわるには老けすぎていたが、黒い衣装はよく似合い、喪の印象にぴったりの深刻そうな表情とも合っていた。

ついに葬儀の時間になった。夕焼けの名残が通りに落ち、会葬者たちが濃いひと塊に見えだした。夫人の近しい友人四人が担いだ空っぽの棺のあとにつづいてアシュトル夫人ととりまき連中が階段をおりた。老人は一団のあとをわたしと並んで息をつめ、あたりに目を配りながらくだった。と、いきなり老人がわたしのそばを離れ、人混みをかきわけて棺のそばで葬列を止め、建物の塀によじのぼって哀悼の挨拶(あいさつ)をはじめた。通りの静寂に声がひびいた。

老人は言った。

——本日、われわれは墓地に、この世に生をうけた親愛なる人を弔いにいきます。アシュトル夫人のところに住んでいた老人です。老人はある年齢に達したとはいえ、それでも日々を、年々を重ねることはできたのですが、しかし、手が差しのばされました。死は見えない手につかねられ、誰ひとり、ひょっとして永遠に生き続けられたかもしれない親愛なるこの老人の死に文句は言えません。ここに参列の方々も、いずれは老人と同じ道を辿(たど)るのです。ここに参列のみなさんも、こうした葬儀の、わたしがいましているような哀悼の辞の栄に浴されるでしょう。墓地に運ばれたのち、頭の上まで土でおおわれるでしょう、呼吸ができないように……。

とっぷりと日の落ちた通りに響く、力強い声の見知らぬ演説者の、あまりに馬鹿げてふざけた演説に、会葬者たちは不満の声をあげた。アシュトル夫人はおさえた憤りを爆発させんばかりだった。

老人は塀のうえからひきずりおろされた。会葬者たちは、控えていたタクシーやバスに乗り込み、一団となって墓地に向かった。

6

墓地につくと、東からの強い向かい風が顔にあたった。赤い空低く、ひんやりした夕べの霧雨がおおい、地面に渦巻く土ぼこりと霧で視界が妨げられた。

墓地のまわりの植え込みから、花と匂い灌木（かんぼく）の甘い匂いが流れてきた。通りがかりにかがんで花を摘んで揉むと、手に香りが残った。会葬者たちは黙していた、アシュトル夫人が黙しているからだ。夫人に敬意を表して参列しているので、沈黙が夫人にふさわしいなら、会葬者たちもそうあるよう心がけるのだった。

こまかい霧が顔にあたり、暗くなってきたので、互いに寄り添ってかたまって歩いた。わたしのかたわらをいく老人のコートの袖や、わたしのコートの袖をつかむ者もいた。じつのところ、暗くなってから死者を埋葬する風習はこの土地の人々にはなかったが、周知の理由でアシュトル夫人が老人の埋葬をいそいだのだった。

老人は会葬者たちとわずかでも話したがったが、誰も応じようとしなかった。それどころか一日の終わりにやっとめぐってきたわずかな静穏のひととき、自分ひとりになれるときを邪魔する老人を、きっと睨みつけるのだった。

わたしは、老人が好んでいるきつい煙草を一本わたし、よき友人らしくその手を握った。

墓に着くと、朝からの雨をたっぷり含んだ土の匂いが鼻についた。墓穴のそばに大きな土の山があった。人間のこういう居所をはじめて見るとでもいうように、われわれはいささか動顚（どうてん）して、誰が穴に入るのか決まっていないふうに、互いをじろじろ見やった。

老人は穴に入るのは自分だと見てとると、判決を撤回してほしい、と哀願の目でわれわれにすがった。アシュトル夫人は感情を制御できる聡明な女性ではあったが、気持ちが昂ぶってあふれる涙をおさえられない様子で、老人はその様子を見てそばに寄り、表現は稚拙だったが大げさなことばづかいで精一杯いたわった。

とうとう、アシュトル夫人には恩義があるから自己主張はできない、真の友情から夫人のところで日々を過ごしたのだからと老人は悟った。穴のへりに近寄ると、すばやく墓に滑りおり、身体を折り曲げた。

わたしたちは土くれをとった。土くれが見つからない者はかがんで掘りあげた土をつかんだ。穴に投げ入れるためだった。つかむと、指の間から土粒がぽろぽろこぼれ落ちた。豊饒な土、多くの実りをもたらし、ついには墓所の土にいたった土だった。

風がいっそう強くなった。視界から空が消え、遠くの星が内なる瞬きでその存在を仄めかしている。われわれは目を凝らしてあたりを確かめ、墓のなかにいるアシュトル夫人の老人を見ようとかがみ込んだ。それから、誇り高くひっそりと立つアシュトル夫人を見つめた。夫人の手から土くれがこぼれ落ちた。細い月が、夫人の顔に浮かんだ恐怖の表情を照らした。

夫人は小刻みな足どりで墓穴の老人の頭部側に立った。老人が腕をのばしてその足をつかんだ、よくある懇願のかたちだ。夫人は叱りつけもせず、あたうる限りの悟性をもって逝ってほしい、と哀願した。

老人は夫人の足をキスでおおった。

――なぜ……？

涙で声がつまって、あとが続かなかった。夫人はこたえた。

――意味がないのです。

――生命には意味があります――と、わたしは彼の方にかがんで言った――あなたにはなかった、それに、わたしたちにも。

会葬者たちがうなずいた、わたしが意味あることを言ったからだ。

老人は恐怖にふるえだし、墓のへりの地面を神経質に指でまさぐって叩いた。そしてまた、ふるえ声で訊いた。

——アシュトル夫人、すべて、歳のせいですか?

夫人は我慢づよく言った。

——いいえ、お歳のせいじゃありません、疲労困憊しきったからです。あなた様とご一緒するのに疲れ果てたのです。

——疲れました……。

墓のそばにいたおおぜいが、夫人に和して言った。

老人は淡い色の目で会葬者を見まわした、涙でいっぱいの目だった。アシュトル夫人はかがんで手をのばすとその目をふさいで瞑らせ、もう一方の手で彼の頭を後ろにひいて、目と顔に土をかけた。老人は顔から土を払い落として目をぬぐったが、夫人の合図があったので、わたしは、それに他の人たちも頭に土をかけはじめた。土が目に入り、老人はもう見ることもできなくなったが、それでも目をしばたたき、目をぬぐおうとした。われわれは倦むことなく土をかけ、土でおおうことだけに集中して作業を続け、筋肉を動かした。どのくらい黙々と顔や身体に土をかけていたか記憶にない。とうとう墓のへりから手が滑り落ち、老人は身を伏せてうずくまった。墓から掘り起こされた土が元に戻り、すでに小さな塚のかたちになりだした。土でおおわれ、土くれがこぼれ、土が土をおおった。塚は堆くなっていったが、誰も、もういい、とは言わなかった。霧の広がった空に塚のてっぺんが届くのを目で確認していたが、塚にかがんだアシュトル夫人が頭をあげていうのを待った。

——十分です。

目に涙があふれていた、しかし、誰も、その涙をふこうとはしなかった。

土くれを持ったまま、われわれはその場に凍りついていた。わたしは自分につぶやいた。われわれを制止できるとは、アシュトル夫人はなんと立派だろう。でなければ、老人の記憶を消しさろうと何年でも、われわれはここで山と見まごうばかりの墓塚づくりに精だしていただろうから。

アシュトル夫人は墓に背を向けて歩きだした。われわれも後を追い、歩きながら手にはりついた泥を払いおとした。

7

墓地から家まで遠かったが、わたしは心に決めるところがあって人の群れからはなれ、ひとりで戻った。徒歩だった。会葬者たちは何台ものバスで帰ったが、なぜかわたしはひとりで歩きたかった。あまりに長いこと無為に過ごしてきたせいで、無為に孤独を過ごさなければならない夜の時間が怖くて、帰り道に時間をかけたかったのかもしれない。

近道しようと畑地を歩いたが、じっさいには遠まわりになった。墓のことは考えなかったし、アシュトル夫人のことも考えなかった。どの道を通って帰るかに意識を集中させ、歩きやすそうな小径をさがそうと、以前たまたま見つけた近道を頭のなかで浮かべてみたが、記憶はわたしを裏切って、足が痛くなるくらいきつい道だった。

建物の裏手に辿り着き、高い生け垣をやっとのことでよじのぼって越えた。玄関ホールに入るとアシュトル夫人の部屋から灯りがもれていた、夫人の部屋は玄関を入ってすぐの一号室だった。わたしは自分が疲れているとわかっていた。友人を葬るのはつらい、まして生きていたのだ。しかし、今夜は眠れない、本を書くことなどできやしない、今までだって一行も書いていないのだから、と自分に言った。アシュトル夫人を訪ねてみたらどうだろう。彼女だってきっと今日一日の、煩わしい儀礼や人ごみで気疲れしたことだろう。もしかしたら、何か手助けできるかもしれない。

そっとドアを叩くと、しばらくしてドアが開き、アシュトル夫人が戸口に立った。わたしを見ると夫人は満足げな表情で、どうぞ、と言った。客間に入るとアシュトル夫人は、いつもどおり、何もしていなかった。彼女は、何をしたか、これから何をするか、声に出して言うだけなのだ。それがアシュトル夫人のやり方で、夫人は本を読まないし、頭に浮かんだことを書きとめたりもしない、ただ声にだして実行する、しゃべって行動する、そこがすごいところだ。

向かいに座るよう言われ、そこで、夫人がずいぶんと年老いているのにわたしは気づいた。明るい灯の下だと白茶けて血色も悪い。わたしはかすかな笑みを口のはしに浮かべて言った。

——アシュトル夫人、どうやら、わたしたちも老いましたね。

彼女は耳慣れない、聞いたこともないことを言われたみたいに、わたしを見つめた。

——どうしてです？　わたしたちが老いた、とおっしゃいました？

——ええ、そう言いました——わたしは道化て言い、それから真面目な口調になった——わたしたちは尊厳に満ちた年月を過ごしてきました。通りを行きから若者たちにきっと、呆れるほどの年寄りだと思われているんでしょうな。

——そんなこと、おっしゃらないで、あなた——と、アシュトル夫人はうち消した——まだこのさき長いんですのよ。わたしは、したいことの半分も、まだやり遂げてはおりません。

静寂。わたしはそっと指を握りしめた。彼女がわたしを見つめた。

——あなた、こちらに移ってらっしゃいな。この部屋に。

わたしは驚愕を見せず、ただ、頭をたてに振ってこたえた。

もう遅い時間だった。大時計が刻を長く告げた。わたしは夫人の小さなしなびた手をとって、弔意を述べた。ありきたりの長々しい挨拶を述べたというのに、煩雑な一日に疲れ果てていたというのに、夫人はいらいらした様子を見せなかった。

とうとう、わたしは夫人の住まいを辞して、また通りに出た。われわれの建物のそばにあった鍬であの老人の頭にかかった土を払いのけることもできたのに、わたしは墓地に行こうとしなかった、墓の場所を間違えて土を払いのけるかわりに、新しい穴を掘ってそのなかで寝てしまいそうだったのだ。

A・B・イェホシュア　Abraham B. Yehoshua

一九三六年、イスラエル第四世代スファラディの父と、モロッコからの移民の母の間でエルサレムに生まれる。伝統的スファラディの家庭だったが宗教学校には通わず高校は一般校だった。兵役中にシナイ戦役（一九五六年、第二次中東戦争）があった。ヘブライ大学で哲学とヘブライ文学を学び、六〇年、生涯の助言者になるリフカと出会って結婚。妻が心理学の博士号をパリで取得するまでの一九六三年から六七年、イェホシュアはパリの世界ユダヤ学生連合で働く。帰国後は一家でイスラエル北部の港湾都市ハイファに移り、妻はクリニックを開設、イェホシュアはヘブライ文学と比較文学をハイファ大学で教え、短編や戯曲を書き、文学や政治についてエッセイを執筆した。本作を含む初期の中・短編群における寓意性の強いユニークな物語作家としての異能

ぶりについて、ジュダイカ補遺版は、〈A・B・イェホシュアは一九六二年刊の第一作品集『老人の死』などの初期作品群で社会的あるいは神的な権威がもつ神経症的な寓意性に立ち向かう孤独なストレンジャーたる主人公を描いている。主人公は孤立した状況を打ち破ろうとし、周囲の破壊要因を自らのものとして暴力や破壊に訴える〉と記している。七〇年代半ば過ぎからは長編に移行したが、初期の中・短編群はいまなお愛読されている。作家については拙訳の『エルサレムの秋』に詳述したので参照いただきたい。

オピニオン・リーダーとしては、良心的左派のシオニストの立場から、作家仲間のアモス・オズ、ダヴィッド・グロスマンとともに積極的にコメントし、二〇〇六年のレバノン戦では連名で停戦を呼びかけた。その直後、グロスマンの次男が戦死した。イェホシュアは、エトガル・ケレットや若い世代が政治にコミットしたがらないのを「仕方ない」と諦めつつも、鋭い論調でシオニストとしての意見を述べつづけた。ヒューマニストとして、作家として、オズやグロスマン、アッペルフェルドとともに国際的に広く知られ、二〇世紀後半から二一世紀にかけてのイスラエルの文学を語る上で欠かせない作家である。演劇化や映画化されている作品も多い。国内外で数多くの賞に輝き、一九九五年にはイスラエル賞を受賞。作品は二八言語に翻訳出版されている。二〇二二年六月没、享年(きょうねん)八五。

本作は、作品集『老人の死』の表題作。カフカにも似たシュールな作品。生きながら埋葬される「老人」以上にアシュトル夫人の印象が強烈だが、仄めかしから、語り手の住む建物は老人ホームだと推測できる。夫人の名「アシュトル」はイシュタル、エシュタルとも読め、古代中東の豊饒や多産の大母神アシュタロトを意味している。不死の老人と無為の作家、行動あるのみの夫人の対比もおもしろい。二一歳のときの作品。異能である。

邦訳作品に、『エルサレムの秋』母袋夏生訳、河出書房新社、二〇〇六年刊。

神の息子

ニカノール・レオノフ

ぼくの父は神と呼ばれている。身分証に、そう記載されている。姓名、両親の名前、誕生日の記載はなし。ただ、神とだけ。みんな、父をよく知っているので、それだけで十分なのだ。父はもう年老いている。あまりしゃべらないし、歩みもゆっくりだし、ひとつ奇跡を起こすと一週間は使いものにならなくなる。もう何年も、新しいものを何も創りだしてない。

かつて、ぼくがずっと小さかったころ、父にはなすべきことがたくさんあった。しょっちゅう人がやってきては、父がしたことに感謝したり、生贄（いけにえ）を捧げたり、あれこれ頼んだりした。夜遅くまで父はずっと忙しくて、父の小さな書斎の灯りはいつも、ぼくが寝るころもまだついていた。その当時、父は休む間もなく、あっちこっちと駆けずりまわり、それでいて、いつも楽しげで、空のカミナリのように笑っていた。母は、あなたを引き留めるなんて無理だけど、いつかは病気になりますよ、と言っていたが、父は気にもしなかった。ぼくのためにはあまり時間を割（さ）いてくれなかったが、そんなのは我慢できた。だって、父にはしなくちゃならない大事なことがいっぱいあったし、世界全体の面倒をみなくてはいけなかったのだもの、ぼくは腹を立てなかった。父を眺めては、ほとばしるような誇りとあたたかさで胸が痛くなったものだ。気になることといえば、ぼくの父、ぼくだけの父さんなのに、みんなの神でもあった、ということぐらいだった。

ぼくが学校に行くと、子どもたちはぼくを崇めたてまつり、ぼくの友だちになろうとして、何でもした。「ほら、神さまの息子だ」という囁きが、ぼくが通りすぎるたびにあたりでかわされ、すぐさま、誰かれがクッキーの箱を抱えて駆けよってきたり、ぼくより大きい子たちは、一緒にサッカーしよう、と誘ってくれたりした。ぼくは、さほど上手でもなかったのに。

父が散歩や何かの問題解決のためやらで家の外に出ると、人々はあわてて走りよって握手したり、父が成し遂げたことに「おめでとう」と言ったり、ついでにちょっとばかし助けてもらえませんかね、なんて頼んできたりしたものだ。みんな、父を愛し、みんな、父の友だちだった。一日おきにぼくたちは晩餐会やパーティに出かけ、手紙やプレゼントの洪水でわが家の郵便受けはあふれた。

だが、ときとともにものごとは変わっていく。人々はわれわれのもとを訪れるのをやめ、かつては父しか成し遂げ得なかったことを、若い科学者たちがほとんどすべて成しおおせるようになり、父にはもう誰も、小さなハト一羽の生贄も捧げてはくれなくなった。

人々は何かを信じようと忙しくなりだし、新規の競争相手に対して父に勝ち目はなかった。こうしたことは段階的ではあったが、そのたびに顕著になり、毎日、父は外出したし、夜遅くまで書斎にこもっていたが、もうすべきことなどたいしてなくなっていた。

いまではもう、父は出かけるのをやめてしまっている、ときおり家の近所を散歩する以外は。一日の大半を長くて白い髭をしごいては、書斎の肘掛け椅子に沈みこみ、ごくたまにテレビを眺めて過ごしている。もう、手紙やプレゼントの類は届かなくなり、ときおり母が、電気や電話の代金請求書を郵便受けからとり出すだけになった。もうパーティに招かれることもないし、界隈に住む人々のほとんどは、ぼくの父を知らない。

学校で、ぼくはいつもひとりぼっちだ。ときどき、大きい子たちにいじめられる。だが、たいがいはぼくを、変なやつ、とか、気狂いの息子、と呼んで距離を置いている。むかしは大好きだった聖書の授業は永遠に続くがごとき悪夢になった。下校して家に帰るといつも、料理をしている母と、肘掛け椅子で髭をしごいている父が見つかる。ときには、父の膝にのっておしゃべりするけれど、父は微笑(ほほえ)みかけて、頭を撫(な)でてくれるだけだ。いつだったか、ぼくが自室にいたら、母が父に言う声が聞こえた。

「失業なんて、ありがたいことねえ。あなたの世界が、あなたを解雇したなんてねえ」

先週、父は新聞配達の仕事を始めた。早朝、父が創った太陽がのぼる前に起きて、車で出かけ、界隈の全戸に新聞を配るのだ。そして、ぼくが学校に出かける前にはもう家に戻っていて、肘掛け椅子に沈みこんでいる。母は冷たいジュースを父にもっていき、それから、ぼくを玄関に送りだす。お昼にぼくが帰ってきても、何も変化なし。こういう父を見るのははかなしい。だが、父が創りだしたすべてを眺めて、近いうちにこれらすべてが自分のものになるんだと思うと、もっと、ずっとかなしい。だが、ほんとのとこは、どうだっていい。ぼくは大学にいって、全世界を武装させるのだ。

ニカノール・レオノフ　Nicanor Leonoff

一九八〇年アルゼンチンに生まれ、一〇歳でイスラエルに移民。兵役ではパラシュート部隊に所属し、除隊後はエルサレムのヘブライ大学で臨床心理学を学ぶ。本短編が収録されている『黒い蝶』（二〇〇二）は二二歳のときの作品である。大学卒業後は臨床心理士として働き、臨床診断器具の開発にもたずさわり、非行傾向についてイスラエル国内や南米ほかで講演しているという。『黒い蝶』には著者についての説明紹介がないため、両親あるいは祖父母の代でアルゼンチンに渡ったアシュケナジィだろうか、と名前から想像をめぐらせたが、イディッシュ語や東欧の匂いはなく、南米やロシアを感じさせる地域性もない。アメリカやドイツの地名が出てくる短編もあるが、全体をみると国籍不明で、ときに中世的な雰囲気がただよう、少しばかりおどろおどろしい不条理さと怨念が垣間見える短編集である。一〇歳で風土や言語や習慣の異なる土地に移ったら、同じユダヤ人だからといってもイジメにもあっただろう、成績優秀だったら鬱屈が内向して捌け口を求めただろう、軍隊の中でもエリートのパラシュート部隊に入れるほどの頑健な体軀と、ヤワでない精神、瞬時の判断ができる頭脳の持ち主でもあるようだ、と作品から推理ができるほど秀作揃いである。本作はそのなかではたいそうおとなしい。それでいて、最後のあたりに何やらおだやかならぬものを読者に抱かせるあたり、なかなかの書き手といえる。本作と対になる「父さんの神さま」は、父さんとユダヤ教会堂に行くと「神さまはどこ?」とぼくは訊き、「ここにいらっしゃる」と父さんは言う。父さんは亡くなり、ぼくは神さまを相変わらず探しているが、神さまはぼくの存在が分からないのかもしれない、窓に渡された鉄格子で通れないのかもしれない、というもの。精神を病んだ男の姿が見えてくる。新作が近々に出るという。人間の内奥に潜む欲望や暗部が、黒曜石の如く燦めいて目の前にある、というような、二一歳のイスラエル版澁澤龍彥のような作家である。

父

ダン・パギス

「で、ダナレ（ダンの愛称）、こういうことをぜんぶ書いて本にするつもりなのかい？　書けよ、恥ずかしがることはない、書くがいいよ。たまたま、誰かが読んでくれたとして、信じちゃもらえんだろうが。肝心なのは、君自身がちゃんと信じるってことだ」

＊

「君は親父さんを分かってなかった」と、父のトランプ仲間の、でっぷりした男が言う。「ぜんぜん、分かってなかった。はっきり言わしてもらえば、君は親父似だが、そりゃ、外見だけだ」ぼくは苛（いら）ついて言う。「それで？　ぼくに分からせるために、父は生き返らなくちゃいけないとでも？」「いや、いや」と、トランプ仲間は言う。「生き返らなくちゃいかんのは、君のほうさ。だがまあ、はっきり言って、その可能性はあまりないがね」

チェリー・ヘリング

ヨナタンとぼくはパリの空港免税店で、ほとんど何も買わなかった（エルアル航空の夜間便はゲートから遠いので免税店はたいてい閉まっている）。飛行中にアナウンスがあった——乗務員が免税品販売にうかがいます——イスラエル人が特に楽しみにしているものだ。何年も前には、あなたへの土産（みやげ）は外国煙草だった——いまでも後悔している——そのあとはアフターシェイブ、そして今回の旅では、特製の眼鏡拭きを、と（ぼくを楽にしようと）、あなたは言った。おぼえてますか？「これだけじゃ足りないよ」とヨニ（ヨナタンの愛称）が言う。「もっと何か、おじいちゃんに買おう」。乗務員二人が免税品を積んだカートを押してくると、手がいくつも伸びる。ぼくはイスラエル人的蛮勇をまとい、さっと手を伸ばして大きな瓶を、単に大きいだけではない瓶をすくいあげる。デンマーク産の最高級チェリー・ブランディ、甘くてほろ苦い、濃い赤色の見事なリキュールがたったの八ドル。荷物がかさばるのがいやで、ぼくはいつものように包装から瓶を出し、（ずいぶん旅に持ち歩いた）愛用のグレーの手荷物用のボストンバッグに入れる。到着手続きと荷物の受け取りはいつもより簡単で、夢みたいにすっと終わる。空港のカートに荷物を積み、いちばん上にボストンバッグを載せて外に出る。出迎えの人の波のなかにアダの姿が見えない。迎えに来ていない？ いつも電話用コインを持ち歩いているヨニが空港から家に電話する。アダは到着日を間違えていた！ アダは家にいてぼくと話したがっている、とヨニが言うので、電話に出た。

「心の準備をしてほしいから、いま、どうしても言わなくてはならないの。お父様が昨日亡くなられました。お葬式はまだです。わたしが延ばしたんじゃない、わたしはあなたのために済ませてしまいたかったんだけど、あなたが帰ってくるまで、帰国は明日だと思っていたものだから、明日まで待とうってみんなに言いはられたの。ねえ、聞いてる？ すぐ、空港に迎えに行きます」

ヨニのところに戻って、「母さん、すぐ来るそうだ」と言って、カートを押すとガタンとプラスチック製の椅子列にぶつかり、そのはずみで、ボストンバッグが転がり落ちる。ぼくはボストンバッグをひろいあげて椅子のそばに置く。「なあ、ヨニ。おじいちゃんが昨日亡くなったそうだ」

ヨニは何も言わずにプラスチック椅子に座ったまま、ぼくを見つめている。そばを通りかかった老人に、「どうしました？　何か割れましたか？」と声をかけられる。たしかに、ぼくたちは濃い赤色の水たまりにいる。ボストンバッグは、むかつくように甘くてほろ苦い、べとべとしたチェリー・ブランディをたっぷり吸い込み、床には赤色が広がっていた。ぼくは瓶の欠けらを捨てながら水道の蛇口に走り、ブランディを吸い込んだ書類や衣類を何とか救おうと苦戦し、バッグを洗ってみるが、無論、どうにもならない。最高級のリキュールはねばねばと、しぶとかった。バッグには、いまだに粘つきがかすかに残っている。その後の旅で――どんな旅だったかはどうでもいいが――必ずチェリー・ヘリングを買い求めて、そのボストンバッグに入れて持ち帰った。瓶は完璧な状態だった。

夢

父さん、ですよね？　ベッドの父を重い雪が覆っている。ぼくは（そう、ぼくですよね？）、その傍に座って、じっと彼を見つめる。ぼくは、着ているコートの襟を裂かねばならない、もちろん。そう、そういうことです。だが、そうはならず、彼はぼくのほうに手をのばし、いきいきと生気に満ち、雪は消え、大きなホクロがいくつもある身体（若い頃の写真ではたいそう美青年）がどんどんふくらんでいく。不安にかられて、「脈を調べますか」と訊くと、不満気に、「なんだい、脈なんて？」と言う。そして、顔を紅潮させ、昨日言い忘れたことをしゃべりだす。オフィスの事務員たちについて。ストライキをするとか、しないとか——ぼくには退屈だが、気持ちを汲んで関心があるふりをよそおう。「で、ストライキしたんですか?」。そうすると、ぼくの性格を呑みこんでいるから調子を合わせる。合わせすぎる。おかげで、ぼくは頭に来て我を忘れ、腹を立てそうになるが、その瞬間、彼は黙り込み、縮こまり、ベッドを離れ、麦わらみたいに黄色くて、まっすぐ乾いて宙にただよう。

一九八二年

あなたは新しいパナマ帽にエレガントなシャツ姿で、墓地の入り口門に少し遅れて着くと機嫌よく訊く。「で、いつ出るのかな? 君たち、いつ出て、いつ入るかというジョークを知っているかね?」。ぼくは当惑のあまりに青ざめる。あなたはそれに気づいて途中でやめる。降参しましたね。あなたはコンクリートの小屋に向かい、なかの石のベンチに横たわると、白い麻布を素早く身体にぐるぐる巻きつけていく。すると、ひげの男が二人、一人はあなたの頭、もう一人は足、とあなたをつかんで薄汚れた担架に載せる。あなたは、蝶々が飛び出す前の大きなサナギみたいに担架の上にゴロンとなってから訊く、今回はいささかためらいがちに。「そうか、じゃあ、出るんだね?」

ひげの男たちの一人、でっぷりした男がぼくのそばに来て、「息子さんですね? では、確認をお願いします。お父上ですね? 結構です」と言う。男はあなたに覆いをかけ、カディッシュ[*1]を記

*1 アラム語で記された神への讃歌。詩編一一三章二節「今よりとこしえに主の御名がたたえられるように」を基本とした頌栄で、朗詠者(ハザン)が祈りを先導し、人々は「アーメン」と唱和する。カディッシュには、礼拝の終わりやトーラーの終講時、朝禱や夕禱、哀悼の祈り(カディッシュ・イエトム)などがある。本作中のカディッシュは哀悼の祈りで、近親者の服喪中や命日にとなえるが朗唱の仕方には地域差がある。

した薄汚れた紙切れをぼくの手に押し込み、ナイフでぼくのシャツの襟に裂けめをつけると、あなたを六人がかりで担いでいく。ぼくは砂を踏みしめて男たちを追い――あなたの踵はすでに宙に浮いている。いきなり動いたので、きっとあなたは苛ついたのだろう、担架がかたむく。ぼくが手を貸そう、揺れをおさえようと手をのばすと、男たちが一斉に喚く。「だめだ！　いかん！」。それから、丁寧に説明してくれる。「お宅は息子さんで、親族は触っちゃいかんのです」

〈靴〉

「なあ、ダナレ、たとえばだが、君はそれほどちゃんとしていたのかね？　君はこの国に来てからこのかたというもの、わたしにさんざん悲しい思いをさせてきたんだぜ。いきなり、もうじき一七歳になるという、訳の分からん息子が移民としてあらわれたんだ。君はちゃんと分かってるか。わたしは愛情を、そう言っていいなら、君に捧げた。だが、届かなかった。初めのうち、君はまだラダウチの子ども時代を引きずっていて、(…)、船に乗るまでの道中で君のリュックサックを盗んだユダヤ人のことばかりしゃべって、もうどんな人間も信じないと言った。それでも、君はテルアビブに魅せられて、ヘブライ語を急いで習いたがった。わたしに対しちゃ、慇懃というか、いや、内にこもっていると言ったほうがいいのか。はい、父さん、どうぞ、父さん、なんて、いつも礼儀正しくて、気には入ったが、好きじゃなかった、君に分かればだがね。ずっと、そんな具合だった。ようやく三、四年前、わたしが病気で倒れてからだ。いろんな薬を、医者に言われたとおりにちゃんと飲まなかったと、君は怒鳴る理由をやっと見つけたようだった。怒鳴られると、なんとなく近しく感じた。君は、わたしに気をつかって大事な話をしなかったと思っているが、わたしが死ぬまで、駄目だったのかね？　君が傲慢だったとは言わん、まさにことばどおりだとしてもな、だが君は遠いままだった。よそよそしかった。ナンテコッタ、わたしの気遣いを君だって知っていたというのに。わたしには金がなかったから（君は金持ちの父親を選ぶべきだった、ハハハ）、キブツの青少年グループに入れた。（エルサレムのユダヤ機関（ソフヌート）に行ったのをおぼえているか？　五リラも取られた）、そのあと嘆きの壁にも行ったが、一九四七年の春で、危険はないと言われたな。テルアビブでは、君の事務手続きや何やかやにはいつだってついて行ったし、君を助けるのにやぶさかではなかった、どっちにしても、教員養成セミナーに何年かいたときは、安息日になるとテルアビブの我が家に来ていた。ディゼンゴフ通りの、あの感じのいいレストランに一緒に行ったけどつまらなかった、なんて言うなよ。君、なんで笑うんだ、レストランなんかどうでもいい、わたしは表現が下手だからな」

「ええ、父さん、ぼくがそれ以上を保証します。父さんはいろいろやってみてくれた。おぼえてますか、ある冬、ずいぶん遅い時間にキブツから訪ねたことがあった。泥がくっついて重くなった靴を、ぼくはドアの外に置いといた。そしたら、なんと、つぎの日の朝、ベッドの脇にピカピカに光った黒い靴があった。父さんが磨いてくれたんです！　ぼくの靴を磨いてくれたんです！」

「大げさなドラマにするな、ダナレ、ものを磨くのがわたしは好きだったんだ」

父親を馬鹿にするもんじゃない！

ぼくは父に何を望んでいるのだろう？　この国に移住して三五年になるが、最初の週に、グサッとくるきついことを父に言われた。二度目の奥さんと一緒に朝ごはんを食べていたとき、（ぼくはまだヘブライ語を知らなかったので、ロシア語なまりのドイツ語で）訊かれたのだ、旅の途中で身ぐるみ剥（は）がされたとして、家族の写真は持っているのか、と。ぼくは笑った。「それでも、写真を持ってるべきだって言うの？　やっと命をとりとめたんだよ」。そしたら、おだやかに言った、「父親を馬鹿にするもんじゃない」と。ぼくは三人称のいい方に仰天したが、きっと、一般論としてほのめかして、父親としての立場を強調したかったんだろう。父親を馬鹿にしてはいけない、と。ぼくは、たちまち殻に閉じ籠(とこ)もった。そして、以来、ぜったい——その件については、きっかけさえ与えなかった。

「頼みごと」

「ダン・P、どうかね、ちっとは気晴らしに聖なる都（エルサレムのこと）からテルアビブに行くだろう？」。ぼくはシャツの襟の裂けめを隠す。「で、そちらはどうです？」。彼はぼくのうしろにひそんで、まっすぐ、ぼくの耳に話しかけてくる。「なあ、ずっと前から君に頼みたかったんだが。君、出版社にコネがあるそうだが、とびきりの話を書いたんだ。すばらしい話だなんて言わん、ほかの連中に言わせるさ。だけど、すごく変わった、特別なやつなんだ、家族についてのな。君、読んで推薦してくれないか？　書面での推薦がいいな。君、シャツの襟が裂けてるけど、わかってるかい？」

「わかりました。読んで推薦します。もう、行かないと。原稿は送ってくれますね？」

一年忌

一年忌。あなたはティシュア・ベアヴ、[*1] 救世主が生まれた日を死の日に選んで逝った。それもまたジョークになると思ってだったが、救世主の到来で嘗(な)めねばならないもろもろの苦しみを、あなたは嘗めることになった。なのに、ぼくはそばにいなかった、わざとじゃなく、たまたま不在で、やっと葬儀にだけは間に合った。

ティシュア・ベアヴの日、この墓地はまるで市がたったように賑やかになる。門の前に屋台が並び、カーネーションや缶ジュースや墓参用のローソクを買う人でごった返す。一年忌には五人集まった。五人のなかには、父さんの奥さん（ぼくの記憶だと、四番目）と、父さんの年金暮らし友だちが二人（他の人たちには墓地が遠すぎた）がいた。去年[*2]は事務所に立ちよって、その日が当番の朗詠者（ハザン）――あちこちの追悼式に駆り出されて疲れ切ったイェーメン人――を雇った。彼はしぶしぶついてきたが、墓の前に来ると生き返ったみたいにすっくと立ち、抑揚のきいた繊細な声で心をこめて朗詠した。そしたら、あなたは笑った、聞こえましたよ、ぼくたちがイェーメン人を頼んで東方風の追悼をしたんで笑ったんです。

今年は朗詠者なし、と決めた。ぼくたちが墓（B級の墓石代を払ったのにC級の墓石にされた。騙されました）の前に行くと、いきなり、奥さんがザワークラウトの瓶（製造会社トゥヌバのマークがついたまま）を取り出し、どこか脇道の水道で水を汲み、門のところで買ったカーネーションの束をさす。もっとびっくりすることに、バッグから布きれを引っぱり出し、墓にかがみ込むと洗って磨く。洗い終えると、さあ、ぼくの番です。ぼくはカディッシュを唱える。ゆっくりと、だが、声に羞恥（しゅうち）をにじませると、うしろで父さんの友だちの一人が、「わしは、息子には追悼式なんぞ無理強いはしたくない」と言う。だが、あなたの奥さんにとってはぼくのカディッシュは短すぎ、貧弱すぎて、「もっと、しっかり祈るもんだよ」と、文句を言う。

＊1　アヴ月（太陽暦の七月から八月に該当）の九日。この日には断食してエルサレムの神殿崩壊を哀悼する。ごく一部にティシュア・ベアヴに救世主が生まれたという伝説がある。ビアリクの「セフェル・ハアガダ」には神殿が崩壊した日にイスラエルの救い主が生まれ、メナヘム（慰め）と名づけられたとある。

＊2　多分葬儀ではなく、シヴアか三〇日目のシュロシームか墓石建立のとき。

みんなは帰りはじめるが、ぼくはしばらくあなたと残る。今回、あなたは笑わなかった。ぼくが四歳のとき、あなたはぼくを置いて出ていき、戦争のあと、一七歳のぼくは、あなたのところに行った。自己反省をこめた単純計算で、何年になります？　そのあとは、この国で隣り合うように暮らし、歳月を乗り越えてきた。そして、最後になって、わざとじゃなく、たまたま、ぼくはそばにいなかった。あなたは人生にいき遅れ、ぼくはあなたの死に遅れた。差し引きゼロ、いや、ゼロにだって、きっとならない。それにもう、その必要はない。いろんな誓いから、禁忌から、言い訳から、あなたを解いてあげます。

一九八三年

父は、去年亡くなってから、生前より上手にヘブライ語をしゃべる。父は言う。

「白状すると、二度ばかり、君をほったらかしにした。いつだったか——そう、一九三四年（なんと、もう五〇年近くになる）に、わたしはこの国に来て、すぐテルアビブで仕事を見つけた。君たち、君と母さんのために受け入れ準備をした。突然、母さんがあっちで亡くなったが、わたしは、急いで君を連れに戻らなかった。君は忘れっぽいから、もう一度言っておく。あまりに急なことで、おばあさんが、君の母さんの母さんのことだが、テルアビブ宛に、分かりたくもない内容の電報を打ってきた。どっちにしても、当時は飛行機でなくて船だったから、すぐさま行けるわけでもなかった。それに、当然ながら金もそんなになかった。そうだ、それから四年後、いや、五年後になるか、一九三九年に訪ねたが、その時も君をおじいさんとおばあさんのもとに置いて帰ってきた。おじいさんたちに言われたんだ、子どもをどこに連れて行く、砂地にか、砂漠にか、って。テルアビブについて、いいことずくめのことを話したのに——それに、それ以外に話すことなんてあるかね！　君を祖父母のもとに置くことを承知した。君を引き取る準備はまだだった。その頃、結婚するつもりで、そのまあ、ベバを妻にもらおうと思っていたから、考えたんだ――何を考えたかなんてどうでもいい、ロシア語で考えたんだ。そのころ、世界大戦が勃発するなんて、あんなことになるなんて、誰にもわからなかった。ともかく、君は第二次世界大戦に巻き込まれ、そう、それにショアにも――君はそのことばを聞くと、ひどく怒る、みんながショアを利用しすぎると言って君は怒るが、わたしはもう死んで（メット）いるから本当（エメット）のことを言うのを自分に許す、いや、すまない、語呂合（ごろあ）わせをする気はなかった。子どもの名についてはまた話そう。だって、君は、母さんとわたしがつけた名さえ変えてしまったんだから。で、戦後は？　君のために証明書だって手に入れた（英国人が感激したって話しただろう。ふつうは、息子たちが国においてきた親のために証明書を申請するのに、お宅の場合はその逆だと言って）。というわけで、君はちゃんと合法的に、リーガルに、英国ビザをもって、普通の客船でやって来た。なんて名の船だったか。そりゃ、ユダヤ機関（ソフヌート）に誤魔化されて、一等客室料金を払ったというのに、三等に押し込まれたそうだが。まあ、な。で、そこで、君は同じ質問を繰り返す、なぜハイファ港に出迎えにきてくれなかったか、と。その点については、わたしも繰り返そう、君は忘れっぽいから。いつ船が到着するか、誰も知らなかった。当時は公海にまだ魚雷が散らばっていたし、時刻表なんてまったくなかった。知らせてくれると言われていたが、ハイファの人たちだって知らなかったんだ、テルアビブの人間に分かるはずがない。急に船が着いて、港に碇（いかり）がおろされたが、無論、わたしはそこにいなかった。君がテルアビブのわたしの家に送り届けてもらったとき――わたしは、ベバと映画館にいた。君はそのことを、さも、たまげたみたいに何度も繰り返す。映画館のドラマから帰ると、家でドラマが待っていた――大きな息子が天から降ってきた、と。だが、外で待ってたわけじゃないだろう、家主がなかに入れてくれ、わたしたちが戻るまで、コーヒーを馳走してくれただろうが。ああ、それから君はキブツで暮らした。

そう、たしかに、ヘブライ語をおぼえるまで一年だけ、という約束だった。一年経って、キブツ暮らしが性に合わなくて散々だから、連れだしてくれ、約束どおり町で暮らしたい、と君は言った。約束はした。だが、どこに連れていく？　そりゃあ、ディゼンゴフ通りに近い、感じのいい地区に住んではいたが、メィール・ディゼンゴフ（テルアビブ市の初代市長。一九一一—三六年）がわたしの伯父だって知っていたかい？　伯父には一度も頼みごとをしなかった。わたしが移民して一年後に伯父は亡くなっていたし、ひと部屋暮らしで、キッチンだって家主と共同使用だった。うちのどこに住める？　ベッドの下か？　そうそう、ベッドの下の話を知っているかい？　ある男が家に帰ると、妻が——」

「父さん！　なぜ、何もなかったんです？　化学技師で（名刺にもそう刷り込んでいた）、フランスで取った学位もあって、だけど、ここじゃ確固とした仕事もなく、日銭を稼ぐだけ、銀行で一年か二年働いたけど、銀行は倒産。その後、外国産バターの輸入業者になった（すごいアイデアだ！）が、バターは洋上で溶けた。広場近くにカフェを開いたが、それもうまくいかなかった。ぜんぶ、あなたが話してくれたことです。他にもヤッフォの裕福なアラブ人女性向けの絹靴下の輸入。ぼくが移民してきたとき、定職に就いた、とうれしそうに話してくれましたね。なんていう名前だったか、なめし革倉庫の経理の仕事。町の南の、ぼくも見に行ったあの小さな部屋で、革の反物がホコリをかぶっていた（ぼくはなぜか、あのきつい匂いが好きだった）。やっと、最近になって化学に縁のある仕事についた——そうです、ぼくはそれを重要なことだとみなしてます——そりゃ、基準協会は、化学に縁があるといっても頼りないもので、四分の一は化学者、四分の三は事務職で、あなたはそういう仕事全体を小馬鹿にしていた！　あなたにとっちゃ、何だってお笑いで、あなたは何でもかんでもジョークにしてしまう」

「説教はごめんだ」と、父が言う。「ひとを笑わせるのはいいことだが、君にはジョークが通じなかった。君のユーモアのセンスは、何というか特別で、君には、なあ、その余裕がない。教員養成セミナーで勉強して小学校の教師になり、その後はエルサレムの高校教師、それから大学で教えて――いつも頭を抱えこんで、向こう側に突き抜けちまうほど研究に没頭する。文句を言ってるわけじゃないよ。第一、どうしようもない遊び人の息子より、まともな乞食の息子のほうがいい、って言うじゃないか。女とカードの話を知ってるかね？ ある女が、〈うちの息子ったらカード遊びを知らないの〉とこぼすと、女友だちに〈そりゃ、結構じゃないの〉と言われて、言い返すんだ、〈だけど、カードで賭博をするのよ！〉。なあ、いいか、ダナレ、遊びみたいに、生きることを知らなくちゃな」

「で、もし生き返ったら、どうしたらいいのか教えてくれる？」

父はしばらく考えてから、「その必要はない、このほうが、ずっとすっきりしている」と、鷹揚に言う。

「どうしたんです？」と、ぼくは叫ぶ。「ぼくはここで、あなたのそばに埋もれていたくない、ここは狭いし、それに、だいたい時間だってないんです、仕事に行かなきゃならない」。なのに、いまになって、父はぼくをつかんで愛おしげに言う、「また、心配してるのかい？ 時間がないなんて、そんなことはない。ちゃんと、分かるようになるよ」

見知らぬ墓標

たまたま用があって、ここに、あなたが埋葬されているこの大きな墓地に来ました。ある友人の父親が亡くなり――ぼくは、その父親なる人を知らないけれど――葬儀に来たのです。死亡通知には慣例どおりに門の脇に集合、とあったが、ぼくはその前にあなたのお墓にお参りしようと一時間も前に来た。あなたの居場所――ブロック、区画、列、墓地番号――が記された墓石メモを持って。

でも、どういけばいいのだろう？　門のところで、「右に行って、また右、まっすぐ行って左、そのあたりです」と言われた。ぼくは勇んで教えられたほうに向かう。

だけど、なんなんだろう、ブロック一〇の次がブロック二六で、その次はブロック九だなんて、理屈に合わない。遠くに生きている人の姿が見えたので声をかける。すみません、ブロック二五はどこでしょう？　その人は、申し訳なさそうに、品よく手を広げる。彼も、ここの新顔だ。

時間はそんなにありません。そう、あなたのために来たんじゃない、他の人の葬儀に便乗したんです。だからって？　あなたはすぐ仕返しをしたくて、隠れひそんで道を間違えさせ（ぼくはもう速足になっている）、墓標の間をうろうろさせるんですか？

ぼくは声を張りあげて叫ぶ。「父さん、またね！」そこからでも、ぼくの声が聞こえるでしょう。もう、門まで戻らないと、見つけやすい故人の葬儀に行かないと。

一九八四年

二回目の年忌、ティシュア・ベアヴの日、墓参は二人だけ。お昼前にぼくは、あなたの奥さんだったアヌシュカを迎えに行く。アヌシュカは、「お墓で唱えられるように、何かちゃんと用意して来てるんでしょうね？」と不安げに訊く。「ええ」と、ぼくは言う。たまたま、居間の本の間によれよれの小型の祈禱書（きとうしょ）を見つけていたのだ。「あ、バイブルね？」と彼女は言う。彼女にはいつもびっくりさせられる。「いえ、違います。どう説明すればいいのかな、バイブルは読むものですが、これは祈るためのものです」

今年、彼女はカーネーションを近所の店で値切って買う。「ねえ、アズライさん、もうちょっと負けてよ、主人のお墓にお供えするんだから」。ぼくが顔を赤らめて紙幣を差し出すと、きっぱり彼女に押しとどめられる。「主人の花は、わたしが自分で買います」
ホロン行き九二番バスは混みあい、ぎらぎら照りつける日ざしを避けて、乗客たちは日かげの方に寄ろうとする。ホロンの町なかでも日かげを求めて、あちこちに動く。バスの方向が変わると日かげも変わる。ぼくは黙って日なたに座る。だが、花束を抱えたアヌシュカは何かしゃべらなくてはと感じている。「遠いねえ、でも、かまわないわね、急いじゃいないもの」。ぼくたちの正面、運転席に背をむけた位置のオーバーオール姿の労務者が、「ほんとにな、急ぐこたないよ、待っててくれるよ」と言う。しばらくたってぼくはやっと、死者のことを言ったのだと気がつく。無礼者(フツパ)。

墓地はティシュア・ベアヴの市の真っ最中で、去年以上に賑やかだ。墓参のひとや物売りでごった返している。迷子になった経験からぼくはブロック番号を信用しないで、地図を見ながら歩いていく。だがアヌシュカは、ブロック二六を過ぎたのになんでブロック九なの、と戸惑っている。だが、とうとう、ほら、ブロック二五、あなたの区画、あなたの列に着き、ぼくは墓標の間の砂利道をまっすぐ突き当たりまで進んでいく。墓がない。ない？　今日は、あなたの特別な日で、あなたのために特別に来たんです、隠れないでください。ぼくは隣の墓石列に移って、前の場所に戻る。アヌシュカはもう愚痴りだす。「言ったでしょ」。だが、その瞬間、あなたは手を差しのべてくる。ちらっと目の前に、前からそこにあったみたいに、あなたの名前と『死者の魂が安らかに憩わんことを』と、くっきり刻まれた墓標があらわれる。ぼくは、「ここです」と呼ぶ。彼女はそろそろとやって来ると、ビニールのかごを開け——ああ、なんてことだ、今年もザワークラウトの空き瓶を持って来た。ぼくはもう儀式の手順を呑みこんでいる。ぼくは水道を探して瓶に水を入れ、彼女は花束をさし、かがみこんで墓石を洗う。

あたりをうろついていた朗詠者(ハザン)が一人、ぼくたちのほうを見ている。近くで追悼の祈りを終えたばかりで、次の仕事を探しているのだ。「死者のための祈りはどうです？」と訊いてくる。「いえ」

とアヌシュカが、「けっこうです」と言う。そして、声をひそめてつけ加える。「いくらふっかけられるか知れないものね。さ、始めましょ」。ぼくはポケットから小型の祈禱書を取り出す。ぼくみたいな無知な人間でもすぐ見つけられるように祈禱書の最後におさめられた「哀悼の祈り（カディッシュ・イエトム）」。日ざしがまぶしくて、文字がちらちら躍る。『イェトガダル、ヴィェトカデッシュ（大いなれかし、聖なれかし）……』。三〇秒、いや、それ以下で終わる。で、どうしよう？　これでおしまいですなんて、帰るわけにはいかない。「ねえ、どうでしょう」とぼくは彼女に言う、「もう一回、繰り返して唱えましょうか」。そして、また、三〇秒。で、どうします？　詩編のどこかを読みましょうか？　日ざしが容赦なく祈禱書を照らしつけ、ぼくは自分の頭部で祈禱書に日かげをつくり、「哀悼の祈り」の前のページに「月の頌栄」があるのを見つける。月の頌栄を唱えますか？　きっと、あなたはおもしろがるだろうが、だが、いつものようにぼくはあきらめて祈禱書をポケットに入れ、アヌシュカは、「ひどい暑さね。さ、帰りましょ」と言う。

　今度もまた、いたずらをしかけたんですね。最後の瞬間にカードをちらっと見せる手品師みたいに、あなたは墓標をちらつかせた。文句は言いません、ここであなたを失わなかったし、ここであなたを見つけはしない。延々とつづく議論のしめくくりはあなたのことばです。ぼくの目の前に、黒い文字で墓標に刻まれています。

手紙

父さん、ぼくが手紙を見つけたときのことをおぼえていますか？　おぼえていない？　ぼくが移民して何年か経った、たぶん一九六三年か六四年のある晩、ぼくがエルサレムから訪ねてきたとき、父さんはキッチン側のベランダで戸棚を片づけてゴキブリを駆除していた。ぼくは喜んで手伝った、延々と続くだろう沈黙をやりすごす助けだ、とばかりに。

そのとき、くたびれたスーツケースが棚から転がり落ちてきた、しかも、ぼくのそばに。空っぽ同然のスーツケースには、手紙の小さな束、母さんのたっぷりとした大きな手書き文字の手紙の束だけが入っていた。消印ですぐ、ぜんぶが一九三四年の手紙だとわかった。ぼくはすぐアルミ製の梯子か何かに座って手紙を読んだ。動転しました。わからん、なんてふりはしないでください。この国に来る前、収容所から戻ったときはまだ一五歳で、小説をまた読みふけっていたから、つまり、あの晩までずっと思っていたんです。おばあさんが話してくれる父さんと母さんの話はすべて嘘(うそ)で、母さんとぼくを呼び寄せるつもりで父さんが三四年に移民したというのもぼくを気づかっての作り話だ、と。ほかの女とか冒険に心惹かれてぼくたちを捨てたのを、父さんは戦後になって後悔し、ぼくの居場所をつきとめて証明書を送って来たんだとばかり思っていた。長い年月、ぼくは黙したまま、だが、そう信じていた。だけど、ほら、聞かされた話はすべて事実でした――すべて、手紙に書いてあった、まるで母さんがぼくをあわれんで、そういう猜疑からぼくを解放してやろうと、もう一度手紙を送ってくれたみたいだった。手紙には、父さんがほんとにぼくたちを待っていたことが、たしかに三四年にぼくたちの受け入れ準備をしていた事実が、記されていました。三〇年間、手紙はスーツケースのなかにあった。手紙をもらっていいか、と訊くと、あなたはすぐ、「持ってけよ、もちろんだとも」と、まるでことの重大さを理解してないふうに言った。もしかしたら、ほんとに分かっていなかったんでしょう。ここで、手紙を読みましょう。あの猜疑への遅すぎた詫び、あるいは余分かもしれない詫びです。何を詫びるんだ、とあなたは訊ねる。また、ぼくをなだめようとするんですか、それとも、分からないふりをしているんですか?　あなたのように立派な死者に相応しくありません。じつは、ぼくは心から詫びようなんて思っていません。これほど長い忘却は赦(ゆる)されない。長い歳月、手紙の束をぼくに見せようなんて、あなたは思いもしなかった、すっかり忘れていたからです。思い出させてあげましょう。あなたの前で手紙を読みます。それが、ぼくの仕返しです。

一九三四年九月二日

大切なジョリカ

避暑に行って、坊やは見事に日焼けしました。大きな川を見て、手を広げて歓声をあげている坊やをお見せしたかった。坊やは何もかもに——森や野原に有頂天で、茶色いウサギみたいに藪のなかを駆けまわりました。坊やはあなたをしきりに恋しがっています。家に帰ると、なぜラダウチでテルアビブじゃないの、なぜ父さんのとこじゃないの、と言われました。スーリーの家を訪ねたときには、アルトゥールはパパと一緒でいいな、と言いました。あなたと遠く離れているなんて、とってもつらい。多分、あと二か月、それとも、三か月かしら？　いずれにしても、一〇月半ば前にはそちらに着いて、坊やの誕生日を一緒にお祝いしましょう。四歳になるのよ、お祝いしなくちゃ。

それまでにはちゃんとしたパレスチナ市民になって、ひょっとしたらお金持ちに、尊敬される人物に、なってらっしゃるのね。こちらではみな、あなたがもうとてもいい仕事を見つけたと感心しています。月に八リラ！　邪視に魅入られませんように。もう、ディゼンゴフ家を訪ねました？　おじさまが市長なんて——たいしたことです。訪問しなくては、だめ。すぐには援助してくださらなくても、あなたの存在を知ってもらっておいたほうがいいのです。ディゼンゴフ氏は（パレスチナばかりか、いわば全世界で）、訪ねてくる人には親切に応えてくれる人として有名ですし、親戚ならなおさらです。

それで、ことばのほうはいかが？　ヘブライ語と英語を勉強していますか？　わたしはまだ。だって先生たちは夏休みから戻ってないし、秋の終わりにもうわたしはここにはいないんですもの。あなたのロシア語とわたしのドイツ語、そのうえ、あと二か国語なんて、考えてもみて！　でも、大事なのは、もちろんヘブライ語ね。

ブリキの飛行機を送ってくだすってよかった。坊やはもうプロペラのまわし方をおぼえて、お客様は、坊やとわたしがテルアビブのあなたのもとにどう飛び立つか見なくちゃいけないの。でも毎晩、あの子のママが飛行機を取りあげてガラス戸棚にしまいこむので、坊やはタンタロスの悩みを抱えてガラス戸棚の飛行機を見つめています。あの子、飛行機を分解したくてたまらないのよ。あなたの息子、ほんとうにあなたの坊やです。

ついでですが、新しい乳母（まだ彼女をご存じないわね）が、わたしたちと一緒にイスラエルの地に行きたがっています。連れていってもよろしいかしら？

八月一八日は、わたしたちの五回目の結婚記念日でしたが、おぼえてらした？　スーリーが豪華な午後のお茶会を用意して、ガーデン・パーティみたいに、大勢招いて祝ってくれました。いっぱい踊って、でも喜びの主である花婿（はなむこ）は不在。そちらは、どんなふうにお祝いなさいましたか？　来年は二倍もすてきなパーティを神のご加護を得て開きましょう。テルアビブの美女たちに囲まれていても、妻を忘れてはだめよ。あなたが恋しくて焦がれ死にそうです。

ユーリー

そしてこれは、チェルノヴィッツからラダウチへ

一九三四年九月二一日

大切な方々

ユーリーがわが家に来てもう数日になります。手術やむなし、です。単なる腫瘍ですが、パレスチナにはいい医者がいない、と言われて、出立前にケリをつけるべきだということになりました。ドクター・ヨバシュに診てもらったところ、ドクターの診断も、ドクター・オレンシュタインと同じで、単なる腫瘍でした。ただ、大きく違うところがあって、彼は子宮も摘出すべきだと言うのです。思いがけないことでした。こんなに若い女性が？　もう、ドクター・ヨバシュには診てもらいません。それに、あそこはだいたい高額すぎます。それに比べてドクター・オレンシュタインはとても親切で、自分の病院で手術しよう、いちばんきれいな病室も用意しようと約束してくれました。ドクター・オレンシュタインは私たちのロッジのメンバーです。フリーメイソンのこと、ご存じですよね。どうか、あまり心配なさらないでください。神様がお助けくださいます。手術は約一週後の予定です。ユーリーが何行か書き添えるそうです。キスを。

あなた方の、ララ

そうなのです、すべきなら、しなければなりません。わたしは大丈夫、ドクター・オレンシュタインはとてもいい方です。他のお医者様のところでは、患者さんたちのことも含めて、いろんなことに怖気(おぞけ)だちました。いつかお話しします。坊やがおじい様とおばあ様を恋しがってますから、チェルノヴィッツにいらしてくださいな。そのとき、わたしのパジャマを忘れないで持ってきてください。お金も少し、そう、五〇〇〇ぐらい。それと、ママ、たいへんでなかったら、つば広の緑の帽子も持って来てくださいな。手術のあと、公園に出かける時かぶりたいので。キスを。

あなた方の、ユーリー

郵便・電報電話局、パレスチナ、イスラエル。電報。【ラダウチ発一九三四・一二・一五、受信テルアビブ、ナフマン通り三八、カッツ家気付、パギス宛】ユーリー死去／我ら運命を受け入れざ

るをえず／強くあれ／子どもは預かる今来るに及ばず委細文（ふみ）／キスを

一九三四年一二月一八日
大切なジョー
私の奥底で魂が荒れ狂っています。恐ろしい嵐に襲われ、呆然（ぼうぜん）としています。私のもっとも美しい花はしおれて、もういません。あんなに愛らしいユーリーはいません。ユーリーは、パレスチナで必要になるから、とチェルノヴィッツに綺麗な品々を整えに出かけ、そうした品々をぜんぶ見せてくれました。このドレスはジョーと招待されるときに着るの、このドレスは彼とお芝居に行くとき用、と。日曜日のことで、その翌日には予定通り入院しました。ひどく具合が悪かった坊やはうちで預かりました。坊やの具合が悪くても、娘は手術を先に延ばしたがりませんでした、早くよくなってテルアビブのあなたに合流したいから、と言って。
苦しんでいるあいだ、私はずっと娘につき添い、娘の唇にキスすると、キスを返してくれました。そして、最後の最後に叫んだのです。ママ、ママが道を塞（ふさ）いでいる、わたしはもう土のなかに入りたいのに、ジークフリードが外に引きずり出すって。そのあと、娘を土のなかに降ろすのに立ちあいましたが、そんなことってあり得るでしょうか、もうじき家に帰ってくるはずだったのに。なぜ、逆でないのです、なぜ、娘が私のためにではなく、私が娘を哀悼する言葉を言わなければならないのです。自然の摂理に反しています。これほどのかなしみはありません、母である私がいたらなかったせいで、私にくだされた罰です。
チェルノヴィッツの墓地から、まっすぐ、熱にうなされている坊やを抱えてラダウチに戻りました。坊やは重病でした。ぞっとするような日々、もっと怖気だつ夜々が続きました。ですが、神は私たちの哀願を聞き入れて、坊やを返してくださいました。坊やの伯母たち、ララやスーリーがおもちゃを持って頻繁に訪ねてくれ、坊やを慰めてくれています。

いま、こちらにおいでになるには及びません。パレスチナの生活状況では、そちらで坊やの世話は無理でしょうし、こちらにおいでになっても坊やと暮らせなければ、坊やの胸はかなしみにつぶれるでしょう。ですから、いまはお越しになりませぬよう。坊やへの責任を全う（まっとう）する力が私たちにありますように。

母より

ああ、なんということでしょう。まだ、手紙の末尾にそう記してもいいのでしょうか？〉

「読んでくれてよかった、ダナレ。君の口から手紙を読み聞かせてもらえてよかった。わたしが忘れていたなんて、どうして思った？　スーツケースか何かにしまいこんでいたからか？　すべて、心のなかにしまいこまれている、そう言っていいならな。それに、あの晩、君が手紙を見つけたとき、わたしは他のものも、証明書とかいろんなものを見せただろう。そういうものをどこにしまっているかちゃんとおぼえているか、君だって見てたじゃないか」

「そうですね、父さん。あなたはキッチン側のベランダから寝室に行ったんだった。タンスから大きな黄色い封筒を取り出して、なかのものをいくつか見せてくれた。トゥールーズ大学の卒業証書（化学技師。学長のサインと縁飾りがいっぱいついていた）、結婚記念写真（理想的な光輪にくるまれた、理想的なプロフィールのカップル——写真屋は光輪を筆で広げ、父さんの眉（まゆ）と母さんのまつげも修正していた）。だけど、やっぱり忘れていたんです。証書や写真はそれ以前にも何度か見せてもらったことがある、ぼくがこの国にきた、たぶんその週にはもう。タンスには他に青色の封筒もあったが、ぼくは何かたずねなかった。手紙ですでに十分だった」
なぜ、イスラエルに来る決心をしたんですか？　遠まわしに、一度だけ訊いたことがあった。だって三四年にはまだヨーロッパのあのあたりに確たる危険はなかったし、あなたは、みんなが言っていたけれど、どのシオニズム運動にも属していなかった。「そうだな、すべてを一から始めようとした。だが、一緒に暮らすことはかなわなかった」。そう、あなたは答えたけれど、それが返事ですか？　ぼくは、寝室のタンスの、あの青い封筒に何をしまっているのか、すすんで見せてほしかった。だが、あなたはその封筒を開けなかった。

三年前、あなたの葬儀から戻って、ぼくがタンスに近づくとアヌシュカに、「何か捜しもの？」と、聞かれた。必要とあらば、アヌシュカの白内障はなんのさわりもない。シヴアのあとで、「ここにはいろんな書類が、なんかの証明書とか計算書が入ってるの。目が悪いからあたしは読めない。折りをみて、どういうものがあるのか説明してちょうだい」と言われた。二週間が過ぎてぼくが書類のことを言うと、「そうね、近いうちに、折りをみて」と返事がかえってきた。三年が過ぎて、ぼくはあきらめた。何年も前の、あの時、あなたが持っていた青い封筒がぼくのなかでどんどん大きくなっていくようで、ぼくは落ち着かなかった。ぼくに遺された秘かな宝物。さて、聞いてください。先週、アヌシュカはまた白内障の手術で入院し、ぼくは、いつだったか父さんにもらったアパートの鍵があるのを思い出した。まだその鍵が使えるとは思えなかった。アヌシュカが錠を替えたかもしれない。だが、替えてなかった。考えもしなかったのか、金を出し惜しんだのか。テルアビブに行ったとき試してみたら、ドアは魔法のようにすぐ開き、ぼくはすっとなかに入った。地下組織の盗人です。タンスの鍵はいつも引き出しに入っていたはずで、まだ、そこにあった。びくびくしながらタンスを開けると、いつかと同じ棚の、タオルの下に封筒があった。指を二本入れて大きな紙を引っ張り出した。あなたの卒業証書、縁飾りのついた化学技師の。それから結婚記念写真、いまなお理想的なカップルで、光輪があいかわらず輝いていて、微笑(ほほえ)みはこの前に見たときより大きいくらいだった。そして、さあ、青い封筒。ふるえと吐き気に襲われて、ぼくはタンスの前のあなたのベッド（淡い黄色のベッドカバーがかかっていた）に倒れこみ、封筒から書類の束を取り出した。ぜんぶ、同じ大きさのようだった。ぼくは書類を扇形に広げた、ポーカーゲームでカードを扇のように広げて端をのぞくみたいに。最初のカードは支払済の古い電話料金票。くだらない紙切れ。その次も、えっ、また料金票？　手をふって放ると、紙切れがはらはらとぼくのまわりに散った。ぜんぶ、すべて、何年も前の電話料金票だった。通話料金はこうこうで回線使用料はしかじか、ぜんぶに四角いゴム印が押してあった、支払済、支払済、支払済。

「だけど、ダナレ、なぜ、訊かなかったんだ？　訊いてくれたら、すぐ、何もないって言ったのに」

「ほんとうにあなたの坊やです」

ぼくは当惑してます、母さんがかわいい坊やだと二度も書き、「あなたの息子、ほんとうにあなたの坊やです」と、つけ加えていることに。いや、ちょっと待って、もう一度読みましょう。「あなたの息子、ほんとうにあなたの坊やです」――なぜ、「ほんとうに」？　「ほんとうに」とは、どういうことです？　その点に何か疑いがあるのでしょうか？　ぼくはひどく動転しています。ぼくにはとても訊けない、いや、でも、どうしても訊かなくちゃならない。「母さんと誰か、誰かってつまりぼくですが、いや、止めないでください、ぼくの目をしっかり見て、ちゃんと聞いてください。この国に来たのは、そのせいじゃないんですよね？　それとも、もっとはっきり言うと、パレスチナでもどこでもよかったんですか？　いやいや、止めないで――」

「ダナレ、どうした、ダナレ？　二人で、母さんとわたしで新しい暮らしをしたかったから、ここに来たんで、それについちゃいつかまた話すが、だが、どっちにしても、ほかの誰かのせいでなんてことはない。それに、だいたい、鏡を見てごらん、わかるだろ？　ひたいつき、切れ長の目、頬骨、そっくりわたし譲りだ。何でまた、病的な考えに取りつかれたものかね。母さんが手紙で――何だったかな？――『ほんとうにあなたの坊やです』と書いたのは、まさに、その通りだったからだ、ハハハ。生きていたら血液検査だってやっただろうが、（今日日はそれをやるんだろ？）、気を悪くするな、冗談だよ、もちろん君だったら検査しないだろうが、どっちにしても証明済みだ、合ってるよ」

「父さん、ぼくたちの土もです。[*1]ぼくはとてもうれしい、父さん」

「わたしは君たちの、君と母さんのために、パイオニアになった、ハハハ、ささやかな宿営地のパイオニアだったが、ダナレ、たちまち君だけになってしまった」

「なぜ話してくれなかったんですか？　この国に移民しようと決心したのはなぜか、なぜ一人で来たのか、どうやって仕事を見つけたのか、寡夫になり、再婚し、息子を得たのかについて（つまり、急に大きな息子が出現したということです。ジョークに過ぎません）。さあ、順を追って初めから終わりまで、ぜんぶ話してください」

「何を言う、ダナレ。順を追ってだと？　人生には順番なんてない、すべてごたまぜ、いつだって混乱して、ごちゃごちゃして、乱雑なものだ。離散者の哲学だ、なんて言うなよ。哲学なんてものじゃない、単にそうなんだ。順々に聞いて、順々に感じようなんて、まやかしだ。君は真実を望んだんだろ――まあ、それが何のためか、わたしには分からんが」

＊1　父は土葬されており、ダンにも死の予兆があるので、血の繋がりが土の繋がりに拡大されている。

〈一九八五年　ウィーンの図書館で〉

指定番号の席はふさがっていたが、ああだこうだ確認し直す時間はない。空席があったので、そっちに急ぐ。番号札をもらってくるべきだが、いまはどうでもいい、危険を承知だ。目の前に、四巻ある。冷や汗が流れて、机に滴りおちる。ぼくは、二分だけ、と自分につぶやいて立ちあがり、また閲覧席をかきわけて廊下の端の手洗いに走り、ひたいと目を洗う。三、四分後には四巻の前に戻って最初の巻をひらく。一九三六年版の「別綴じ版」。カラー写真、青色と茶色のインクの絵、続き物語、クイズ、子ども向けのジョーク――何という失望、はじめて開いたみたいで、何ひとつ記憶にない。「われらが読者」と見出しがついた欄の少年や少女たちの写真のページ。何か記憶に引っかかる、だが、何の？　ゆっくりと、時の忘却を遡り、月を追って、ページを繰っていく。また、「われらが読者」欄、「オーストリア、ドイツ、ズデーテンラントから届いた少年や少女たちの写真」。左下の隅で、ロシア風にわきでボタンを留めたシャツ姿の丸ポチャの六歳のぼくが、ぎこちない笑みを浮かべて、こっちを見ている。写真の下に、忘れようと努力を重ねて、やっと忘れたぼくの古い名前が、長い時に埋もれた骸のように浮かんできた。これだ。新聞編集部が註をつけていた。「われらがルーマニアの小さな若い読者は、すでに当紙の熱心な読者である」。時計に目を走らせる。あと、五分ある。ぼくはコピー機に走る。

君の名前

「君の名？　どっちの名だね、かまわなければだが？　わたしがつけた名（ああ、実をいえばわたしじゃない、ツィリおばさんが、どうかしらって言ったんだが）、ラテン語の響きのあるその名を、君はこの国に来た時に抹消した。君は平凡至極な名を選んだ。ダン、と。わたしは文句ひとつ言わなかった。君がこの国で消えたい、砂に落ちる水滴のように、この国に沁み込んでしまいたいと望んでいる、とわかっていた。何て言ったかな、名を変えて運も変える、だったか？　だが苗字までは変えなかったことを感謝している。わたしの言う意味がわかるか？」

「いいえ、父さん」

足音

あなたの歩き方にはリズムがあった。ひと足ごとに――軽くカチッと踵を合わせ、それから跳ねるように踏み出す、のんきな、そう、ちょっとふざけた感じ。カチッ、ポン、カチッ、ポン。ぼくは違う、重く一歩一歩踏みしめて歩く――ちょうどいま、父さんの墓から一歩ずつ遠ざかっていくみたいに。ぼくたちは正反対だった。あなたは陽気で、愉快で浅薄で、ぼくは猫背で無味。それでは、さようなら、今回の墓参もおしまいです、ぼくは自分の道を、門に向かう内側の道をせっせと歩いていきます。

ふいに、何か音が聞こえる、まず、踵のカチッ、それからポンと踏み出す、多分ちょっとふざけた暢気な足音。カチッ、ポン、カチッ、ポン。ぼくは走り出す。足音がぼくを追ってくる。ぼくとともに、ぼくの内を走り、あなたの足はぼくの足になり、あなたの死は、ぼくの死。

止まれ！　ぼくは自分に命令する。止まれ。止まるのはぼく、ぼく、ぼくだけで、あなたじゃない、あなたじゃありません。ぼくたちは正反対じゃなかったと白状します。ぼくたちはとても似ていたと認めます。願っていた以上に、認めたい以上に。けれど、二人の違いは歴然とあって、それは永久に変わらない。ぼくの靴のサイズは四三、そしてあなたのは——はっきりおぼえている——たったの三七。

「痛みと屈辱感」

「君の痛みや屈辱感は自己愛と甘えからくる、で、わたしのは?」

この気になる言い分、嫌悪を編み込んだ恐怖、恐怖を編み込んだ屈辱感、浅瀬にかかった魚網やしがらみの編み目のひとつひとつ、しがらみのひとつひとつは水しか捕らえず、水を捕らえて水を戻し、ただ水に浸かり、しがらみは何も捕えず、汚濁と塩味の嫌悪にまみれた屈辱と恐怖とともに引きあげられる——苦悩のしがらみについてのこの言い分は、すべてに恵まれた者の甘えや自己愛に過ぎないと言って(ぼくに不足しているものがあるだろうか? 収入、妻と子ども、家、終身雇用権つきの仕事、すべてある)、本当の苦境——たとえば、強制収容所——それとも、癌の病床——にあれば真の尺度を見つけたはずだと発展し、ぼくがあなたによそよそしかったとか、自著が思うように売れないとか、しょっちゅう所得税に煩わされているとか、にまで敷衍されるのですか? 悪意的なばかりか、くだらない言い分です。だってぼくは強制収容所にいたし、瀕死の病床にもあったし、当然、ほかの悩みごとは些細なことのように押しやったけれど、生きるためにどんな尺度が要求されるというのです? 恐怖や屈辱感を乗り越えるために、自らに決着をつけなければならないのですか? 言い分の主は(慰めるつもりで軽くいなして)、ヒツジの喩えに置き換えるつもりではないですか? 咽せかえりそうに狭苦しい家にヒツジがいると息がつまりそうになるが、ヒツジを外に出せば、空間がいきなりできてほっとする、というヒツジの喩えみたいに、死の足音やガス室や癌を、記憶のなかからひっぱりだして捨ててしまえば楽になるのに、と? なんてくだらない比較だろう。恐怖とか苦悩とか屈辱の漁網は、いま現在の仕事や本の悩みや人間関係と同じように、無意味でささいな編み目の穴に過ぎないかもしれないが、だが、その穴を作っている網のひもや結び目は、愚か者たちが慰めにいう死であり、苦悩なのです。それらは日々、ぼくとともにある。四角い花壇は、あれから時とともに飾り立てられた、多くの殺された者たちの墓に見え、部屋の絨緞でさえ、それに——それ以上、言う必要はないでしょう? で、父さん、あなたはそんなことにさえ思いいたらなかった。ぼくを見ていたのに、目をそむけていたとしか思えないが、(それに、ぼくは少なくとも一〇年、一二年、怖れを自分自身にさえ隠し通した。アイヒマン裁判のあと、やっと噴きだした)、その間、あなたはそれに気がついていたのをぼくは知っている。だが、あなたは何も言わず、何もしなかった。(ひょっとしたら、あなたの罪の意識を超えたものだったのかもしれないが、それでもぼくは、あのとき息子をこの国に連れて来なかったから、息子は暴虐をくぐり抜けねばならなかったと、あなたのせいにしたい)。でも、あなたは一度も、「家からヒツジをひっぱりだす」喩えは言わなかった。黙っていてくれてありがとう。あとを追って、ぼくも遠からず死ぬのを、父さんは知らなかったのに。

未来としての終わり

あと七年、あなたが亡くなって一〇年目のアヴ月のテルアビブの、滅多にない澄明な時刻に、父さん、小さなベランダに向かい合って座ろう。アパートの三階からではない、見晴らしのいい、はるかな高みから、ぼくたちにとって、すでによそよそしい大きな町が、遠いかなたの琥珀の光の数珠をたぐりよせて広がっているだろう。

そして、ぼくは見知らぬ墓地について、そこにぼくも近いのですが、はじめて、恥ずかしがらずに詩を引用しよう。
「風が起こる、さあ生きねばならぬ」[*1]
あなたは真剣に耳を傾ける。ぼくの思い出を尊重して、けれど、それがなんだね、というふうに、ちょっとふざけて。だが、二人のあいだの沈黙は了解を意味する。
順風と逆風がぼくたちの目の前で混じり、小さな渦になってたわむれる。ぼくたちのうしろのカーテンが風をはらんで広い帆のようになる、ただ、たわむれに。ぼくたちは、どこにも旅立たない、だってもう着いたのだから。そうでしょう？　あなたは黙ってうなずく。

＊1　ポール・ヴァレリーの詩「海辺の墓地」からの引用。“Le vent se lève! Il faut tenter de vivre!” 堀辰雄の「風立ちぬ、いざ生きめやも」が美しくて有名だが、異論のある訳なのであえて直訳した。

ダン・パギス　Dan Pagis

一九三〇年、ルーマニアの南ブコヴィナのラダウチに生まれる。母語はドイツ語。ブコヴィナは一八世紀半ばにハプスブルク家直轄領になって難民が流入した多民族多言語地帯で、ガリツィアのユダヤ人たち、すなわちパギスの母方の人々もいた。ドイツ語が母語でオーストリア文化を享受していた母と、ベッサラビア育ちでロシア語で暮らしていた父が結婚してダンが生まれた。父はシオニストではなかったが、ダンが四歳のときに職を求めてパレスチナに移民。後に続くつもりだった母が腫瘍手術で亡くなると、ダンは祖父母に引き取られ、第二次世界大戦時にはトランスニストリアの強制収容所送りになる。戦後、父はユダヤ機関に入国証明書を貰いに行き、祖母たちが出立準備を整えて、パギスをパレスチナに送りだした。その後は本作の記述のとおりである。

ダン・パギスはキブツでヘブライ語を習得し、教員養成セミナーで学び、卒業後は高校で教えながら詩を書く。ヘブライ語を習い始めてわずか数年で詩が書けたのは、表現を求める心の表れだったのだろう。二六歳で、エルサレムのヘブライ大学文学部に入学、英文学とヘブライ文学を修める。その間、借金をしながら自分のルーツであるヨーロッパを何度も旅する。六二年にはヘブライ大学で教鞭をとり出し（移民して一六年で、大学のヘブライ文学教師！）、わずかな資料しかない中世ヘブライ詩の解読と解説を続け、資料散逸を防ぐ手だても講じた。博士論文は「モシェ・イヴン＝エズラの詩論」。埋もれていたコスモポリタン作家ダヴィッド・フォーゲル（執筆はイディッシュ語）の発掘もしている。中世詩の研究が実を結んで、一六年目には正教授に任命された。教師としては要求度が高く、学生に予習やテキストの読み込みを求めたという。

詩人としては、イェフダ・アミハイやナタン・ザフ、ダリア・ラヴィコヴィッチらとともにヘブライ詩を現代にうけついだ。処女詩集『日時計』（一九五九）は、イデオロギーを高らかにうたう従来のヘブライ詩とは異質で、時代に対する問題意識の欠如や、象牙の塔にこもっているとの批判もあったが、水晶のような内省的なきらめきや畏れが見える。『遅くまでの滞在』（一九六四）には、記憶やあきらめのうちの妥協、異邦性や異質性が描かれている。『ギルグル　変容』（一九八四）ではアイヒマン裁判で過去から少し解放されたのか、ショアを取り上げた。逝去後には未発表作品や本短編「父」を網羅した『全詩集』（一九九四）が刊行され、版を重ねている。

パギスにはイスラエルに渡る以前の一六歳までに親しんだドイツ文学の影響が濃く、同郷のドイツ語詩人パウル・ツェランと似た風合いの作品もある。ブコヴィナには、ツェランやパギスと同じく裕福な同化ユダヤ人家庭に育ち、ショアを逃れ、不条理な体験を表象可能にしようと闘ったヘブライ語作家アハロン・アッペルフェルドがいる。

没後に編まれた『全詩集』の掉尾を飾る本作品は、父への鎮魂歌として、父の死去時から筆を起こすかたちで、疎遠になった理由を探り、いくつもの疑いを解き、父を恕し、父を受容していく過程を綴った散文詩である。パギスのショア後遺症は凄まじく、長年、鬱的発作に苦しんでいた。映画「ニュールンベルグ裁判」を観たときは中途で映画館を飛びだしたという（アダ・パギス著『心、不意に』）。映画で、ショア生還者は見世物のように描かれていた。世間はショア生還者を貶めたり同情したりと目まぐるしく態度を変えていた時代でもあった。父親は一九八二年に、ダンはその四年後の一九八六年に五六歳で亡くなった。本編は死の前年の作である。作中にもあるように「ダン」はイスラエル移住時に詩人自身が選んでつけた名で、誕生時の名は妻のアダも知らないという。

聖書物語

空のとりあい——太陽と月と

『神はふたつの大きな光るものと星をつくり、大きなほうに昼を治めさせ、小さなほうに夜を治めさせられた。神はそれらを天の大空において、地を照らさせ、昼と夜を治めさせ、光と闇を分けさせられた。神はこれを見てよしとされた』（創世記一章一六〜一八節）

世界が誕生した第一日目に太陽と月がつくられた。だが、太陽と月はそれぞれの場所に置かれたままで、第四日目になってようやく、それぞれの仕事が決められた。つくられたとき太陽と月は、同じ大きさ、同じ光の強さで、光り輝くようすも美しさも、同じだった。

はじめのうちは太陽も月も満足して、世界を照らす自分の仕事に精を出した。だが、まもなく競争心が芽生え（めば）だした。月は姉の太陽をうらやみだした。うらやみの心が募るにつれて、月の顔は青ざめ、光もだんだん弱くなっていった。そして、光が弱くなればなるほど、姉の太陽はきっと神といい関係にあるので、自分より光って、自分よりずっと輝いて見えるのだと、月は思い込むようになった。

「おまえの顔が小さくなり、光が弱くなったのはどうしたわけかな？」と、神は月にたずねた。

月は創造主に苦々しい心のうちを訴えた。

「神のなさりようはおかしいと存じます」そう、月は返事した。

「わたしが変なのではなく、うらやみでおまえの顔が青ざめて光が弱まったのだよ」

「いいえ、神よ、うらやましくて光が弱くなったのではありません。あなたのこの世の動かし方がおかしいので、それをかなしんでわたしは暗くなるのです」

「何を言いたいのだ？」

「神は天と地をつくられましたね？」

「そのとおり、天と地をつくった」

「大きさは同じだったでしょうか？」

「いや。天は地よりも大きくて広い」

「神は、水と火をおつくりになりました。水は火を消しませんか？」

「たしかに、水は火を消す」

「神は、姉の太陽と妹の月をおつくりになりました。わたしたちを同じようにつくり、同じ光を与えられました。二人を、どうやって区別できましょう？　二人のどちらかがずっと大きくて、ずっと強いほうがいい、とはお思いになりませんか？　神はわたしたちがそっくりであるようにとお望みでしょうか？　それに、意味はあるのですか？　どちらかが優れていなければ、二人をつくった意味がないではありませんか？　ほんとうは、二人をそれぞれ違うようにつくったのではありませんか？」

神は月をするどく見つめ、きびしく答えた。

「おまえは、太陽がおまえより大きく、美しく、より明るくあってほしいとは望まないのだな？

おまえは太陽よりも大きく、力も強大でありたいと願うのだな？」

月は笑みを浮かべ、輝く面をたてにふった。

「おまえは自分勝手で、うらやみが強すぎる。だから、きびしく罰しよう。これから先、おまえの光は衰えていき、太陽の六〇分の一の輝きになる」

神にそう宣告されると、月は自分の光がだんだん薄れていくような気がした。顔の青白い炎熱が少しずつひいて弱まり、ついには、太陽の六〇分の一の輝きになってしまった。

涙をこぼす月の青ざめた面は、おそろしいほど透きとおった。

「神よ」と、月はかなしげに言った。「たしかにわたしは自分勝手で、ねたみがましいことを口にしました。ですが、筋がとおって理にかなったわたしの訴えに、神はこれほどまでの罰をお与えになるのでしょうか？」

神は月をあわれんだ。

「たしかにきびしすぎる罰だ。それでは、いつかおまえにも輝きを戻してやろう。そのとき、月の光は太陽の光と同じになるだろう」

月は少し元気を取りもどした。だが、また、日ごろの癖がでたというか、衝動にかられて言った。

「約束をかなえてくださる日、そのとき、太陽はどうなりますか？　そのときにも同じ大きさでしょうか？」

神は憤って、燃えた。

「またも、うらやみを口にして、またも、姉の太陽を傷つけるようなことを願うのか。では、知るがいい、約束の日には、太陽の光は七日間の光にも匹敵する七〇倍の光になるだろう。さあ、もういって、闇をその青ざめた光で照らし、おまえのまわりを暗闇でかこむのだ。うらやみの罪をよくおぼえておけ」

月は黙り込み、うなだれて神のもとを去り、自分の持ち場に戻った。とちゅう、楽しげにきらきらと輝く光をふりまいている太陽と出会った。

　太陽は月を見つめて、口ごもりながらたずねた。

「どうしてそんなに暗い顔をしているのです？　いつもの輝きはどこへいきました？　いったい、どうしたのです？」

「ああ、何が起きたかわかりますか？　神がわたしのうらやみを罰せられて、わたしから光を取りあげられました。もうわたしは、あなたと同じではないのです。わたしは太陽の六〇分の一の光しかないのです。あなたとは違って、わたしはあわれな奴隷みたいなもの。ああ、何とかなしい、つらいことでしょう」

「何てきびしくつらい罰でしょう。でも、神が光を全部とりあげられなかったのを、喜ばなくてはいけません」

「残った光で何ができましょう。もう誰も、わたしを尊敬しても畏れてもくれません。あなたのそばにいたら、輝く女王のそばに、うす汚れてかぼそい光の暗がりがいると言われるのがオチです」

「そんなことはありません」と、太陽はなぐさめた。「わたしだっていつもみんなに愛されているわけではないのですから。ときとして、わたしは熱で地を焼き焦がし、草木を干あがらせ、燃えるような光で畑の作物も、家も大きな森さえ焼き尽くしてしまいます。人々は、わたしの姿が隠れてほしい、日かげで憩い、心を休めたいと、ときには思っているのです」

「なぐさめてくださるのですね」と、月はすすり泣いた。「この世はみんなあなたの光、あなたのあたたかさを求めているというのに。あなたが差しのばすあたたかみがなければ、世界は雪と寒気で凍ってしまいます。あなたの光がなければ、草や木も死に絶え、地上には生命がなくなってしまいます。人々はあなたを敬います。なのに、わたしはいつだって軽蔑(けいべつ)の的なのです」

「いいえ、そんなことはありません」と太陽は元気づけるように言った。「だれも、あなたを侮ってなどいません。月には太陽と違う役目があるではありませんか。わたしは世界に光と暑さと生命をもたらし、日中はぎらぎらと照らして輝きます。いっぽう、あなたは夜のあいだ、おだやかでやさしい、眠りをさそうような静かな光をそそぐのですから」

「ほんとうに、わたしを望んでくれるものがいるでしょうか？」

「もちろんですとも。日々の仕事に疲れ果てた者たちは、あなたを恋しがり、照りつける暑さからの避難場所として、あなたを恋い慕うでしょう。あなたの姿ははっきり見えるので、詩人や恋人たちが夢をつむぎ、美や平安や夢を愛する者たちがあなたを恋い求めるでしょう」

「何とやさしく、わたしの心をなぐさめてくださるのでしょう。そうですね、夜の闇に夢や望みの光を求める人々の心を慰めるようにつとめましょう。恋人たちにつきそい、わたしの光を愛(め)でて詩が生まれるよう、詩人たちを魅了しましょう」

「ほらほら、さっきよりずっと、あなたは輝いていますよ」

「うらやんだことを恥ずかしく思います。いまやっと、罪の大きさに気がつきました。創造主はもう決してわたしを赦(ゆる)してはくださらないでしょうが、双子の姉妹のあなたはわたしを赦してくれますね？」

　太陽が答えるまえに、とどろくような声が静寂を破った。

「月よ、いまのことばを聞いた。うらやみの罪を悔い、姉に赦しを乞うたので、あわれみと赦しの神はおまえをなぐさめよう。夜の闇を、おまえの青ざめた光で照らし、あたりが畏れと秘密ばかりにならないよう、おまえが孤独に旅することのないようにしよう」

見えない手が天空にあらわれ、手のひらいっぱいの光の穂で月のまわりを飾り、月のうしろにもばらまいた。きらきらとした光の穂が天空に散らばった。光は星になって、天空高くまたたいた。

また、神の声がとどろいた。

「月よ、おまえが夜ごとに天に上るとき、おまえのやわらかな光で世界を照らすのだ。数知れない星がおまえにつき従い、仲間のように迎えてくれるだろう」

月の面が輝くと、きらきらと星たちはまたたき、うれしそうにきらめき返した。

人間（アダム）の誕生

『主なる神は、土（アダマ）の塵で人（アダム）を形づくり、その鼻に命の息を吹き入れられた。人はこうして生きる者となった』（創世記二章七節）

『ラビ・メイールは言った：最初の人間は世界すべての土から作られた』（サンヘドリン三八）

創造の第六日目に猛獣や家畜、地を這（は）うものや虫など、さまざまな種類の生きものをつくりだした神は、その業（わざ）をほめ讃えながら集まってきた天使たちに囲まれて玉座に腰をおろした。

神は、山や海、谷や川をいとおしんで眺めわたし、動物や鳥、木々や草や花々を目でなで、なんとこの世界は美しくよきものだろうと喜んだ。

神は、世界の創造に満足してはいたが、それでも、何かが足りないような気がした。父に対する子のように、神の心に近しい存在がいないと感じていた。神の心にかない、創造の鍵を知り、世界を統率し、創造主のかわりに世界をおさめ、その目的を達成できる者がいなければならない、と思った。

とりまきの天使たちに神は言った。

「われらの姿に似せて人間(アダム)をつくり、わが手になるこの世界すべてをおさめさせよう」

天使たちは、嵐のようにざわめきたった。神のことばをつぎつぎに伝えながら、一部の天使たちは人間が統率者になると世界はどうなるだろう、と不安になったり、心配にかられたりした。神によってつくられた新たな世界はまだその緒(しょ)についたばかりだったから、人間が世界に道すじをつくり、神の創造を守り伝えてくれれば、創造は終わることなく続き、日々に新たになると喜ぶ天使たちもいた。「人間の創造に賛成」派と「反対」派ができた。天使たちは仲間同士で群れた。

真実(エメット)の天使が神のもとに進みでてひざまずいた。

「世をすべる神よ、人間の創造はなさらないでください。人間の嘘(うそ)や偽りが気になります。人間は躊躇(ちゅうちょ)することなく偽りの道を歩み、真実を踏みにじり、虚偽をまき散らすでしょう。すべてを自分の思いのままに牛耳り、自分の利益を優先しようとし、自分の目的のために世界のすべてを奴隷にしてしまうでしょう」

慈愛(ヘセッド)の天使が青ざめた顔で進みでた。

「どうか、創造主よ、エメットのきついことばに耳を貸されますな。人間を創造なさいませ。人間は情け深く、生きとし生けるものを愛し、すべてに恵みをもたらすでしょう」

涙をこぼしながら平和(シャローム)の天使が進みでた。涙で上気して声はかすれていた。

「どうか、世界の神よ、人間をおつくりなさいますな。人間の本能は若いうちから悪に目覚めるはず。人間は戦いを起こして弱いものを倒し、世界を支配しようと破壊のかぎりを尽くし、殺戮(さつりく)もいとわないでしょう。悪しき本能と戦いで世界を醜悪にいたします」

正義(ツアディク)の天使がすっくと顔をあげて進みでた。朗々とした声で天使は言った。

「どうか、神よ、人間を傷つけようとすることばに耳をかさないでください。人間は正義をおこない、法をつくり、正直に裁くでしょう。生きとし生けるものを慈しみ、弱いものには手をさしのべ、世界を正義と法でおさめるでしょう」

真実（エメット）を支持するもの、慈愛（ヘセッド）を支持するもの、平和（シャローム）を、正義（ツアデイク）を、と分かれて、ああだこうだと天使たちは言い募り、そのうち、口論から喧嘩（けんか）にまで及びそうになった。

そこで、神は「静かにしなさい」と声をかけた。

神は大天使ガブリエルを呼んだ。

「行って、地の四隅から土を採ってきなさい。それで人間をつくろう」

大天使ガブリエルは急いで使いに出た。大天使ガブリエルが使いに出ているあいだに、天使シュアリエルが神のもとに進み出た。

「神よ、なぜ大天使ガブリエルに、地の四隅から土を採ってきなさい、と申しつけられたのですか？　土なら、一か所の土で十分ではありませんか」

「大天使ガブリエルに余分な労をとらせたと思うのか？　わたしの業のひとつひとつに意味と目的が込められているとは思わないかな？」

「おゆるしください。神のなさることすべてが見事な目論見をあらわしており、神が世界をつくりだされた、その裏づけとなる考えまでもあらわしていることはよく存じております。ですが、大天使ガブリエルを送りだされたその意図は、いささかわかりかねます」

「では、好奇心の強いおまえに説明しよう。ある場所から土を採れば、人間はその場所に属することになろう。いつか、その地が『ここから人間が誕生したのだから、ここが世界でいちばん大切なところだ』と言いかねまい。それゆえ、世界のあらゆる地から土を集めてこいと大天使ガブリエルを送り出したのだ。そうすれば、世界じゅうの土が集まることになる。その手のひらいっぱいの土から人間をつくりだせば、人間はある特定の場所だけに属すのではなく、すべての地が人間のうちに存在することになる。そうなれば、『自分はよその地より優れている、人間が生まれたのだから』と、どの地も言うまい。いかなることがあろうとも。どの地も、どの民もわたしの目に等しく、人間はその大きな世界の息子になる」

大天使シュアリエルはまた言った。

「神よ、もうひとつおたずねしたいのですが……」

「たずねるがいい、息子よ、なんだね」神はくつろいで言った。

「なぜ、人間一人をつくるのですか？　そばに女もつくらないのです？」

「いい質問だ。人間の男をつくるが、なぜ何人もつくる。その二人からつぎつぎと人間が生まれるだろう。それも、将来生まれてくる人間たちに、自分たちには父が一人と母が一人いる、と知らしめるためだ。誰が優れているとか、誰の血筋がいいとか、誰が人より上だということもない。世界じゅうの誰もが最初の人間二人の子で、誰にも同じ権利があると知れば、特権を持った者に集まることもなく、みんなが同じ祖先から生まれでたのだから、すべての人間は平等で、同じ権利を持っていると知るだろう」

気がかりそうに顔にしわをよせ、いらいらと隅に立っていた平和（シャローム）の天使が口をはさんだ。

「ですが、世界の主よ、人間は戦いを繰り広げ、あらゆるものを破壊し、死にいたらしめる武器をつくりだすでしょう」

「そのとおりだ、シャローム。おまえの言うとおり、戦いが世界を破滅させることもあり得よう。だが、きっと、自分たちの歴史を遡れば、父は一人で母は一人だと知り、彼らからすべての人間が生まれてきた、と悟るだろう。そう悟れば、きっと、人それぞれの存在の大事さに気づくはずだ。人一人を失うことは世界を失（な）くすに等しい、人一人を殺すことは世界全体を殺すに等しい、人一人を助ければ世界を永らえさせることになる、と知るはずだ」

平和（シャローム）の天使は席にもどり、大天使シュアリエルがまた進み出た。

「創造主よ、もうひとつ、おたずねします。人間を、かほどに重要で世界全体を統率する存在として考えておられるなら、なぜ、最後に人間をつくられるのです？　すべての被造物に先んじて人間をつくるべきではなかったのですか？」

「いや、すべてに先んじて人間をつくるのは正しくない。世界は人間のためにつくられたものである。ゆえに人間をつくるときには、人間のための世界が、何ひとつ欠けることなくできあがっていなければならぬ。たとえ、もし、人間が慢心し自惚（うぬぼ）れるようなことがあっても、つねに、自分は最後につくられたのだから威張る理由などひとつもない、と自戒することにもなろう。高慢になり、傲慢（ごうまん）になったら、人間は、『神の創造では蠅がおまえに先んじ、蚊がおまえに先んじ、ミミズがおまえに先んじてつくられた』と自らを戒めることだろう。そして、世界全体が自分のためにつくられたものだと知れば、謙虚になり、誠実になるはずだ。世界を支配しよう、利用しようとは考えないだろう。自分の利益を優先したり、世界を思うまま操ろうなどとは考えず、おだやかにみんなと協調し、愛とやさしさをもって暮らしていくだろうから」

　神は土から人間（アダム）をつくった。

世界でひとつ、そして、世界のすべてがその心に宿った。

葡萄酒を四杯飲むと

『箱舟からでたノアの息子は、セム、ハム、ヤフェトであった。ハムはカナンの父である。この三人がノアの息子で、全世界の人々は彼らから出て広がった。さて、ノアは農夫となり、ぶどう畑を作った。あるとき、ノアはぶどう酒を飲んで酔い、天幕の中で裸になっていた』(創世記九章一八〜二一節)

大洪水のあと、大地は荒れ果て、村という村が破壊されて汚泥の底に沈んだ。農作物は全滅し、畑は洪水に押し流されてしまった。根こそぎ倒された木々がゴロゴロと道の端に転がっていた。子どもの歓声は聞こえず、人っ子ひとり、影も形も見えなかった。

生きものたちは箱舟を出て、新しい生活をはじめようと、荒れた広大な地に散っていった。ノアの家族も新しい生活をはじめよう、荒廃した地を何とか耕しなおして、まともな暮らしを築こう、と努力した。

だが、ノアは、新たな現実を受け入れられなかった。腐った作物が散らばる畑に立つと、額に汗して耕していた農夫たちや、豊かな実りを背負って歌をうたいながら列をなしていた人々が思いだされるのだった。村々を見てまわり、荒れ果てたさまに胸を痛めて涙した。目をつむって、外でたわむれる子どもたちの賑やかな声を、犬の鳴き声や卵を産み落とすメンドリの鳴き声を、牛小屋にいる牛、放牧から戻る羊たちの鳴き声を、思い浮かべてみたりもした。だが、目の前には家の残骸しかなく、ただならぬ静寂が耳を打つばかりだった。地上からは喜びが消え失せ、消え果ててしまっていた。ノアの胸は、たとえようもないさびしさと深いかなしみに満ちた。

かなしみに沈んだノアは、葡萄（ぶどう）の苗を植えよう、そして、心を慰め憩わせてくれる葡萄酒をつくろう、と思いたった。ひょっとして上等な葡萄酒のなかになら、喜びが見つかるかもしれない。

ノアは荒地に家を建て、そのまわりの土地を耕した。葡萄の苗を植えるための土づくりだった。

そこへ、サタンが通りかかった。サタンは人間や生きものが大惨事に襲われたのがうれしくて、荒れ果てた地をウキウキしながら見てまわっていた。土地を耕しているノアを見つけると、サタンはニンマリと笑みを浮かべた。ピンと尖った耳までとどきそうな大きな笑みだった。

「何を植えるつもりだい？」サタンが訊いた。

「葡萄を植えようと思っている」ノアは言った。

「葡萄？」サタンは無邪気そうに繰り返した。「なぜ葡萄だ？　畑の種まきは終わったのかい？　果樹は植えたのか？　野菜はどうだ？」

「葡萄を育てるんだ」と、ノアは繰り返した。「ひとすじの喜びさえ見つからない、暗くてさびしい世の中になってしまった。葡萄が育って実をつけたら、それを絞って葡萄酒をつくるつもりだ。そしたら、少しは憂（う）さも晴れようし、家族のみんなも慰むだろうから」

「気分転換ってわけだね」サタンはおちゃらかすように言った。「大洪水の残骸が見渡す限りに広がっているってのに、憂さ晴らしってわけかい？　歌声さえ洪水に流されちまったのに、歌をうたうつもりかい？　鳥さえ水で喉（のど）をつまらせ、羽のあるものたちだって風に追われて戻ってこないというのにさ？」

「ほっといてくれ」ノアは言った。「忘れるために葡萄酒を飲みたいんだ。酔って、洪水に流された人たちを忘れたい。水中で鳴いてあがいていた動物たちの声を、巣から水の渦に巻き込まれていったヒナたちを忘れたい。何も思いだしたくない」

「だったら、俺も手伝うよ」サタンは言った。

ノアはうなずいてサタンのために家に鍬をとりにいった。畑に戻ってくるとサタンの姿はなかった。サタンの鍬を畑の端っこに置いて、ノアは耕しはじめた。

しばらくすると、サタンが羊を抱えてあらわれた。サタンは屠畜用の長い刃を抜いて羊を殺し、その血を畑にぶちまけた。ノアは唖然とした。何がなんだかわからなかった。

ノアが畑の血を拭おうとすると、サタンは衣の裾をさっとひるがえして消えてしまった。妙な奴がいなくなったので、ノアはほっとして鍬をとった。耕していると額に汗が浮かんで、腕が痛みだした。そこに、またサタンがあらわれた。砂漠で捕まえたらしいライオンをかついでいる。サタンはライオンの心臓に屠畜用の刃を突き入れ、その血を畑にぶちまけて消えた。

ノアは怒った。今度やってきたら捕まえてやる、畑に血なんかぶちまけさせるものか。鍬に寄りかかって目をカッとみひらき、サタンの到来を待ちかまえた。昼の日ざしは容赦なかった。頭がくらくらし、目がかすんでふさがりそうだった。そこに、大暴れしている猿を抱えて、サタンが戻ってきた。ノアはぼうっと幻影を見ているような気がした。サタンは猿を殺して、その血を畑にまいた。ノアがはっと目を開けると、すでにサタンの姿はなく、猿の血が点々と畑に散っているばかりだった。

ノアは這うように近くの泉にいって水を飲み、灼熱にひりひりする顔を泉の水で冷やした。

葡萄畑に戻ると、サタンが豚を殺して血をまいていた。

「なんてことをする！　悪者めが！」ノアは怒鳴った。「そういう罪深いことを重ねてきたから、大洪水が起きた。血を流させる悪を、邪悪の血を、洗い流すために洪水が起きたんだぞ」

サタンはカッカッと笑った。

「おまえは、葡萄の樹が実をつけたら、その実を絞って葡萄酒をつくると言っただろう。葡萄酒を飲んで酔っぱらったら、今日、俺がここでしたことの意味がわかるだろうよ」

「失せろ！　行っちまえ！」ノアは叫んだ。「おまえみたいな奴とはいっさい関わりたくない」

サタンはニヤリとした。

「酔っぱらいはみんな俺の仲間さ。おまえが葡萄酒を飲んで酔っぱらったら、俺の仲間になるだろうよ」サタンはそう言うと、黒い衣の裾をひるがえして姿を消した。

何日も過ぎ、何週間も、何か月もたった。葡萄の樹は育って葉をのばし、実をつけ、実が熟れた。ノアは熟した実を摘んでつぶした。つぶした葡萄液の見事に澄んだ上澄みを皮袋につめた。皮袋がいくつもできた。皮袋のひとつにノアは口をよせ、ゴクンと大きく飲んでみた。芳醇（ほうじゅん）な香りにくらくらした。酔いがまわりそうだった。また、皮袋に口をよせて、ゴクンゴクンと飲んだ。しばらくすると酔いがまわって悩みがすうっと消えていった。

酔いから醒（さ）めると、サタンのことばが浮かんできた。

サタンの言ったとおりだ、酔っぱらったらサタンの仲間になる、とノアは気づいた。

葡萄酒をひとくち飲むと、心がおだやかになって落ち着く。子羊のごとく無邪気でのどかな気分になる。ふたくち飲むと勇敢でライオンみたいに強いと思う。もっと飲むと自制を失い、猿のように暴れまわり、もっと重ねて飲むと豚のように酔いつぶれてしまう。

ノアは葡萄酒をひとくち、祝福のために目の上にかざして飲み、急いで皮袋を隠した。サタンの仲間になるのは、ごめんだった。

聖書物語について

『聖書』（תנ"ך タナフ）はヘブライ語で記された、ユダヤ民族の歴史書で聖典で法規で文学である。キリスト教ではイエス・キリストの言行録などからなる『新約聖書』に先行するものとして『旧約聖書』と呼んでいる。なお、旧約や新約の「約」は神との「契約」を意味する。

『聖書』の最初にある「創世記」「出エジプト記」「レビ記」「民数記」「申命記」を「モーセ五書」または「律法」と呼ぶ。聖書にはほかに、民の離反に怒り、警告を与える預言書があり、「ヨブ記」や「詩編」、「箴言（しんげん）」や「雅歌」もある。

「モーセ五書」冒頭の「創世記」では、天地創造が六日間でなされ、エデンの園には命の木と善悪を知る木があり、土くれからつくられたアダムとエバは善悪を知る木の実を食べて園から追放される。スタインベックの小説『エデンの東』の元になったカインとアベルの物語もあれば、ノアの方舟やバベルの塔、退廃の町ソドムや塩の柱になったロトの妻、最愛の息子を捧げられるか神に試されたイサクの犠牲（アケダット・イツアク）など……ここまでで、創世記五〇章のうちの二二章にしかならない。ぜひ、聖書そのものでも、リライトされた聖書物語でも、読んでいただきたい。おもしろいこと受け合いです。

アディール・コーヘンの「金の鎖」シリーズは青少年向けに蒐集編纂（しゅうしゅうへんさん）され、〈伝承やアガダをとおしてみるイスラエルの民と歴史〉と副題がついた六巻からなる。訳出の三編は、その第一巻の『アガダの園』〈創世記〉からだが、どの話も聖書の数行から想像（創造）をふくらませて紡ぎだされた、なるほど、な物語である。

「空のとりあい――太陽と月と」は、創世記一章、天地創造の第四日目の物語。神は二つの大きな光るものと星をつくり、それぞれに昼と夜を治めさせたが、本書では二つの光るものは姉妹で、それぞれの特性と欠点が語られる。

「人間（アダム）の誕生」は創世記二章、天地創造を終えてひと休みした神は、土くれから人間をつくった。ヘブライ語で土や地面をアダマという。そのアダマからつくられた人間はアダムとなった。ちなみに、エバ（イヴ）はヘブライ語ではハヴァと呼ばれ、語源はハイム（חיים 生命）。生きとし生けるものの母という意味である。「真実（エメット）」「慈愛（ヘセド）」「平和（シャローム）」「正義（ツアディク）」の天使たちが人間誕生の是非を評定する、というより神に意見しようとする。それを上まわる神の叡智（えいち）に、天使どころか現代人はぐうの音（ね）も出ない。

「葡萄酒を四杯飲むと」は創世記九章から。「ノアの方舟」を出たノアは土地の荒廃ぶりに落胆し、心を慰めようと葡萄を育てて葡萄酒をつくる。その過程でサタンに悪さをしかけられて腹を立てるが、酔ってみてサタンの教えを知る。聖書本文ではノアは酔って天幕で裸で眠り、末息子のハムはそれを兄のセムとヤフェトに告げた。二人は酔いつぶれた父を見ないようにして裸を覆った。告げ口をしたハムの息子のカナンは呪われた。

編者のアディール・コーヘン（一九三七年〜）はイスラエルのリション・レツィオンに生まれ、ヘブライ大学で哲学と文学を学んだのち、ニューヨーク大学で博士号を取得。ハイファ大学教育学部で教え、そこに児童文学センターを設立した。児童書も書くが、聖書や民話伝承のアンソロジー編纂に優れている。

編訳者あとがき

フランツ・カフカやJ・D・サリンジャー、アイザック・B・シンガーやパトリック・モディアノなどの作品にユダヤ人っぽさを見つけると得心がいったり、その普遍性に胸が詰まったりする。こじつけのようだが、イスラエルのヘブライ語文学を読んできたせいなのか、その想いがときにいっそう強くなったりする。

そのイスラエルの文学を知っていただくために、いつものようにイスラエルの紹介から始めたい。イスラエルは地中海に面した四国くらいの面積の国で、レバノン、シリア、ヨルダン、エジプトのアラブ諸国に隣接している。かつてはエジプト文明とメソポタミア文明に挟まれた要衝であったために攻防が繰り返され、支配者が次々と変わった。一世紀にはローマ帝国の属領としてパレスチナと呼ばれ、イスラエルと呼ばれるようになったのは一九四八年に独立してから。人口は約九五〇万人（二〇二二年調べ）で、ユダヤ人が人口の四分の三、アラブ人が五分の一、そのほかを、アルメニア人やチェルケス人やキリスト教徒たちが占めている。人口増加率が日本に比べて格段に高いので、一千万人を超えるのも間近い。英国委任統治（一九二二〜四七年）終了とイスラエルの独立（一九四八年）で始まった第一次中東戦争（独立戦争）でイスラエルは勝利して国連の分割決議より広い領土を得た。休戦協定で設定された軍事境界線も認めていない。その結果、大量のパレスチナ難民が生まれた。現在、ヨルダン川西岸とガザ地区の「パレスチナ自治区」に居住している人々は以前の生活に戻ることを切望している。二つの自治区間でも意見の相違があって宥和できないでいる。

イスラエルは移民を受け入れていて、出身地による格差が経済や文化の面で見られる。右傾化も目立つ。中東問題や紛争についてはおおかたの関係書に記されているのでそれをお読みいただくのが一番いい。ここでは言語と文学について大まかなところを触れておきたい。

一九世紀になって東欧やロシアでポグロムが頻発し、それに呼応した民族主義の高まりからオスマン帝国治下のパレスチナに（自分たちの郷土をつくろうと）移民してきたユダヤ人たちは、古代の聖書のことばを当時の暮らしに合わせて再生させた。

約二千年ものあいだユダヤ人は世界各地に離散し、離散した土地の言語で暮らしていたので、パレスチナではバベルの塔的な言語の混乱を招く虞があった。聖書のことばがそれを救った。離散地のユダヤ人たちは生きる支えとして、学びの基本として、聖書のヘブライ語を知っていたからだ。シオニストたちのなかで言語面をあずかっていたリトアニア出身のエリエゼル・ベン・イェフダは文法をわかり易くし、聖書時代にはなかった、例えば「汽車」とか「電話」、「郵便」などのことばを聖書や文献にあたってつくりだし、新聞で広めた。彼らには先見の明があった。生まれてくる子どもたちのためにヘブライ語で物語をつくり、故郷の文学をヘブライ語に訳し、授業を（教師でさえ不慣れな）ヘブライ語で行ったのだ。そもそもヘブライ語は「聖なる言語」だったので、宗教人たちの反発にはきびしいものがあったが、一九三〇年代にはヘブライ語で育った世代が創作に加わるようになった。こうして、古代の聖書のことばに、時代に即した造語や兵役スラングなどが混じった現代ヘブライ語による文学が誕生した。

日本の近・現代文学が明治から始まったとすると、その歴史は一五〇年余。現代ヘブライ文学はそれより少し遅れて始まったといえる。表現や形態など、両言語とも多様で多彩である。

もうひとつ、イスラエル文学は基本的に、イスラエル生まれのユダヤ人、イスラエル生まれのアラブ人（イスラエル・アラブ人）、各国から移民してきたユダヤ人が生みだしてきた、ヘブライ語とアラビア語、ときには英語やロシア語ほかも共存する文学であることを付け加えておかなければならない。本書は「ヘブライ語で記された文学の選集」であるため、アラビア語の作品は収録していない。が、収録したイスラエル・アラブ人でキリスト教徒のアターッラー・マンスールの「コーヒーふたつ」と哲学者のエディ・ツェマフの「ショレシュ・シュタイム」が、イスラエルに住む、あるいは住んでいたアラブ人の状況を寓意的、かつ的確に伝えている。

ヘブライ語の文学は東欧ロシア出身者たち（アシュケナジーム）が描いた「理想国家」に添うように育ち、それこそ、ロシアに倣(なら)ったかのようにシオニズムのプロパガンダ的な作品がもてはやされた時期があった。そして、度重なる戦争や対パレスチナ問題で草創期の理想を失った、という自己批判も噴出した。

その頃には、イスラエルで生まれ育ったヘブライ語世代の文学が根を張りだした。そこに、北アフリカや中東諸国の出身者たち（ミズラヒーム）が加わった。彼らは時をおいては波のようにやってきた。世界各地や旧ソ連からの移民も加わった。そして次第に東欧ロシア出身者たちの気負いやプライドを乗り超えた、「地中海沿岸のイスラエル」の一員であることを自覚した土着の文学が育っていった。日本では未紹介だが、『祭りのあと』のヨシュア・クナズや、イラク出身でアラビア語が母語のサミ・ミハエルの『ヴィクトリア』、本書では、カバラの流れを汲むらしい祈禱書を捜す学徒の惑いを描いたミハル・ゴヴリンの「太陽を摑(つか)む」、平明な語り口で社会通念を笑い飛ばすオルリ・カステル＝ブルームの「狭い廊下」など。衒(てら)いのない開放感がある。邦訳の多いアモス・オズやダヴィッド・グロスマンはルーツ的には東欧系だが、ヘブライ語世代作家である。彼らと共にオピニオン・リーダーとして先頭を走った、イスラエル第五世代のA・B・イェホシュアもいる。本書には初期の「老人の死」を選んだが、シュールで先見的な作品で、点景のように登場するドクターにもはっとさせられる。

ヘブライ語の第一、第二世代、それに続く世代には、父祖や親世代が「離散」で身につけた、苦境を生き抜く精神とネットワークの良さが受け継がれている。「離散」のおまけとしての他(多)言語への即応力も抜群だ。多様な言語や多彩な文化背景をプラスにとらえて努力し、ネットワークを駆使して留学し、外地転職する。物怖(ものお)じせずに起業する。各作品末に短文ながら作家について紹介したので、そうした進取の気性と波乱の人生を読みとっていただきたい。

本書所収の、ヘブライ語世代の親世代であるヘブライ文学草創期にガリツィアから移民したシャイ・アグノンは、パレスチナに着くと、母語のイディッシュ語をやめてヘブライ語で創作を始めた。彼の言語表現の豊かさと物語性は人々の憧憬を集め、ノーベル文学賞にも輝いた。彼の人生も多彩だったが作品テーマも多岐にわたる。本書では能『黒塚』の鬼女に似た「女主人と行商人」を取りあげた。異教徒からの誘惑の多い地(ヨーロッパを指す)でユダヤ教徒でいる困難さを示した寓話である。

ドイツから移民したユーディット・ヘンデルは貧しい人々を描いた。「息子の墓」は、独立戦争時のシオニズムと英雄崇拝、弱者切り捨てへの苦言でもある。

同じ戦争でも、ウーリー・オルレブは「最後の夏休み」に、第二次世界大戦とショアの予兆を感じた夏の山の日々を綴っている。ダン・パギスの「父」は、父に見捨てられたからショアを嘗(な)めたと訴えながら、ノンシャランに生きた父を受け容れていく鎮魂歌である。ショアの経験の有無で家族が崩壊した例も多いなかで、パギスの和解は読む者をおだやかにさせてくれる。

イリット・アミエルの、「日記の一葉」「リンカ」「ラファエル」は、ショアを生き延びたのに、その記憶から癒えることのなかった戦後の人々の姿を、聞き書きで描いて胸に迫る。経歴が特異なシュラミット・ハルエヴェンの「オーニスサイド」は、ユダヤ人狩りを鳥追いに仮託した掌編だが、ひょっとしたら、少数者や体制批判者にも敷衍されそうな緊迫した雰囲気が漂っている。

「弟子」はコスモポリタン作家ダン・ツァルカの、童話のような心あたたまる掌編。「神の息子」は、心理的怨念を描いて巧みなニカノール・レオノフの、おとなしいのに波乱を含んだ小品である。世代や民族や地域間の歪みやトラウマを描くサヴィヨン・リーブレヒトは「砂漠の林檎」で、宗教社会を飛びだした娘から、人生に疑いを持たなかった自らに気づかせられて心を和ませる母の姿を描いている。シュラミット・ラピッドはジャーナリスト家系の出らしく、社会の弱者への眼差しを忘れない。「ビジネス」は日本の作家のどなたかが日本版を記していそうな気がする作品で、だからこそ、取りあげてみた。

翻訳を始めたころから集めていたユダヤ民話と聖書物語からは、イスラエル・ヘブライ文学の根っこにある諧謔やエスプリを楽しんでいただければさいわいで、聖書の一行から紡ぎだされた想像力ゆたかな物語には、想像イコール創造であることを改めて感じる。


ところで、死が主題の、あるいは底にひそめたヘブライ文学が多いせいか、「死と葬」が気になる。本書でもアグノンの「女主人と行商人」、ユーディット・ヘンデルの「息子の墓」、A・B・イエホシュアの「老人の死」、ダン・パギスの「父」に出てくるので、現在のイスラエルの一般人の「葬」の様子を調べてみた。

イスラエルでは「葬儀互助会」（アラム語で聖なる同胞団の意）という半慈善組織が葬儀を仕切り、

基本的なかかりは国民保険でまかなわれる。死が訪れると親族は慟哭を表して襟もとを裂く。遺体は拭き清められて白い麻布で巻かれる。副葬品はない。

埋葬は土葬。〈神は土の塵で人をつくり、命の息をその鼻に吹き入れられた。そこで人は生きた者となった〉（創世記二章七節）、〈塵に過ぎないお前は塵に還る〉（同三章一九節）に拠って、できるだけ早く埋葬する。故人の長子が墓前で「カディッシュ」を唱える。ミニヤン（成人男子一〇人）で唱えるのが正式なユダヤ教のやり方なので、村やキブツではミニヤンで唱え、弔辞が読まれる。

葬儀のあとは七日間の本服喪「シヴア」で、告知板やSNSに記された弔問時間に友人知人が訪れる。これはユダヤ教の大切な善行で、傷心の遺族への精神的慰撫の効果も高いため、ユダヤ教のしきたりを厭う人々でさえ遠くから訪れる。この善行は病人や老人の見舞いにもあてはまる。宗教慣習の好ましい一面といえる。

「ユダヤ人にとって火葬はアウシュヴィッツを想起させておぞましい」と、訳者の友人は二〇年ほど前に語った。イリット・アミエルの「ラファエル」の、再訪しないと誓ったドイツで火葬に付すよう頼んで自殺した主人公は、二重三重に自分を罰しようとしたのだろうか。

ダン・パギスはしきたりに則って襟もとを裂き、父の遺体は白い麻布で巻かれた。父の何番目かの奥さんのキリスト教的慣習が持ち込まれてはいるものの、ダンはユダヤ教の葬儀の基本路線を守っている。

しかし、近年では白い麻布で遺体を巻かないで、棺に納めることが多く、襟もとを裂くこともあまりなく、葬儀には花輪が飾られたり、歌まで手向けられたりするという。

調べていたら、墓地用の土地が絶対的に不足している都市部、エルサレムやテルアビブなどでは、土葬ではなく床状の墓所に埋葬するようになってきているとわかった。洞窟に遺体を並べた紀元前のサンヘドリン時代の埋葬に倣ったもので、それでも「土に還る」を遵守し、墓所には土が置かれ、安置された白い麻布を巻かれた遺体や棺は土で覆われるという。火葬場も数か所あり、火葬を是(ぜ)とする宗派もあるとのことで、宗教的な決まりや慣習は加速度的に消えていくようでもある。ついでに、『シンドラーのリスト』やユダヤ人を描いた映画で、ユダヤ人墓地のお参りに供花ではなく小石を置くことについて調べたが、確たるものはなかった。中世以前からの慣習で、小石をいくつも置いて墓石代わりにしたとか、悪魔が墓に入るのを石で防いだという説がある。墓参したしるしに石を置いて「死者への敬意」を表し、あとから来る墓参者に知らしめるという説は納得できる。

「おもしろい本」を探してエルサレムの書店を友人と歩きまわった日々があり、ワインを飲みながら作家談義や作品の品定めをする友人たちの、早口のおしゃべりに必死に耳を傾けた日々もあった。「書の民」(「書」は原義としては聖書のことだが)を自任するイスラエル人は本が好きで、数人あつまれば本談義に興じる。だから、「ことば」にうるさくて厳密な友だちをつかまえては、ややこしい言いまわしやスラングについて教えてもらうこともしばしばだった。

「おもしろい話」が見つかると、活字になるアテがないまま訳し、また、本を探した。楽しくて仕方なかった。新聞や文芸誌にヘブライ文学についてそんな日々に寄稿したものを、ありがたい紹介を得て『ヘブライ文学散歩』(未知谷)にまとめることができた。神戸・ユダヤ文化研究会の機関誌『ナマール』やほかの研究誌が、集めた作家や作品紹介の場を与えてくださった。いくつかの作品は単行本になって、さいわいにもよい評をいただいた。ありがとうございました。

今回、訳した作品を選んで並べてみたら、期せずしてイスラエルの文学のひとつの流れを示していた。最年長のアグノンも最若手のニカノール・レオノフも「いま」に通じる。上質な作品を手堅く世に問うた作家たちが集まったと思う。必ずしも有名作家ばかりでないところがミソであり、翻訳者の矜持(きょうじ)でもある。「少し前の、そしていまの、多分、この先のイスラエル」を知る、いまもなお訴える力のある作品ばかりです。

ポーランド語の翻字については小椋彩（ひかる）さんにご教示いただいた。

翻訳を始めた頃、ヘブライ語からの翻訳はアグノンを訳された村岡崇光先生のほかはわたし一人、そのうち一人加わり、最近はまた数人加わった。それで翻訳者持ち寄りのアンソロジーについて恐るおそる河出書房新社の島田和俊さんに相談したところ、まずは自分が選んだアンソロジーを、という話になった。そして島田さんなしにはこの本は出なかったといっていいほど、版権交渉についてから構成まですっかりお世話になった。本当にありがとうございました。

長年、本探しに付き合ってくれ、翻訳を助けてくれたダリアとツヴィのイスラエリ夫妻やヘブライ大学時代の仲間たち、ニリ・コーヘン、エフラト町川、ヘブライ文学翻訳協会のみなさまに感謝します。

二〇二三年八月

母袋夏生

収録作品一覧

サヴィヨン・リーブレヒト「砂漠の林檎」תפוחים מן המדבר מאת סביון ליברכט
“Apples from the Desert” from “Tapuhim Min Hamidbar *(Apples from the Desert)*”, Sifriat Poalim, 1986.
Copyright ©1986 by Savyon Liebrecht.

アターッラー・マンスール「コーヒーふたつ」פעמיים קפה מאת עטאללה מנצור
“Two Cup of Coffee” from “50 Islaelim Ktsartsarim*(50 Israeli Short Shorts)*”, Hakibbutz Hameuhad, 1999.
Copyright ©1959 by Atallah Mansour.

イリット・アミエル「日記の一葉」「リンカ」「ラファエル」דף מיומן, לינקה, רפאל מאת עירית עמיאל
“Leaf from a Diary”, ”Linka”, ”Raphael” from “Tzervim *(Scorched)*”, Carmel, 2002.
Copyright ©2002 by Irit Amiel.

ウーリー・オルレブ「最後の夏休み」חופשת הקיץ האחרונה מאת אורי אורלב
“The Last Summer Vacation” from “Hufshat Ha-Kayitz Ha-Aharona *(The Last Summer Vacation)*”, Daga, 1968.
Copyright ©1968 by Uri Orlev.

シュラミット・ラピッド「ビジネス」ביזנס מאת שולמית לפיד
“Business” from “Ma Mesameach Akavishim *(Happy Spiders)*”, Keter, 1990.
Copyright ©1990 by Shulamit Lapid.

ミハル・ゴヴリン「太陽を攔む」לאחוז בשמש מאת מיכל גוברין
“Hold on to the Sun” from “Le’ehoz Ba-Shemesh *(Hold on to the Sun)*”, Hakibbutz Hameuhad,1984.
Copyright ©1984 by Michal Govrin.

ユダヤ民話「皇帝ハドリアヌスと苗を植える老人」「そいつを探している」「しようがなくての盗み」
סיפורי עם יהודיים (גנב בעל כורחו, אותו אני מחפש, הקיסר אדריאנוס והזקן הנוטע)
“Hadorianus and the Old Planter” from “Ha-Agadot Shelanu *(A Treasure of Hebrew Legends for Children)*”, Shoham Smit, Zmora-Bitan, 2011. Copyright © Shoham Smit.
“I’m Seeking It” from “Jewish Folklore from Iraq”, Am Oved, 1979.
“Ganging against Will” from Anthology of Folk Stories.

シャイ・アグノン「女主人と行商人」האדונית והרוכל מאת ש"י עגנון
“The Lady and the Peddler” from “Samuch Ve-Nireh *(Near and Apparent)*”, Schocken, 1950.
Copyright ©1951 by Shai Agnon.

シュラミット・ハルエヴェン「オーニスサイド」אורניתוסייד מאת שולמית הראבן
“Ornithocide” from “Ba-Hodesh Ha-Aharon *(In the Last Month)*”, Daga, 1966.
Copyright ©1966 by Shulamith Hareven.

編訳者略歴

母袋夏生（もたい・なつう）

長野県生まれ。ヘブライ語翻訳家。エルサレム・ヘブライ大学修士ディプロマコース修了。著書に、『ヘブライ文学散歩』（未知谷）、訳書に、E・ケレット『突然ノックの音が』（新潮社）、『クネレルのサマーキャンプ』『ピッツェリア・カミカゼ』［イラスト＝アサフ・ハヌカ］（ともに河出書房新社）、U・オルレブ『砂のゲーム』（岩崎書店）、『バード街の孤島』（小学館）、T・シェム＝トヴ『父さんの手紙はぜんぶおぼえた』『お静かに、父が昼寝しております　ユダヤの民話』（ともに岩波書店）ほか。1998年、ヘブライ文学翻訳奨励賞受賞。

ISRAEL SHORT STORY MASTERPIECES ANTHOLOGY
This anthology is published by arrangement with
The Israeli Institute for Hebrew Literature

ISRAEL 75

後援：イスラエル大使館
Supported by the Embassy of Israel, Tokyo

砂漠の林檎——イスラエル短編傑作選

2023年8月20日　初版印刷
2023年8月30日　初版発行

著　者　サヴィヨン・リーブレヒト／ウーリー・オルレブ ほか
編訳者　母袋夏生
装　画　河井いづみ
装　丁　青い装幀室
発行者　小野寺優
発行所　株式会社河出書房新社
〒151-0051　東京都渋谷区千駄ヶ谷2-32-2
電話　(03) 3404-1201〔営業〕 (03) 3404-8611〔編集〕
https://www.kawade.co.jp/
組版　株式会社キャップス
印刷　株式会社亨有堂印刷所
製本　小泉製本株式会社

Printed in Japan
ISBN978-4-309-20890-9

河出書房新社の海外文芸書

クネレルのサマーキャンプ

エトガル・ケレット　母袋夏生訳

自殺者が集まる世界でかつての恋人を探して旅する表題作のほか、ホロコースト体験と政治的緊張を抱えて生きる人々の感覚を、軽やかな想像力でユーモラスに描く中短篇31本を精選。

銀河の果ての落とし穴

エトガル・ケレット　広岡杏子訳

ウサギを父親と信じる子供、レアキャラ獲得のため戦地に赴く若者、ヒトラーのクローン……奇想とどんでん返し、笑いと悲劇が紙一重の掌篇集。世界40カ国以上で翻訳される人気作家最新作。

首相が撃たれた日に

ウズィ・ヴァイル　母袋夏生・広岡杏子・波多野苗子訳

軍隊生活、テロ、ホロコースト、過酷な歴史と未来。逃げようのない現実と、その中の愛と孤独。イスラエル屈指のストーリーテラーがユーモアと諧謔を交えて描く珠玉の短篇傑作選。

ヌマヌマ　はまったら抜けだせない現代ロシア小説傑作選

ミハイル・シーシキンほか　沼野充義・沼野恭子訳

恋愛、叙情、恐怖、SFなど、多様な作家の個性が響きあうアンソロジー。ビートフ、エロフェーエフ、トルスタヤ、ペレーヴィンら、現代ロシア文学紹介の第一人者たちが厳選した12の短篇。